KB198625

까치 소리

동부수필 제4집

2024

까치 소리

1판 1쇄 발행 | 2024년 11월 10일

지은이 | 이희순 외 11인
발행인 | 이선우
펴낸곳 | 도서출판 선우미디어
등록 | 1997. 8. 7 제305-2014-000020
02643 서울시 동대문구 장한로12길 40, 101동 203호
☎ 2272-3351, 3352 팩스: 2272-5540
sunwoome@hanmail.net
Printed in Korea © 2024. 이희순 외 11인

13,000원

※ 잘못된 책은 바꿔 드립니다
※ 저자와 협의하여 인지를 생략합니다.

ISBN 978-89-5658-774-5 03810

※이 책은 여수시의 후원을 받아 발간되었습니다.

동부수필

제4집 2024

까치 소리

동부수필문학회

발간사

동부수필 제4집『까치 소리』를 발간하며

수필은 붓 가는 대로 쓰는 글입니다.

공자는 70세를 두고 "마음대로 행하여도 도리에 어긋나지 않는다"라고 했습니다. 나는 '붓 가는 대로'의 의미를 바로 그 '종심소욕불유거(從心所欲不踰矩)'에서 찾고 싶습니다. 수필은 그렇게 자유자재 붓 가는 대로 쓰는 무형식의 글이므로 완전한 인격을 추구합니다. 수필은 진실을 모태로 하는 문학이기 때문에 수필인은 정직할 수밖에 없으나 경험과 사실이 바탕이 되어야 하는 태생적 한계로 인해 자칫 신변잡기(身邊雜記)의 함정에 빠질 위험을 안고 있기도 합니다.

독자에게 재미와 감동 그리고 깨달음의 교훈을 선물해야 하는 문학의 역할은 때로 수필의 진실성에 풀기 어려운 숙제를 던져주곤 합니다. 7부 능선에서 도약하여 저편 봉우리에 도달하는 상상력을 발휘하다 발목을 겹질리기도 하지만 우리의 탐구심은 모험을 마다하지 않습니다. 독자는 평범한 작품에 시간을 쪼개고 싶어 하지 않습니다. 따라서 작가는 깊은 사유와 풍부한 교양을 바탕으로 지식 너머의 지식, 촌철살인의 기지와 해학이 넘치는 작품으로 독자에게 감동을 선사해야 합니다. 최근 문학에 등장한 '통섭'은

폭넓은 지식과 다양한 경험을 요구하는 수필 문학에 썩 어울리는 화두인 듯합니다.

우리는 수필 문학인으로서 자신에 대한 부단한 성찰과 연단을 통해 도덕적, 지적 성장을 이루어 아름다운 자아 완성에 도달코자 합니다. 나아가 독자에게 선한 영향력을 끼치고 싶습니다. 우리한테는 제5의 계절이 있으니 바로 사계를 초월한 진솔한 수필의 세계입니다. 우리는 그렇게 하얀 향기 그윽한 때죽나무 꽃길을 지나 산사나무 숲에 들기를 원합니다. 창작을 통하여 우리가 발견하려는 것이 바로 화양연화이자 세상이 갈망하는 불로초가 아닐는지요. 심청사달(心清事達)인즉 오늘도 우리는 수필을 사랑하는 독자와 함께 세찬 비바람에도 흔들리거나 흐려지지 않으며 7년 대한(大旱)에도 마르지 않는 명경지수를 지향합니다.

2024년 가을

동부수필문학회 회장 이희순

차례

곽경자

윤문칠

김종호

이선덕

이희순

양달막

차상애

박주희

임병식

엄정숙

곽경자.

윤문칠

김종호

이선덕

이희순

양달막

차성애

박주희

임경화

오순아

이화

향일암 일출제

영취산 진달래

백도

오동도 비경

오동도의 데크길

거문도

임병식

rbs1144@daum.net

한국문인협회 회원. 한국수필가 협회 이사. 한국수필작가회·동부수필·여수수필 회원 문협여수지부장 및 한국수필작가회 회장 역임/ 〈한국수필〉 등단(1989년)/ 저서(수필집) 『지난 세월 한 허리를』 『인형에 절 받고』 『방패연』 『아름다운 인연』 『그리움』 『꽃씨의 꿈』 『왕거미 집을 보면서』/ 수필작법서 『수필쓰기의 핵심』 『수필쓰기핵심 증보판』/ 테마수필집 『수석이야기』, 80년대 작가 6인 수필집 『여섯 빛깔 숲으로의 초대』 『빈들의 향기 백비』 『오직 수필 하나 붙들고』/ 전남문학상·한국수필문학상·한국문협작가상 수상/ 2019년 중학교 국어2-1 교과서에 수필 〈문을 밀까, 두드릴까〉 수록

대만 여행 중 특별히 느낀 것

좋은 구경하는데 컨디션까지 따라주었으면 얼마나 좋았을까마는 인간사 호사다마(好事多魔)라 했던가, 모처럼 해외여행에서 두 가지 행운을 다 누리지는 못했다. 먼저 출발 때부터 심야버스를 타는 바람에 신경이 예민해져 잠을 잘 수가 없었다. 거의 뜬눈으로 새우다시피 해서인지 목이 잠겨오기 시작했다. 이내 감기가 들어버렸다.

그 바람에 본의 아니게 여러 사람의 신세를 지게 되었다. 약을 지원받게 된 것이다. 막판에는 설사까지 겹치는 바람에 이동 중에 실수나 하지 않을까 전전긍긍했다. 그렇지만 다행히 일행 중 어느 분이 준비한 정로환을 건네주어서 가까스로 위기를 넘겼다.

먼저 인상적인 구경을 한 것은 대만에서 공자(孔子)님의 흔적을 대하고 임어당(林語堂)선생의 고택을 만난 것이다. 두 곳의 유적지가 모두 인상적이었다. 내가 임(林)가라는 상수를 놓고 볼 때 이 두 분은 나와는 잇닿은 인연이 있다. 먼저 공자님은 나의 태시조(太始祖) 되시는 비간공(比干公)과 관계가 깊다. 비간공은 은나라 왕족으로서 말년에 폭군 주왕(紂王)에게 참화를 입었는데, 다음과 같은 이야기가 전해온다. 조카인 주왕에게 바른 정치를 하도록 간(諫)하자,

"옛 성현의 말에 충신은 심장에 일곱 구멍이 있다는데 확인해 보자"라며 칼로 가슴을 찔러 심장을 꺼내었다. 이 내용은 공자님이 지은 논어(論語)

미자 편에 기술되어 있다.

비간공은 폭정으로 나라를 그르치고 있는 주왕의 마음을 돌려세우려고 했으나 듣지 않았다. 누구 한 사람 선뜻 나서서 바른말을 못 하는 상황에서 공은 홀연히 극간을 했다가 죽음을 맞이했다. 그런 연유로 중국에서는 오늘날까지도 공을 충신의 화신으로 받들어 모시고 있다.

당신의 충의를 먼저 알아본 사람은 은나라를 무너뜨리고 새 왕조를 세운 무왕이었다. 무왕은 공의 부인과 아들이 장림산에 숨어서 은거한다는 소식을 듣고 세상 밖으로 나오게 하였다. 그리고는 임 씨라는 성을 사성(賜姓)하고 견(堅)이라는 이름을 지어주었다. 다음은 공자님이다. 공자님은 비간공 사후 1000년 후에 공의 무덤을 찾았다. 제자들을 이끌고 와 참배 후 비문 하나를 남겼는데, '은비간막(殷比干莫)' 이었다. 그것은 비간공의 무덤이란 뜻. 이것은 중국 푸젠건성 웨이하이시에 있는데 지금까지 공자님의 행적을 더듬어 가장 오래된 것으로 친필 글씨로 알려져 있다.

비간공의 묘소에는 중국에서 가장 많은 비석이 세워져 있는 것으로 유명하다. 모두 64개인데 위로부터는 진, 한, 당, 송에 걸쳐있다. 그러니 각별한 생각이 들지 않겠는가. 임어당 선생은 그 분의 후손이니 두말할 필요도 없다. 한국 임 씨는 신라 말 당나라에서 임팔급(林八及) 공이 도래(渡來)함으로써 우리나라에서 핏줄을 이어가게 되었다. 처음 자리 잡은 곳은 지금의 평택. 이전에는 팽성이라고 불리던 곳이다. 한데 재미있는 사실은 당신의 고향이 복건성에 있는 팽성(彭城)인데 이곳에 와서도 똑같은 지명을 붙인 것이다.

생각해 보면 조상님은 중국에서 넘어오기는 했으나 한족(漢族)은 아니다. 일찍이 한자를 만들어 쓴 동이족이 상(商)나라를 세우고 한반도를 비롯하여 산동지방 일대에서 터 잡고 살았던 것이다. 그것은 홍산 문화권이 발굴되고 단군조선의 실체가 드러남으로써 역사적 사실로 증명되었다.

문중에서는 20여 년 전 터 잡고 살아온 세거지를 수원대학교에 학술조사를 의뢰하여 고증받았다. 그것을 근거로 농성(農城)에다 팔급 공의 동상을 건립하였다.

그밖에 눈여겨보면서 특별히 느낀 것은 옛 건물을 허물어 버리지 않고 그대로 보존하고 있는 점이었다. 우리나라 같으면 부수고 없애는 것을 정비나 개발이라고 생각했을 테지만 그렇지 않은 것이 인상적이었다. 우리나라와 똑같이 일제의 지배를 받았음에도 그 잔재들을 그대로 보존하여 활용하는 것이 유달라 보였다.

어느 골목에서는 유치원생들과 초등학생들이 야외 학습을 나왔는데, 이색적이었다. 길바닥에 엎드려 그림을 그리고 있는 것이 천진난만하고 신선해 보였다. 통행인이 이리저리 비켜 가는 데도 아랑곳하지 않고 자기 하는 것에만 열중한 것이 그 나라 민족성을 보는 듯했다.

그런 가운데서도 나는 고궁박물관을 둘러보고서 다소 엉뚱한 확신을 얻었다. 가이드의 말에 의하면 대만 사람들은 우리의 우려와는 달리 중국 침략을 걱정하지 않고 무사태평하다는 것이었다. 오히려 북한 위협에 노출된 한국을 더 걱정한다는 것이었다. 그 말을 듣고 웃었지만, 알고 보니 그럴만한 근거가 있었다.

수천 년대에 걸쳐 만들어진 어마어마한 문화유물을 보유하고 있는데, 어느 정신 나간 침략자가 부수겠는가. 민족과 역사 앞에 죄인 됨을 무릅쓰고 폭격을 감행하겠는가. 그러고 보면 장개석 총통은 혜안이 있어 국가 보존과 문화재 보호라는 양수겸장의 카드를 쓴 것이 아닌가 한다.

구경하는 동안 내내 입에 맞지 않는 음식과 오한과 발열, 설사로 인하여 기분은 더없이 우울하고 걱정으로 보낸 날이었으나, 그런대로 얻어들은 것이 많은 여행 아니었는가 한다. (2024)

무릉도원

무릉도원은 그저 지어낸 이야기/ 옛 전설 속의 이야기로만 여겼다
그런데 현실의 세상 그것도/ 몽환적 별천지 장관을 보다니….
순천하고도 괴목 골짜기 소문 듣고/ 찾아간 그곳은 수수만 평 복숭아밭
분홍 천지의 세계가 황홀경에 빠지게 했다
저런 곳에는 신선이나 살지/ 세속에 찌든 사람이 어찌 범접하랴
차를 타고 지나며 감탄했다
내 생에 저런 구경거리는 다시/ 볼 수 없을 것 같아서 바라보며
감탄사만 연발했다
내가 보기에 복숭아 고을 월등은 이름이/ 달리 월등이 아니라
보여주는 선경 자체가 월등이었다

이 무릉도원(武陵桃源)이라는 즉흥시는 내가 순천 승주 월등 고을을 둘러보면서 읊조려 본 것이다. 아직 꽃이 피지 않을 때, 그리고 이미 꽃이 지고 난 이후, 수확을 마친 시기에 지나간 적은 있으나 정작 붉은 꽃술을 폭죽처럼 터뜨린 개화기에는 들르지 못했다.

그러다가 마침 사진작가로 활동하는 친구가 찍어 보낸 사진을 보고서 마음이 동했다. 때마침 이날은 국회의원 선거가 있는 임시 공휴일이라서 투표를 마치고 서둘렀다. 진즉 동부수필 회원들과 선암사 문학기행을 예정한

터라 조금 코스를 조정했다. 이런 기회가 아니면 언제 그런 복사꽃 만발한 무릉도원을 구경하랴 싶어서였다.

그리하여 마침내 들르게 된 월등 고을 복숭아 단지. 산모퉁이를 몇 굽이 돌고 고개를 서너 개 넘으니, 눈앞에 커다란 분지가 나타나는데 먼빛으로 연한 색채가 드러났다. 그것은 싱그러운 기운을 품고서 연무에 가려진 실루엣 상태로 비쳤다.

신비 속을 뚫고 봄바람과 더불어 다가가자 아련한 실체는 점점 선명해지면서 제모습을 드러냈다. 멀리서 볼 때는 그냥 한 덩어리로 보이던 것이 농장주들이 해 놓은 구획정리에 따라 세분되어 나타났다. 그렇지만 그것은 어디까지나 세속의 눈으로 볼 때 그러할 뿐, 전체적으로는 일매지게 한 모습을 하고 있었다. 하늘은 똑같이 일조량을 쏟아부어 한 빛깔, 한 모습으로 통일시켜 놓고 있었다.

차를 타고 좁다란 길을 지나자니 꽃이 만발한 복숭아밭은 앞에도 꽃, 뒤에도 꽃, 길 양편에도 온통 꽃 천지를 이루어 꽃 사태를 연출하고 있었다. 그 속에 파묻힌 기분을 무어라 표현할까.

나는 잠시 눈을 감고서 문득 중국 고사에 나오는 무릉도원을 떠올렸다. 한 어부가 산속에서 동굴을 발견하고 그 안을 들어가 보니 분홍빛 만발한 복숭아밭이 있었다는 그곳. 어부는 선경의 세상에서 사는 사람들과 어울려 선경에 취해 지내다 돌아왔다는 그곳. 그 장면을 상상하며 나도 지금 그런 구경하고 있지 않나 생각했다.

아니, 그런 상상을 하지 않더라도 복사꽃은 마법을 부리지 않는가 한다. 어딘가 모르게 묘한 신비감을 불러일으켰기 때문이다. 이보다 조금 이른 시기에 꽃 대궐을 이룬 벚꽃도 보기에 무척 화려하지만 그다지 신비롭지 않은데, 이것은 한없이 사람을 취하게 만들면서 몽환적 분위기에 안기게 했다. 그러니 자연스레 흥분되면서 그리움과 기쁜 감정이 몸 깊이에서 솟아 올랐다.

이런 곳에서 젊은 청춘남녀가 만난다면 금방 친해지지 않을까. 아니, 젊음이 한참 지나 고목 등걸이 된 노인의 가슴에도 회춘의 마음이 들지 않을까. 나는 거의 무의식중에 입술을 움직여 시흥을 풀어냈다.

그간 내가 다녀 본 중에 인상에 깊이 박힌 장소의 기억이 몇 군데 있다. 첫 번째가 가을 녘이면 고향 뒷산에 피어난 산국화를 잊을 수가 없다. 한창 녹음이 짙어가는 시기에 풀밭에서는 여치가 합창하고 풀무치가 뛰노는 가운데 앞서서 다소곳이 얼굴을 내미는 것이 원추리와 산국화이다.

원추리가 지고 나면 미구에는 산국화가 피어나기 시작하는데 그것은 금방 온산을 차지하며 꽃 천지로 만들어 놓는다. 나는 그 정경을 잊지 못한다. 다음으로 언급할 것은 거문도 해변 길이다. 절해고도에서 바닷바람을 맞고 피는 동백꽃은 유독 청초하다. 붉고도 향이 진한데 여느 지역 동백꽃보다도 농도가 짙다.

겨울철, 자연 친화적인 오솔길을 걷노라면 자연스레 바위틈새를 돌고 돌아서 오르락내리락을 반복하게 되는데 그때마다 머리에 부딪히는 게 있었다. 바로 동백꽃이었다. 무언가 하고서 고개를 들어보면 해맑은 동백꽃이 눈앞에서 새색시처럼 수줍게 웃고 있었다. 그것을 본 이후로 특별한 감흥이 없었는데 이번에 다시 추억의 앨범 속에 이 복사꽃을 추가하여 간직할 것 같다.

왜 복사꽃이 마음을 흔든 것일까. 이유는 잘 모르겠다. 막연히 드는 생각은 화려하지도 담백하지도 않은 분홍빛이 정감을 일으켜서 조화를 부린 것이 아닌가 한다. 흔히 분홍은 흥분, 정열, 그리움을 나타내는데, 그것이 피를 끓게 하기 때문이 아닌가 한다. 도홧빛이라는 것이 바로 그것이 아닌가.

현대인들은 많은 것을 구경하나, 무엇을 가슴 깊이 간직하지 못한다. 여기저기서 화려한 것에 노출되다 보니 은근히 마음을 흔드는 멋은 모르고 산다. 그런 사람들에게 몽환적인 분위기를 알려주고 싶다. 무릉도원을 연상하는 신비감을 전해 주고 싶다. 한 번쯤 와서 구경하고 간다면 추억 이전에 마음이 한층 풍요로워지지 않을까.

나는 월등 복사꽃을 보고 온 후 진즉에 와보지 못한 것을 후회했다. 이전에 먼저 와서 봤다면 내 문학도 좀 더 향내가 배어 나오게 쓰지 않았을까. 그것을 본 후로 나는 수밀도 복숭아가 다디단 이유는 본래 풍미를 느끼게 한 적당한 과즙에 복사꽃 특유의 몽환이 입혀진 것이 아닐까 생각해 보았다.

그것을 보고 돌아온 후 나는 며칠간 눈에 어른거리는 복사꽃 환상에 빠져 벗어나지를 못하고 있다.

(2024)

예감(豫感)

근자에 폭발적인 인기를 구가하던 한 가수가 음주 운전 혐의를 받을 때 나는 그가 취한 행동을 보고서 심히 불길한 예감에 사로잡혔다. 사고를 낸 행위 자체도 문제인데 더하여 거짓말까지 하고 있다는 강한 의심이 들어서였다.

그건 내가 꼭 현직에 있을 때 교통사고 처리를 해봐서가 아니라 사고를 내고 나서 그가 보인 행동이 너무나도 명확히 음주 사실을 가리키고 있었기 때문이다. 술집 종업원의 증언 이외 대리운전을 시킨 거라든지, 비틀거린 몸짓, 장시간의 도피, 차 안의 블랙박스 훼손까지 했던 것이다. 일련의 행위가 무엇을 의미하는가. 그 정도의 사안이라면 특별히 수사관의 육감이 아니더라도 일반인도 충분히 음주 행위를 의심할 만한 사항이 아닌가.

다행히 뒤늦게 음주 사실 인정했다는 보도를 접했지만, 아쉬움이 컸다. 즉시 실토했으면 얼마나 좋았을까. 호미로 막을 일을 가래로도 못 막게 생겼으니 안타까운 일이다.

그리도 주변에 바른 길을 조언해 줄 사람이 없었을까. 전도유망한 가수가 추락하는 모습을 보면서 앞으로 가수 생활을 계속할 수 있을지 걱정이 앞선다.

이런 예감과 관련하여 보다 큰 문제, 대국적인 관점에서 느끼는 것이 있다. 그것은 다른 것이 아니고 아우가 외국에서 의사면허를 받아 침술을 병행하는 대체의학 병원을 개원하고 있는데, 최근 그 나라에서는 정부 차원에서 침술을 적극적으로 받아들이고 있다고 한다. 침술로써 암을 비롯한 자가면역질환 같은 만성병을 고치는 걸 눈여겨보고서 자기 나라 의사들을 대상으로 교육해달라고 제의를 해 왔다는 것이다.

돈 있는 사람들이 불치병에 막무가내로 선진국으로 나가 막대한 돈을 쓰고 있기 때문이란다. 그로 인해 해마다 수천억 원의 외화가 유출되는 걸 하릴없이 지켜보다가 아우가 하는 침술 치료가 가격 대비 효과 면에서 획기적인 대안이 된다는 점에 영감을 받은 것이다.

사실 아우는 그 나라에서 수많은 불치병 환자를 치료한 임상 실적을 가지고 있다. 그 대상은 암 환자, 심장병 환자, 치매 환자, 자가면역질환자, 화상 환자 등 다양하다.

한국에서는 침술 행위를 불법 의료 행위로 간주해 막고 있다. 명의로 유명한 구당 김남수 옹 같은 이도 침과 뜸으로 수많은 사람을 살려냈지만 고발당하였다. 아우도 마찬가지다. 비장의 의술을 가지고 있었으나 고국에서는 뿌리내리지 못하고 낯선 카자흐스탄으로 나가 정착을 하였다.

아우의 침술 경력은 50년이 넘는다. 홍채 진단법을 장착하고 수지침에서부터 장침에 이르기까지 침술을 자유자재로 활용한다. 아우는 재야 고수들을 찾아다니며 저마다 가지고 있는 특장의 노하우를 전수하였다. 그 과정에서 중국 침술과 한국 침술을 두루 익혀 자기 것으로 만들었다.

침구사들이 활용하는 중국 동 씨 침술은 동경창 선생이 개발한 것이다. 그는 이름을 날리기 전 수년 전까지도 면허가 없었다. 말년에야 가까스로 정부로부터 중의사 특별면허를 받았다. 이것을 이후 양유걸이라는 불세출의 제자가 완성하여 오늘날의 세계적인 동씨 침술로 자리 잡게 하였다.

이와 비견하여 한국에는 전통 사암 침법이 있다. 이것은 이재원 선생을 시작으로 김형관 선생이 체계를 잡고 불세출의 전유진 선생이 동씨 침법을 능가하는 세계적 침술로 올려놓았다. 손침요법은 어떤가. 무면허였던 김계언 박사가 개발했으며, 약침 또한 무면허였던 남상천 선생이 개발한 것이다. 그로 인해 선생은 그 일로 무려 18번이나 고발 조치를 당했다고 한다.

이런 것들이 널리 활용되면 얼마나 좋겠는가. 아우는 1980년대 이우관 선생 등과 함께 침구사 제정 투쟁에 나서기도 했다. 그런 아우가 종종 전화로 한국 의료시장을 걱정한다. 외국은 발 빠르게 대체의학을 받아들여 의료개혁에 나서고 있는데 한국은 의대 정원 늘리는 문제 하나로도 연일 시끄러운 것을 보고 그런 것 같다.

아우는 각국에 나가 성공한 침구사들과 소통하는 모양이다. 캐나다나 스웨덴, 남미국가들에는 아우처럼 면허를 받아 영업하는 분들이 있는데 서로 정보교류를 한다는 것이다.

그러고 보니 생각나는 것이 있다. 1980년 천명기 보사부 장관 시절 남미국가에서 한국에 침구사 1,000명을 보내달라는 요구한 적이 있었다. 그런데 관철되지 못했다. 당시가 서슬 퍼런 군부정권 때임에도 불구하고 한의사들의 집단 반발로 무산되었다. 이런 형편인데 오늘날이라고 해서 해묵은 과제인 침구사 제도가 부활하겠는가.

우리나라 곳곳에는 대체의학의 고수들이 활동한다고 한다. 아우처럼 일부는 외국으로 나가고 나머지는 국내에서 은밀히 활동한단다. 이들은 저마다의 특장을 가지고 있어 희소병을 고친다. 지인의 말에 따르면 어느 고을에서는 바늘 하나로 온갖 눈병을 고쳐서 환자들이 전국에서 몰려들기도 했다고 한다.

아우는 구당 선생이 평소 한 말을 들려준다. 양손에 떡을 쥐여주면 더 맛있는 떡(돈)에만 관심을 가질 것이라고 한 말을. 즉, 돈이 되는 한약을 우선 팔지 서민 의학인 값싼 침을 놓아서 돈을 벌려고 하겠느냐는 것이다. 모든 것이 세분된 시대에 한 집단에만 독점적으로 계속 침과 한약을 양손에 쥐여주면 앞날이 어떠할지 우려된다.

외국에서는 발 빠르게 침구사를 양성하여 배치하려고 서둔다는 소식을 접하며 예감하는 부분이 있다. 그것은 우리가 지금은 의료 선진국이라고 하지만 침술을 계속 특정 기득권에만 갖도록 족쇄를 채워놓는다면 금방 다른 나라에 따라 잡히고 말 것이 아니겠는가. 그래서 종래에는 면면히 이어온 전통 침술이 영영 소멸하고 말 것이 아닌가.

예감은 적중되는 일이 많다. 그런 우려는 막연히 해 보는 추측이 아니다. 현재 일어나고 있고 이미 벌어진 결과 값에 관한 판단이다. 날로 상승하는 의료비 과중과 다양한 의료서비스를 생각할 때 정부와 이익단체, 그리고 국민이 머리를 맞대고 의료비 상승을 막는 문제를 포함해, 의료체계 전반을 합리적으로 손봐야 할 때가 아닌가 한다.

(2024)

아내의 저금통

얼마 전에 세상을 뜬 아내의 유품을 정리하다가 서랍장에서 저금통을 발견했다. 플라스틱 돼지저금통을 반쯤 잘라낸 용기이다. 이것은 중풍으로 쓰러진 아내가 몸이 자유롭지 못한 것을 감안 하여 쉽게 꺼내도록 한 것이다. 아내는 그동안 몸을 쓰지 못하고 심각하게 언어장애를 겪고 있었지만, 인지기능은 어느 정도 작동하여 용돈 관리를 해왔다.

거기에는 내가 매월 조금씩 용돈을 넣어주고 명절 때나 평일에 한 번씩 내려오는 두 아들이 먹고 싶은 걸 사드시라고 넣어둔 현찰이 들어있다. 아내는 재택 병상 생활을 하면서 그 돈으로 요양보호사를 시켜 간식을 사 먹거나 목욕 후 수고비로 얼마간의 돈을 건넨다.

간식은 주로 입맛이 없을 때 팥죽이나 피자, 아귀찜을 시켜 먹었다. 그렇다고 매일 주문을 하는 건 아니고 늘 잔고를 신경 쓰며 어느 정도 여윳돈이 있다 싶으면 다소 값이 나가는 통닭이나 돼지족발을 시켜 먹고 더러는 나의 내의도 사주었다.

아내는 저금통의 잔액을 훤히 꿰고 있었다. 얼마 있을 거라고 하면서 나더러 한 번씩 셈을 해 보라고 하는데 그때마다 세어보면 거의 틀림이 없었다. 나는 그러한 인지능력을 통하여 아내의 건강 상태를 간접적으로 체크했다.

'아직은 정신이 맑구나'

하면서 안도했다. 저금통을 찾아내어 액수를 확인하니 57만 원이 들어있다. 꽤 되는 액수이다. 얼마 전 출장길에 큰아이가 다녀갔는데 그때 넉넉하게 용돈을 넣어두고 간 모양이다. 저금통에 용돈을 넣을 때는 두세 번 접어서 넣어둔다. 확인할 때 시각적으로 잘 보이도록 감안한 것이다. 그런 저금통을 대면하니 갑자기 목울대가 후끈해진다. '저것이라도 다 쓰고 갔더라면 좋았을 텐데' 하는 안타까운 마음이 격하게 밀려온다.

아내는 장장 22년간을 병상 생활을 했다. 그중 2년은 병원에 입원했었고 나머지 20년은 집에서 보냈다. 퇴원하면서 나는 집에서 돌보는 생활을 택했다. 가까운 곳에 요양원이 있고, 그런 곳을 소개받기도 하였지만 외면하였다. 그런 이유는 2년여에 걸쳐 입원해 있으면서 그곳에서 직접 보고 들으며 느낀 것이 많았다. 병원에서는 주간은 간호사, 야간에는 간병인이 돌보는데 눈에 거스른 점이 한둘이 아니었다.

특히 야간에 간병인이 돌보는 상황을 보면 너무나 환자에게 소홀한 것이 목격되었다. 환자를 구박하는 것은 일상이고 식사 시간에 밥도 성의있게 먹여주질 않았다. 그나마 제 손으로 수저를 들어 밥을 먹는 환자는 좀 낫지만, 아내처럼 사지를 쓰지 못하는 환자는 떠먹이다 흘리기에 십상인데 그럴 때는 눈치를 주고, 음식물을 빨리 넘기지 못하면 대충 욱여넣고 끝을 내었다.

기저귀 하나도 정성껏 갈아주는 법이 없고 환자의 몸뚱이를 마치 나무토막 굴리듯 함부로 이리저리 굴리고 환자복 하나도 정성껏 입혀주질 않았다.

환자 가족이 있는 곳에서도 그러니 만약에 보호자가 없는 상태에서는 얼마나 함부로 대할까 싶은 생각이 들었다. 그런 것을 많이 보고 느꼈기에 요양원에 보내는 것은 나로서는 상상할 수가 없었다. 너무나 환자에게 함부로 대하는 실상을 적나라하게 봤다.

집에서 돌보는 일도 늘 요양보호사가 문제가 되었다. 아내는 사지를 전혀 쓰지 못하는 1급 중환자인데, 식사 후에 이를 닦아 주는 일로 갈등을 빚었다. 환자가 몇 차례를 더 요구하는데도 너무 많이 시킨다느니, 허리가 아프다느니 하면서 짜증을 내며 요구를 잘 들어주지 않았다.

누워있는 환자에게 밥을 먹이려면 휠체어에 앉혀야 한다. 그 과정에서도 트러블이 많았다. 기운이 없고 허리가 아프다며 기피 하는 바람에 어느 날부터는 내가 그 일을 전담하게 되었다. 그리하는데도 하는 일이 힘들다고 한두 달 하다가 그만두기를 거듭하니 스트레스를 많이 받았다.

나는 긴 병구완 생활을 하면서 단 한 번도 요양보호사에게 대변 처리를 맡긴 일이 없다. 아내도 그것을 원치 않았지만 처음부터 아예 궂은일과 힘든 일은 내가 도맡아 하기로 작정하였다.

그런 관계로 만약에 내가 외출이라도 할 때는 미리 대비한다. 사전에 대소변을 보이고 기저귀를 채워둔다. 그렇지만 나는 한 번도 그 일을 귀찮다고 생각해본 적이 없다. 당연히 내가 감당해야 하는 일로 생각하며 보냈다. 그런 까닭에 나는 아내로부터 마음을 상한 일보다는 오직 요양보호사 문제로 애를 닳고 속을 많이 상했다.

엊그제는 직장 선배로부터 식사 제의를 받았다. 식사하면서 하는 말이 그토록 내가 오래 간병인 생활을 한 줄 전혀 몰랐다는 것이었다. 누구 한 사람 그런 말을 해준 사람이 없어서 막연히 조금 아프다는 정도로만 알고 있었다는 것이었다.

그만큼 나는 거의 내색을 안 하고 지내왔다. 그러나 끝까지 모를 수만 있겠는가. 2년 전이다. 나는 시청 사회복지 공무원으로부터 전화 한 통을 받았다. 신분을 밝히지 않은 어느 시민이 전화하길, '오래도록 집에서 부인을 간병하는 사람이 있는데 표창이라도 해야 하지 않겠느냐'고 하더라는 것이다.

그 말을 듣고서 사실 확인 차원에서 전화한 것이었다. 그러고 나서 얼마 후에 시장 표창장이 전달되었다. 나는 그것을 '가장의 도리로 알고 하나의 본을 보인 징표'로 생각하고 소중히 간직하고 있다.

나는 아내를 떠나보내면서 들었던 두 가지 말을 새삼 음미해본다. 장례 지도사가 한 말로 염을 해 보니 오랜 침상 생활을 해온 시신치고는 욕창 하나도 생기지 않아서 놀랐다는 것이었다. 얼마나 병구완을 잘해왔는지 알 수 있었다고 입관하는 자리에서 말했다. 그리고 두 번째는 아들이 스치듯 한 말이다.

"어머니는 아버지 간병으로 10년은 더 사셨어요".

이보다 더 인정받은 말이 더 있겠는가. 아내는 편히 눈을 감았다. 마지막은 독감으로 인한 폐렴이 원인이지만 가족에게 많이 도와주고 세상을 떠났다. 병원응급실로 실려 간 지 13시간. 서울에 거주하는 자식들이 내려와 마지막 가는 길을 지켜보도록 하고서 잠을 자듯이 편안히 영면에 들었다.

생각하면 가슴이 아프지만 적당한 시기에 세상을 떠나지 않았는가 생각한다. 아들이 현직으로는 현재 맡은 일을 내년 초에는 그만둬야 하는데, 현재는 몸을 담고 있어서 수도권 여러 지자체에서 조의를 많이 표해주었다. 그것도 어찌 생각하면 아내가 마지막 도와주고 간 일이 아닌가 생각한다.

그동안 아내의 용품 중 옷가지와 신발 등은 모두 내어놓았다. 몇 가지 남은 것 중에 저금통을 보니 먹고 싶은 것 마음껏 먹도록 도와주지 못한 것이 마음에 남는다. '그것이나마 다 쓰고 갔더라면.' 하는 아쉬운 마음만 든다. 그러나 지금은 이미 몸은 떠나고 함께한 흔적으로 저금통만 남아 있다. 그것이 보는 마음을 먹먹하게 만든다.

석물(石物)

그동안 마음 언저리에 남아 항상 명치끝이 답답하던 숙제를 해결하게 되었다. 돌아가신 부모님을 먼 곳에 모셔놓고 석물을 갖추지 못한 채 오랜 세월을 보냈다. 그런 데는 워낙 거리가 떨어져 있기도 했지만 살아가며 여유가 없어서였다. 마땅히 설치해야 한다고 생각은 하면서도 불가피 차일피일 미뤄왔다.

그동안 나는 다른 이의 선산을 답사하며 비문을 지어주는 등 문사에 관여해 왔다. 그때마다 부러운 마음을 갖고서 석물을 마련하는 일을 언젠가는 해야 할 숙제로 의식하였다. 그간 내가 남의 문사에 관여한 일로는 선배가 자기 숙부의 공적비를 세운다기에 비문을 지어주고 당사자가 숨을 거둘 때도 비문을 써주었다.

그 밖에도 아는 이의 산소를 답사한 곳은 한두 곳이 아니다. 최근에는 친하게 지내는 지인이 자기 부모님 산소에 동행해 줄 것을 청하여 기꺼이 따라나섰다. 가서 보니 누가 보아도 잘 조성이 되어 있고 관리도 되어 있었다. 특별하게 느낀 것은 표창장을 석비에 새겨둔 것이었다. 그걸 보노라니 내 입에서 가벼운 신음소리가 나왔다.

'저런 상이라면 우리 어머니도 생전에 받으신 큰 상이 있는데.'

그 사실을 떠올리니 불현듯 그동안 나는 무엇을 하고 있었나 하는 후회가 밀려왔다. 해서 얼른 폰을 꺼내 표창장 석비를 찍었다. 그러고는 그걸 아우에게 보내면서 우리도 석물을 마련해야 되지 않겠냐고 의견을 제시했다. 그랬더니 아우한테서 즉시 답변이 돌아왔다.

"형님, 우리도 당장 합시다. 제가 미처 그 생각을 못 했네요. 석물 값과 제반 대금은 제가 보내드릴 테니 형님이 추진해 주세요." 이렇게 시원한 말이 돌아올 줄이야.

아우는 이역만리 낯설고 물선 카자흐스탄에서 의사면허를 받아 병원을 운영하고 있다. 최근에서 그 나라에서 국립병원 의사를 상대로 하는 교수 직함을 수여받았다. 대체의학이 전문인데 침술을 병행한다.

아우는 침술과 뜸, 식이요법으로 각종 암은 물론 성인병과 희귀병을 고친다. 그동안 놀라운 성과를 보여 명의로서 인정받고 있다.

"자네 혼자 너무 부담을 지는 건 아닌가?"

"아닙니다. 이 나라에 와서 깨끗한 돈을 벌어 부모님을 모시는 일인데 얼마나 영광된 일입니까."

그 말에 감격하고 말았다. 지인 모친의 표창장을 보고서 어머니를 떠올렸다는 건 다른 것이 아니다. 어머니는 대종회에서 수여 하는 '장한 어머니상'을 받으셨던 것이다. 그 해가 2008년 봄으로, 상을 받으시고 가을에 돌아가셨다. 향년 94세였다.

어머니는 우리 집안의 기둥 이셨다. 아버지가 일제 강점기 때 보국대에 끌려가 중병이 들어 오신 후, 온전히 살림은 어머니 몫이었다. 어머니는 재봉틀 하나로 험한 세상을 헤쳐오셨다. 옷을 지어주고 대신 놉을 얻고, 그 인력으로 농사를 지으셨다.

그런 생활이 일상이었는데 그래서인지 나는 지금도 어렸을 적 들은 그 재봉틀 소리가 귓가에 생생하다. 한번은 장난삼아 재봉틀 발톱에 손가락을 집어넣었다 따끔하게 찍힌 기억도 간직하고 있다.

재봉틀 하나로 사신 어머니는 늘 배고프고 신산한 삶을 이어 오셨다. 그것을 마을 사람들이 모를 리 없고 문중 어른들이 기억하지 못할 리 없을 것이다. 문중에서 조양군상을 시제 때 수여하지만 해마다 시행하지는 않는다. 몇 해를 건너뛰기도 한다. 그리고 수여하는 상도 효자상이나 효부상이 대부분이고 장한 어머니상은 희귀하다. 오직 모친이 수상한 게 유일하다.

우리 조양임문은 고려 말 좌복야(좌정승)를 지낸 임세미 공이 시조이시다. 보성 조양 땅을 식읍으로 받아 내려와 살게 되면서 자연스레 본향이 조양이 되었다.

성씨 통계를 보면 조양임씨는 176위에 해당한다. 9,900여 가구에 인구는 3만 2천 명이다. 참고로 보성에 본을 둔 성씨로는 보성선씨와 보성오씨, 조양임씨가 있다.

모친이 대종회에서 '장한 어머니상'을 받은 건 집안의 영광이자 자랑이 아닐 수 없다. 그런 만큼 석물을 준비하면서 함께 표창장을 세워놓게 되어 마음이 뿌듯하다.

이번에 석물을 준비하면서 후손들을 헤아려 보니 부모님 후손이 적잖게 32명이다. 적은 숫자가 아니다. 세월이 흐르다 보니 자손은 그예 고손까지 이어오고 있다.

활동하는 자손을 꼽아보니 분야가 참으로 다양하다. 작가, 의사, 변호사, 감정평가사, 첼리스트, 교수, 화가, 기업체 지점장 등 다양한 면모들이다.

어머니께서 조양군상을 받은 내력을 짚어보면 나는 자식으로서 할 말이 없다. 고생시켜 드린 내력이 포함되어 있기 때문이다. 아내가 장기 와병에 들어 무려 22년을 누워 지냈다. 그러는 동안 병수발을 어머님이 많이 하셨다. 남편이 오랜 병석이 있던 것에 더하여 며느리가 쓰러져 돌봐야 했으니 얼마나 막급한 불효를 저지른 것인가.

"이 어미도 이제 늙었어야. 많이 힘이 든다."

그런 말씀을 하실 때마다 이러지도 저러지도 못하는 상황에서 나는 그저 목이 메일 수밖에 없었다. 그런데 그때 받으신 상을 새로이 석비에 새기려니 마음이 기쁜 한편으로 가슴이 먹먹해 오기만 한다.

석물을 준비하면서 부디 바람이면, 자손들이 한 가정을 온전히 보듬고 지켜 오신 당신의 행적을 잊지 않고 오래도록 기억해 주었으면 좋겠다. 나는 차제에 특별히 아우의 국위선양을 아뢰고 싶다. 당신이 돌아가실 무렵은 아직 아우의 공부가 끝나지 않아서 몹시도 불안해하시며 걱정하며 돌아가셨는데, 이제는 낯선 외국에서 당당히 인정받고, 존경받으니 걱정하지 마시라고 전하고 싶다.

돌아보니 참으로 우여곡절이 많은 가족사였다. 늘 무언가가 부족하고 아쉬워서 애면글면하고 살아온 가족사가 아니었나 생각한다.

언젠가 여유가 생기면 상석만은 마련해 드리려고 했는데, 그날이 비로소 찾아와 마음이 떳떳하다. 나이를 먹다 보니 어느새 내가 집안의 최연장자가 되었다. 그런 마당에 미뤄 둔 숙제를 해결하니 홀가분하기 짝이 없다. 이 석물 설치를 계기로 후손들이 석비에 새겨진 글을 보며 더욱 단합하고 화합하며 조상을 기리는 마음을 더한층 가져주었으면 한다.

(2024)

엄정숙

sorige2@daum.net

2002년 여수해양문학상 대상 수상/ 2006년 『매일신문』 신춘문예 수필 당선/ 『에세이스트』 등단, 캘리포니아 여성문학상 수상, 『시를 사랑하는 사람들』 등단, 『창조문학 신문』신춘문예 당선, 2015년 목포문학상 남도작가상 시 부문 당선/ 시집 『갈매기 학습법』/ 수필집 『여수, 외발갈매기』/ 동부수필문학회 초대회장(2010~2022), 문협여수지부 부지부장 역임

뷰포인트(viewpoint)

본의 아니게 안경을 끼게 되면서 불편한 점이 한두 가지가 아니다. 운전 중 옆 차선을 돌아볼 때는 언뜻 기둥 하나가 스치는 기분을 떨쳐버릴 수가 없다. 특히 어둑해질 무렵에는 안경이 오히려 시야를 방해하는 물건처럼 거추장스럽다. 그럴수록 부지런히 안경을 껴서 몸의 일부로 받아들여야 하는데 하루에도 몇 번씩 벗었다 꼈다 하며 안달을 부린다. 안경 때문에 시야가 달라져 자연의 확연한 빛깔을 놓치는 불이익을 생각하면 아쉽기 짝이 없다.

내가 사는 아파트 앞길 언덕 밑에 아파트 두 동이 들어섰다. 아직 분홍빛이 선명한 벽에는 갈매기 두 마리가 날갯짓을 멈추지 않은 채 그려져 있고 지붕에는 피뢰침이 수호천사처럼 서 있다. 바람이라도 세차게 부는 날엔 바다에서 막 건져 올린 빈 낚싯대처럼 비틀거리기도 하지만 아파트의 안전을 지키려는 기세는 늘 꼿꼿하다.

아파트가 들어서기 전에는 앞바다 전체가 내 시야를 그득하게 채워 주었다. 물살을 가르며 떠나는 아침 뱃길은 낯선 세계로 향하는 나만의 그리움이었다. 그보다 더 자주 내 시선을 머물게 한 곳은 바닷가로 나 있는 길이었다. 마주 오는 자동차가 서로 몸을 움츠려 주어야만 오갈 수 있는 좁은 길이다. 10층 거실에서 내려다보면 둥근 포구를 감싸고 있는 것처럼 보이기도 하고 동네 하나를 바다로부터 보호하기 위해 바리케이드를 쳐놓은 것처럼 보이기도 했다. 베란다에 나와서 화초에 물을 줄 때나 빨래를 널 때마다 나는 일손을 멈추고 길을 내려다보곤 했다. 가끔 낚시꾼들이 다녀가고 아이들 머리 위로 갈매기가 거수경례를 붙이며 지나가는 길, 도시가 아무리 출렁거려도 그 길은 언제나 평화롭고 한가했다. 나는 〈일 포스티노〉에 나오는 지중해의 푸른 바다와 좁은 초원과 포장되지 않은 언덕길 같은 멋진 장면을 길 위에다 펼쳐놓곤 했다. 시인 네루다의 편지를 전하러 가는 마리오의 자전거 바퀴 사이로 은빛 물살이 흩어지는 풍경은 나를 하루 종일 경쾌한 기분에 젖게 했다. 덤으로 나는 네루다가 마리오에게 가르치려는 시의 은유를 나는 그 길에서 배우곤 했다.

무딘 시정(詩情)에 경치의 도움을 얻어 글 한 줄이라도 써 볼까 하는 기대는 이제 접어야 할까 보다. 강산지조(江山之助)에 은근히 도도해진 마음을 죽비로 얻어맞은 기분이다. 아쉬운 마음에 베란다 끝에서 목을 빼고 내다보았지만 견고한 시멘트 벽에 가려 그 낭만적인 길은 더이상 볼 수가 없게 되었다.

세계 최대의 협곡 그랜드캐년에 가면 여러 개의 뷰포인트가 있다. 위대한 자연의 모습을 좀 더 자세히 볼 수 있는 곳에 위치한 전망의 자리이다. 그중에서도 최고의 경관을 볼 수 있는 브라이스 엔젤 포인트와 사우스림의 야바파이 포인트가 관광객이 가장 붐비는 곳이다. 장엄함과 아름다움을 두루 보기 위한 장치인데, 시간대에 따라 달라지는 환상적인 모양과 빛깔의 감상은 짧은 일정으로는 엄두도 못 낼 일이었다. 나라마다 적절한 장소에 전망대를 세워 신이 만든 세상과 인간의 업적까지도 두루 살피게 하는 것은 사람들에게 많은 교훈과 감동을 주기 위한 배려의 문화라는 생각을 한다.

나는 유달리 시각의 만족을 채우는데 염치를 차리지 않았던 것 같다. 영화관에서도 가장 좋은 자리가 아니면 앉기가 싫었다. 기차나 버스에서도 창가를 차지해야만 직성이 풀렸다. 그런 이기적인 짓거리도 철없을 때 몇 번 해 보는 걸로 그쳐야지 자주 해 버릇하면 남의 눈총 받기가 일쑤였다.

뒷전에 물러앉아 나만의 사색의 시간을 가져보기 시작하면서 자연이나 사물도 관점을 달리해서 바라보는 안목을 갖게 되었다. 탁 트인 시야보다 더 많은 것을 보고 느낄 때가 많다.

오늘은 2층에 살던 한 가족이 이사를 하는 날이다. 새 아파트의 골조 공사가 한창일 때 앞장서 모임을 만들고 시청에 탄원한다며 발을 동동 구르던 주민대표였다. 달빛이 거실까지 밀려오는 밤에는 너무 좋아서 잠을 자지 않았다고 했다. 어떤 사람들은 아파트값보다 더 많은 돈을 들여 아방궁을 만들기도 했다. 유별나게 아파트를 치장하고 자랑하던 사람들이 핏대를 세우고 농성까지 하자고 했다.

이미 허가를 받은 신축 건물은 호화 여객선처럼 물가에 닻을 내렸다.

새로운 항해를 위한 고동 소리를 신호로 이삿짐을 실은 대형 트럭이 하루가 멀다고 들락거렸다. 나는 새로운 볼거리를 포착한 듯 입주자들의 모습을 내려다보며 짜증과 흥미 사이를 오락가락했다. 솔직히 말하자면, 앉으나 서나 묵직한 건물이 눈 밑에 아른거리는 것이 못마땅했다. 무대의 뒷전으로 밀려난 기분을 떨쳐버릴 수가 없었다.

그러나 나는 명퇴당한 일등 항해사임을 한시라도 빨리 인정해야만 했다.

운 좋게도 한 십 년 동안 무엇 하나 거슬리지 않는 전망을 마음껏 누리며 살았다. 내 사색의 길을 삼켜버린 분홍빛 건물이 오늘은 몹시 커 보인다.

젊은 부부가 자동차에 뭔가를 싣고 있다. 아이를 데리고 주말여행이라도 가는 걸까. 몸놀림이 행복해 보인다. 나는 몰래, 카메라처럼 가슴이 두근거린다. 벌써 더듬이 끝에 달린 달팽이의 눈이 된다. 어린나무의 연둣빛 사이로 걸어가는 남녀의 모습이 눈부시다. 꽃들이 만발한 화단가에 앉아 해바라기하는 할머니들이 인라인스케이트로 포물선을 긋고 다니는 아이들을 지켜보고 있다. 각도를 달리해서 보면 할머니들이 꽃나무 같기도 하다.

어느덧 내 마음속 어느 적절한 곳에 또 하나의 뷰포인트가 자리해 버린 모양이다. 마치 안경이 얼굴에 아무렇지도 않게 붙어 있듯이 말이다.

까치 소리

꼭 한번은 가보고 싶은 섬이었다. 멀지도 가깝지도 않은 그 섬은 아득한 옛날 제주도로 유배 가던 사람들이 잠깐 쉬었다 간 기착지였다 한다. 그리고 유배를 왔다가 일가를 이룬 사람들도 있었다고 한다.

그 섬은 남편이 초등학교 2학년까지 유년 시절을 보낸 곳이다. 미국에 사는 시누이를 만나면 타임머신을 타고 오누이가 몇 번이고 다녀오는 곳이기도 하다. 물속 사정에 빤한 누나가 건져 올린 전복과 해삼으로 배를 채우던 소년은 지척에 섬을 두고도 날을 잡아서 가는 일은 없었다. 딱히 만날 사람이 없는 고향은 추억 속에서만 찾아가는 무릉도원이었다.

가끔 낯선 시간을 택해 낯선 장소에 가고 싶을 때가 있다. 꿈에서처럼 엉뚱한 장소로 이동하는 일탈의 시간을 가지기로 했다. '내 고향 남쪽 바다'의 노랫말보다 많이 들어온 그 바다와 그 섬에 가고 싶었다. 사설우체국이 있고, 좋은 나무와 흙으로 지은 기와집이 있던 마을, 상급생의 흉내를 내다 피투성이로 개울에 처박혔던 소년의 무모한 장난기가 있던 곳이 나는 궁금했다. 반겨줄 사람은 없지만, 섬의 전설과 등대와 기암괴석과 자갈밭을 구르는 물결 정도면 풍성한 추석이 될 것 같았다.

연일 날씨가 맑아 보름달을 볼 수 있으리라 짐작은 했지만, 도시의 달빛하고는 명암이 달랐다. 하룻길 유배의 땅에서 달빛이 먼저 온몸을 다해 반겨주었다. 몇 척의 고깃배가 정박해 있는 바닷가를 걷다가 삭막한 기운을 느낀 것은 달빛하고는 무관했다. 오누이가 그리워하던 자갈밭 해변은 없었다. 시멘트로 매축해서 땅이 늘어났고, 방파제가 바다의 출입을 막고 있었다. 남편은 길을 잘못 찾은 듯 우체국 자리를 더듬으며 추억의 실마리를 그물처럼 당기고 있었다.

사람의 얼굴도 성형수술을 하면 옛 모습을 찾기 어려운데, 아름다운 해변이 완강한 절벽이 되어 있으니 지도 속의 해안선은 이미 지워진 셈이었다. 섬은 더는 섬이 아니었다. 작은 도시의 후미진 동네 같았다. 마을에는 그럴싸한 양옥들이 들어서 있었고, 초등학교 운동장에는 색종이를 오려 붙인 듯 아이들의 꿈을 억지로 모자이크한 건물이 서 있었다.

이모 집에나 가보자는 남편을 따라 달빛을 등불 삼아 후미진 골목에 들어섰다. 이모가 살던 집은 폐가로 남아 있었다. 달빛 아래서 검푸른 이끼가 우물을 감싸고 있었다. 새로 단장을 한 집들 사이에 이모의 금이빨처럼 반짝이는 타일이 벽과 서까래를 붙들고 있었다. 정갈한 삶의 흔적까지 동행해 버리는 저승길이 참 야멸치다는 생각이 들었다. 서서히 육탈을 진행하는 폐가를 뒷날 아침에 다시 한번 돌아보았다. 사람이 벗어 놓은 자리에 거미는 부지런히 그물을 쳐놓았고, 별채 지붕에는 노란 호박이 비스듬히 앉아 있었다. 돌담 아래 누군가 쪽파를 심어 놓기도 해서 빈집치고는 그리 권태롭지는 않아 보였다.

해가 뜨기 전에 등대를 향해 걸음을 재촉했다. 우리나라 최초의 등대, 백년이 넘는 역사 속으로 가는 길은 마름돌이 깔려 발길이 가벼웠다. 넉넉한 상록수림이 망망대해를 슬쩍슬쩍 꺼내 주었다. 바다는 여태 문맹이어서 시간의 흔적이 남아 있지 않았다. 그래서 바다는 늘 새롭고 처음이 되는 모양이다. 길 중턱쯤에서 바닥에 앉아 숨을 고르던 부부가 말을 걸어왔다. 어렸을 때 떠난 이곳에 대해 아는 것이 많았다. 우리가 모르는 곳과 모르는 일을 단숨에 말해주었다. 몇십 년 동안 서울에 살다가 노후를 보내려고 고향으로 돌아왔으니 알아볼 만큼 알아보고 자리를 잡은 것이리라. 겉모습의 변화에 이러쿵저러쿵 토를 달지 않는 그들의 도량이라면 이 섬을 품고 살기에 넉넉해 보였다. 그들은 등대를 돌아 다른 풍광을 따라가고 나는 남편이 팔아버린 다른 쪽 해변에 붙은 땅을 보고 가야 직성이 풀릴 것 같았다.

그곳에 오두막 한 채를 지을 수 있다면, 바다 한 귀퉁이쯤은 내 몫이 될 줄 알았다. 삼치 어장을 하는 사람에게 팔았다고 할 때 섭섭한 마음이 생각보다 오래갔다. 선착장 가는 길에 들러본 그곳은 섬의 어느 곳보다 지저분했다. 양식장이 들어서고부터 폐수나 오물 냄새가 나서 팔았다는 남편의 결정은 옳은 것이었다. 그림처럼 예쁜 해변에는 쓰레기와 스티로폼이 흩어져 있었다. 최악의 풍경이었다.

볼 것도 많고, 보지 말아야 할 것도 많은 섬에서의 하루가 며칠처럼 느껴졌다. 차를 돌려 는적거리며 가는 야산 중턱에서 드센 소나기를 만난 듯 멈추어 섰다. 왁자지껄한 것은 까치 소리였다. 동네 하나를 만들어도 될 만한 까치가 전선에도 까맣게 붙어 있고, 비어있는 전답의 이랑과 고랑에도 옹기종기 앉아 있었다. 아는 얼굴들처럼 반가웠다.

나는 대번에, 섬에서 끼적거린 시의 마지막 연을 이을 수 있었다.

나는 이명(耳鳴)의 파도 소리를 스캔하다/ 적막을 깨는 데시벨의 안부인사를 받았다/ 전신줄을 타고 앉아 바다와 섬을/ 지문이 닳도록 타전하는 까치 떼/ 용케 눌러앉은 섬의 피붙이들이/ 카랑카랑한 목소리로 묵정밭을 갈고 있었다/

까치 소리는 꽤 멀리까지 우리를 배웅해 주었다.

쥐약

쥐약을 놓아 쥐를 잡던 시절이 있었다. 멸공, 반공 같은 살벌한 구호가 근면과 자주와 협동이라는 살갗에 와닿는 외침으로 바뀌던 때였다. 그때 우리는 '우리도 한번 잘살아 보자'라는 노래를 애국가보다 열심히 부르곤 했다. 나라의 운명이 식량 증산에 달렸다고 학교마다 도시락 검사를 하며 보리밥을 먹게 했다. 강요하지 않아도 쌀밥을 먹을 수가 없는 형편들이었다.

몇 년 전에 가족 계획하라며 '덮어놓고 낳다 보면 거지꼴을 못 면한다.'라고 으름장을 놓았는데도 웬 식구들은 그렇게 불어났는지 우리 집만 해도 식구가 일곱이었다. 입은 많고 양식은 부족한데 군식구가 늘기 시작했다. 밤마다 천장을 무대 삼아 집안을 뒤지고 다니는 쥐들이 곡식을 축내고 있었다.

세상 마지막 날까지 쥐처럼 교활하고 얄미운 짐승은 살아남을 것이라는 사실을 엊그제 TV를 보면서 또 한 번 실감했다. 고객들이 맡겨둔 돈을 야금야금 집어삼킨 인쥐들이 그때 그 시절 곳간의 쥐와 다를 바가 없었다.

예나 이제나 남의 것을 훔치는 도둑은 박멸해야 한다는 구호는 대단한 전파력을 가졌다. 동네 골목마다 '쥐는 살찌고 사람은 굶는다'라든지 '한 집에 한 마리만 잡아도 수만 명이 먹고 산다'라는 표어와 '쥐를 박멸하자'라는 큼직한 포스터가 나붙어 나는 공산당보다 쥐를 더 미워하며 살았던 것 같다. 쥐꼬리를 잘라서 숫자를 채워 학교 과제물로 제출하던 일을 잊을 수가 없다.

임진왜란 당시, 왜군은 조선군의 코를 자르고, 조선군은 왜군의 머리통을 잘라 그 수를 헤아려 무공을 인정받았다는데 그 시절의 우리는 쥐꼬리를 잘라 나라와 학교에 대한 충성심을 보여준 것이리라. 이보다 더 아프고 시린 일들이 부지기수지만 쥐새끼들이 봉숭아, 분꽃 만발한 장독대 주변을 촐싹거리던 모습이 떠오르면, 아련한 추억 속이 쥐 오줌 냄새로 번지기 일쑤여서 무단히 서러워지는 감정을 감출 수가 없다.

쥐잡기 운동은 농수산부가 주관했다. 동사무소에서 나눠준 쥐약으로 한날한시에 쥐약을 놓아야 했다. 거사를 위해 봉화를 올리는 것처럼 신중하고, 가증스러운 쥐새끼가 고소한 냄새를 맡고 덥석 먹어 치우기를 바라는 마음 간절했다. 그래서 버둥거리다 나자빠지는 광경을 우리는 가슴 두근거리며 기다리곤 했다.

아파트의 콘크리트 벽이 남과 나 사이를 가로막으면서 쥐 없는 세상을 살게 되었다. 경계와 외로움의 공간에 더 이상 발붙일 곳이 없는 쥐는 이제 실험용으로 살신성인의 공덕을 쌓는 중이다.

요즘은 탐욕에 눈이 어두운 사람들이 쥐약을 먹고 버둥거리고 있다. 사람이 먹으면 패가망신하는 여러 가지 성능의 쥐약이 사방에 널려있는 모양이다. 업그레이드된 쥐약은 사람을 살찌게 해서 죽게 한다.

아침저녁 뉴스 시간을 화려하게 장식하는 몇몇 사람들은 쥐약을 먹고도 걷고 말하고 웃는다. 일단은 당당한 모습으로 비틀거리는 몸을 커버한다. 상대방에게 책임을 돌리며 무죄를 주장하는 모습은 마치 쥐약 먹은 쥐가 몸부림을 칠 때처럼 안타깝기도 하다. 하기야 쥐약을 대신 먹은 이웃집 닭들이 몸을 뒤틀며 억울하게 죽던 일이 있긴 있었다.

나도 취약이란 걸 먹어 본 적이 있다. 어쩌다 취득한 미국 영주권 때문에 한사코 미국을 드나들곤 한다. 딸아이가 LA에 살고 있고, 두 시간 남짓 떨어진 팜스프링스에 시누이 집이 있어 그곳을 임시 거처로 삼는다.

자동차를 대여해서 한참 달리다 보면 거대한 풍력 발전소를 만나고 온천 휴양지로 잘 알려진 팜스프링스에 닿는다. 자주 가다 보니 우리 동네처럼 길이 쉽고 주변의 관광지도 눈에 익어 전혀 새롭지 않다.

곳곳에 인디언 보호구역이 있다. 서부영화의 배경을 상상하며 차 머리를 돌려보면 거대한 카지노 건물이 앞을 막는다. 처음에는 이런 사막에 별천지 같은 세상이 있나 싶어 신비감 반 경악 반으로 관광만 했다. 몇 번 스치다 보니 고속도로 위에서 화장실만 가고 싶어도 카지노 화장실을 빌려 쓸 만큼 담대해져 이제는 시누이 부부를 따라 부담 없이 드나든다.

아직 취약에 대한 고소한 맛이 내게 남아 있었던 모양이다. 몇 년 전 관광버스를 타고 그랜드캐년 가는 길에 숙소에 붙은 카지노에 단체로 들어간 적이 있었다. 입구의 슬롯머신 앞에서 남편을 기다리다 이십 불짜리 지폐 한 장을 넣고 서투른 솜씨로 서너 번 눌러보았다. 갑자기 주위가 떠들썩했다. 잭팟이 터졌다는 것이다. 천오백 불이지만 시골 카지노치고는 큰 거라고 했다. 직원이 달려와 홍보용 사진을 찍어도 되냐고 물어보기도 했다. 시누이 부부와 남편은 취약을 먹어서 큰일났다고 겁부터 주었지만 이백 불씩 나누어 주자 취약이고 뭐고 흔쾌히 받아 갔다. 카지노에 들락거리는 LA 인근의 교포들 사이에는 '취약'이라는 공포의 낱말이 곁말로 오가고 있었다. 재미를 본 사람은 더 큰 재미를 보기 위해 다시 찾아가는 곳이 카지노다. 어느 시인이 미국에서 교환교수로 있을 때 쓴 시가 생각난다.

미주리 강변 카지노 세인트찰스/ 각 종목 기술을 보여주며/ 그는 말한다. 마누라는/ 여기다 이삼만 불 내쏜 줄 알지만/ 사실은 십만 불이 넘지요// 사람이 한가하면 악마가/ 얼른 와서 일거리를 대준다고요?/ 글쎄요/ 이보다 더 바쁜 일이 없는데// 자동차 기름 채웠겠다/ 사놓은 담배 있겠다/ 마지막 이십오 전까지 다 바쳐야지// 늦새벽 지친 몸/ 터덜터덜 걸어나올 때/ 강바람이 얼른 쫓아와서 어깨를 감싸주지/ 괜찮어유~/ 금방 또 벌어유~// 이때 그는 빈 잔이다/ 다 마셔버린/ 쓸쓸한

오늘 아침 미국의 시누이한테서 전화가 왔다. 들뜬 부부의 목소리가 심상치 않았다. 칠순의 시누이는 그 황량한 사막 한가운데서 모국어와 영어를 반반씩 섞어 쓰면서 씩씩하게 노후를 보내고 있다. 골프와 하나님과 카지노를 사랑하는 시누이가 기계와의 씨름 끝에 거금 육천 달러를 땄다고 한다.

빨리 왔으면 좋겠다면서 그 돈을 여행경비로 내놓겠다고 한다. 쥐약을 보약으로 쓰자는 놀랍고 고마운 제안이다. 내가 갈 때까지 그 숭고한 정신이 남아 있을지 모르겠다. 쥐약의 참담한 속성을 아는 나로서는 속까지 흐뭇해할 수는 없는 노릇이다.

적막한 바닷가

조그만 항구도시가 설 연휴 동안 꽤나 북적거렸나 보다. 아파트의 주차장이 겨우 평상심을 찾았는데도 쓸쓸하기가 낙조의 바닷가 같다. 자동차 왕래가 뜸한 거리도 맥 빠진 노인의 안색처럼 허전하고 창백하다. 반가움과 서운함이 교차한 흔적들이 여기저기 파편처럼 햇살에 반짝이고 있는 오후, 나는 맞이할 사람도 떠나보낼 사람도 없는 무료함을 달래기 위해 바닷가에 간다. 햇살과 물살이 어우러진 바다가 사람의 생사화복과는 무관한 듯 찬란하다.

길눈이 뻔한 바닷가지만 늘 새로운 느낌이 드는 것은 바람의 탓인가 싶다.

바람결에 따라 물살과 빛깔이 날마다 다르다. 순한 표정과 사나운 표정이 수시로 바뀌는 바다는 사람을 살리기도 하고 죽이기도 한다.

바다도 바다 나름이어서 답답한 일상을 벗어나 시원한 바닷바람이나 한번 쐬러 오는 사람들에게는 배설과 위로의 장소지만, 바다를 파먹고 사는 이곳 사람들에게는 바다가 신神이 되기도 하고 원수가 되기도 한다. 그런 곡절 많은 바다를 나는 내 집 마당처럼 드나들며 한 마리의 갈매기처럼 수필의 가닥을 찾곤 한다.

잠수기 조합을 지나 선창가로 가다 보면 언젠가 오구굿을 펼치던 곳에 이른다. 물에 빠져 죽은 사람의 시신을 찾지 못해 혼령이라도 건져볼 요량으로 무명베를 길게 풀어 물속에 넣었다 끌어올리는 의식이었다. 무당이 바리데기를 구송하며 신명나게 춤추던 굿판을 나는 우연히 지나다 보았다. 지상과 수중의 한을 풀었다 감았다 하는 모습에 청람색 바다가 금방이라도 시신 하나를 물가에 토해놓을 것만 같았다.

몇 발짝 떨어진 선착장에서는 물옷을 입은 잠녀들이 전복과 소라가 담긴 태왁을 뭍으로 끌어올리고 있었다. 바다가 내어주는 삶에 환호하는 사람들과 바다가 내어주지 않는 죽음을 원망하는 사람들로 그날 바닷가는 물살보다 술렁거렸다.

오랫동안 폐선들이 묶여 있던 자리에서 발길을 멈춘다.

그 많던 갈매기들은 다 어디로 갔는지 한적하기 짝이 없다. 멸치잡이 어선 몇 척이 낮잠을 자고 있다. 그물 깁는 모습도 밧줄을 매는 어부들의 그림자도 보이지 않는다. 어부들의 시름까지 휴가를 갔나 보다.

마구잡이 어획으로 바다의 무법자이던 소형 저인망 어선들이 감축당해 숫자가 많이 줄었고 어항단지의 애물단지로 취급받던 폐선들도 깨끗한 환경조성을 위해 치워졌다. 어느 도시에서는 폐선을 활용한 바다 목장의 인공어초人工魚礁를 제작했다는데 아쉬운 생각이 스친다.

집채만 한 시크릿 1호는 선박 수선 선박으로 사람이 없어도 바다를 지키고 있다. 시크릿 1호조차 고쳐낼 수 없었던 폐선을 나는 늘 피해 다녔던 기억이 난다. 몇 년째 운신을 못 하고 누워만 계시던 어머니가 생각났기 때문이다.

어머니의 간병을 언니에게만 맡기고 애써 찾아가 제대로 된 효도 한번 해 보지 못했다. 그런 내 처지가 어떤 변명을 열거해도 용서가 되지 않는 요즘, 폐선이 치워진 자리를 찾아와 사모곡을 부르는 까닭은 또 무슨 못난 짓인지 모르겠다.

어머니는 한 척의 배였다. 아버지를 잃은 여섯 아이를 태우고 거친 파도를 헤치며 버티어 왔다. 장성한 아들을 잃고 난파선이 될 뻔한 시간도 하늘이 감동할 만큼 잘 견디어 주었다.

폐선들이 치워진 선착장 주변은 이제 낡고 지저분한 흔적들이 다 지워져 산뜻해졌다. 그런데, 너덜거리는 비닐봉지와 갈매기 똥이 희끗거려 볼썽사납던 폐선의 자리가 오늘은 왜 이렇게 헛헛하고 적막한지 모르겠다. 섬들도 멀리 돌아앉은 것 같고 폐선의 옆구리를 동네 건달처럼 치근거리던 파도 조각도 힘이 없다. 여객선이나 고깃배가 지나가며 날개처럼 춤추던 물결에 장단을 맞춰주던 폐선의 추임새가 이제는 그리움으로 텅 빈 바닷가에 머물러 있다.

솟대처럼 바닷가를 지키고 있던 국동 어항단지는 거칠지만 정겨웠다. 늘 비린내가 풍기고 동네 개가 생선 대가리를 물고 달아나고 아침부터 욕설이 머리 위로 날아다니고 낮술에 불콰해진 어부가 폐선 틈새에다 오줌을 갈기지만 때로는 만선의 깃발이 무지개처럼 나타나곤 했다. 사라진 풍경은 아쉬움과 그리움의 표적으로 발길을 멈추게 하고 사람이 떠난 자리까지 떠올리게 하는 잔정을 베푼다.

어머니의 빈자리가 또 가슴을 후빈다. 몸을 괴던 좌식 의자며 이부자리며 어머니의 유품들이 치워진 친정집은 골목부터 찬 바람이 불었다. 누워만 있어도 어머니의 훈기가 골목 입구까지 마중 나와 주던 많은 날이 나를 속수무책의 물가로 데려간다. 얼마쯤 시간이 흘러야 어머니의 자리를 편한 마음으로 대할 수 있을지 모르겠다.

이제 곧 선창 가는 활기를 되찾을 것이다. 어탐선은 어군탐지기를 이마에 붙이고 고기떼의 행방을 찾아 닻을 올릴 것이고 집어등을 밝힌 어선들은 밤바다를 대낮처럼 밝혀 줄 것이다. 해양 경비정은 사건 사고를 좇아 달려

갈 것이고 갈매기는 뱃전과 자동차 유리창을 가리지 않고 똥을 싸댈 것이다.

그런 날 나는 물때에 맞춰 이곳에 다시 오리라. 폐선의 빈자리에 출렁이는 물살은 만삭의 여인처럼 새로운 꿈을 꿀 것이고, 나는 신바람 나는 수필 한 편을 발원 굿 대신 써서 이 적막을 깨트릴 것이다. 혼자만의 당찬 생각에 걸음이 빨라진다.

새해 새 달력

새해 새 달력을 대하면 나는 김진섭의 「백설부」를 떠올린다. "밤새 강설의 상태가 정지되면 지상에 쌓인 눈은 실로 놀랄 만한 통일체를 현출 시키는 것이니, 이와 같은 화려한 장식을 우리는 백설 아니면 어디서 또다시 발견할 수 있을까?"라는 문장이 있다. 새 달력을 보면, 미지의 나날이 백설의 세상과 다름없다.

부엌 창가에 놓아둔 탁상용 달력을 새해의 것으로 바꾼다. 특별한 일이 없어도 눈길이 자주 가는 곳이다. 가깝게 대하다 보니 칸 하나하나가 막 잘라놓은 두부모처럼 가지런하다. 사소한 일이라도 뜻대로 된 날은 반듯하게 모양을 갖춘 덩어리로 남는 날도 있었다. 으깨지기 쉽지만 색도 없고 냄새도 없는 두부 한 모, 여러 양념과도 금방 친숙해지는 원만한 성질을 가졌다.

해마다 낡은 달력을 새 달력으로 바꾸는 일은 설레는 일이다. 올해는 설렘은커녕 쓸쓸하다 못해 두려움까지 겹친다. 아직 가보지 않은 날들이 용기나 희망의 표시처럼 보여도 후회와 실망의 한 해가 되기 일쑤인데, 올해는 내 나이마저 선명하고 노골적인 숫자와 비교를 가르치려 든다. 그럼에도 불구하고 나는 미운 오리 새끼에서 백조로 변하는 꿈을 연출해 내고 싶은 것이다.

- 손대지 않은 나날의 풍요로움, 새해 새 달력 -

오래전에 외워둔 요시야 노부코의 하이쿠 한 줄을 분발의 실마리로 삼아 본다. 창가 자리에서 밀려난 지난해의 달력을 한 장 한 장 넘겨본다. 일 년 동안의 자취가 쉽게 퇴색되기는 어려울 것 같다. 남편의 간병을 위한 준비에 소홀하지 않은 나날이 날렵하게 들어앉아 있으니 무슨 일지 같은 느낌이 든다. 날짜들을 가만가만 짚어가다 보면 짧은 메모 안에 소소한 행복도 들어있다. 4월 어느 날에는 철쭉꽃밭에 초대받아서, 5월 초에는 금오도 별밤지기 펜션에서 꽃밭과 새벽별을 즐기기도 했다. 그러니까 췌장암 환자치고는 계절마다 누릴만한 호사는 누렸다는 것이다. 가끔은 추억이 위로될 때도 있나 보다. 한 번 다녀가는 생의 마디마디가 거친 파도타기처럼 숨이 가쁘면서도 그 안에 스릴이 있고 절망이 있고 감동이 있다. 감동은 특별 보너스처럼 달콤하다.

5월 1일은 '금오도 가는 날'이라고 쓰여 있다. 글을 쓰면서 친구가 되어버린 일행과 함께였다. 중병에 지팡이까지 한 몸이 된 남편도 겉으로 보면 큰 무리가 없어 보였다. 스스로 여객선의 위층까지 올라가 바다를 올라탄 듯 흥겨워했으니까. 금오도에는 올해 예쁜 시집을 낸 친구가 있다. 쑥이 지천으로 퍼져있는 저수지 언덕에서 햇살을 듬뿍 받고 눈이 부셔하던 남편의 모습이 눈에 선하다. 그냥 지나가는 표정인데 곁에 없으니까 마치 명품 영화처럼 돌려서 다시 보고 싶은 장면이다. 친구들은 낮은 산 등을 타고 가고, 우리는 가던 길을 내려와 사방팔방 널브러진 풍경 속에서 산비둘기 울음소리에 귀를 기울였다. 네 번씩 장단을 맞추어 구국, 구궁을 연달아 질러댔다.

푸름이 차오르기 시작하는 오월은 싱그럽고 아름다웠다.

"여기 이승 맞아?" 나는 너무 좋다는 말을 이런 농으로 감탄사를 대신했다. "저승도 이만하면 갈 만하겠네." 남편은 의사가 준 시한부 기간을 아는 듯 모르는 듯 넘기고 남은 시간을 덤으로 간주했다.

1박 2일을 끝내고 섬을 떠나기 전에 꽃밭 사이를 산들바람처럼 걸어 보았다. 친구가 시를 쓰듯, 심고 가꾼 꽃밭이 삶의 마지막 배경으로는 너무 화사했다. 사진을 찍으면서도 다시는 함께 올 수 없는 곳이라는 생각은 들지 않았다.

그날 그곳은 우리가 처음 보는 세상처럼 낯설었다. 또한 가장 젊고 아름다운 시간이었다. BTS 그룹 앨범의 '화양연화(花樣年華)'나 왕가위 감독의 영화보다 생생한 내 생의 '화양연화'였다.

7월 이후의 탁상달력은 텅텅 비어있다. 아무도 만나지 않고 특별히 갈 데도 없이 맥없이 보낸 걸로 보인다. 상실감을 이겨내는 묘약은 없는 듯하다. 내가 몸소 체득한 지난 몇 달로 설명이 충분하다.

제야의 종소리가 들리고 날이 밝기 전에 새해는 시작된다. 지난 달력은 뭔가 찾아야 할 기억의 조각을 위해 휴지통에 버리는 걸 미루기로 한다.

새 달력이 수많은 내일을 준비하고 있다. '어제'는 배가 지나간 뒤에 일어나는 물결이라고 중국의 자민 교수가 그의 수필에다 써버린 걸 나는 혀를 차며 아쉬워한 적이 있다. 선각자의 글을 읽지 않았다면 내가 내 문장으로 쓸 뻔했다. 다시 찾아올 한해의 마지막을 생각하면 나는 지금 최상급의 젊음과 건강을 유지하고 있다. 그리고 나를 지원하는 내일이 버티고 있다. 힘들면 내일이 나를 부축하고, 난제는 내일이 풀어 줄 것이다.

라이너 마리아 릴케의 명언을 회상하여 음미한다.

- 지금 우리는 새해를 맞이하고 있다.
지금까지 한 번도 겪어보지 못한 일로 가득 찬…

곽경자

ds4alh010416203@daum.net

봄은 오는가

우리 집 강아지 초코와 파이

사계절을 산다는 것

나의 단짝

감나무집 딸

제2회 체신부 '전국어머니 편지쓰기' 장려상/ 대한생명 '가족사랑 편지쓰기' 은상, 제9회 동서커피문학상 맥심상, 전남 백일장 시부 차상/ 〈에세이스트〉 신인상(수필 등단), 〈문학저널〉신인상(시) 2018년/ 전남대학교 평생교육원 문예창작과정 8학기 수료/ 금오도에서 펜션 '별밤지기' 운영 중

봄은 오는가

-금오도의 봄 편지

정이월 다 가고 삼월이 되었는데 아직도 몸은 겨울입니다. 두꺼운 옷에 모자를 눌러쓰고 장갑까지 끼고 외출합니다. 그런데 땅속 어딘가는 벌써 봄이 오고 있는 것 같습니다. 매화는 진작 꽃잎을 열었고요. 배나무 가지 끝마다 심상치가 않습니다, 벌써 배꽃 피울 준비를 하는 것이 눈에 보입니다.

우리는 추위에 떨고 있을 때 저들은 벌써 봄꽃을 올릴 준비를 하고 있었나 봅니다. 한겨울 추위에도 아랑곳하지 않고 부지런하게 일을 하고 있었나 봅니다. 땅은 아직도 살얼음이 남았는데도 수선화 새싹이 쏙 하고 고개를 내밀고 있습니다. 맹추위가 쓸고 간 뒤에도 혹여나 하고 들여다보았는데 아무렇지 않습니다. 보이지 않을 만큼, 어제보다 쪼끔은 키를 올리고 있습니다.

앞산을 보니 사철나무들 말고는 별 기별이 없습니다. 키 큰 나무들은 아직도 봄이 가까이 오는 줄도 모르는지 여유를 부리고 있습니다. 조금 더 겨울잠을 자야 한다고 합니다. 봄이 오는 소리를 아직 듣지 못했나 봅니다. 작은 풀들의 꿈틀거리는 모습이 눈에 보입니다. 모퉁이 양지바른 곳에서는 꽃잔디가 한 송이 꽃을 피워냈습니다. 사람이나 식물이나 성격 급한 것은 꼭 있나 봅니다. 조금은 여유를 부리다가 꽃 피워도 될 것을, 저렇듯 겨울바람 속에서 피워냅니다. 그러느라 얼마나 많은 힘을 소모했을까요. 저 혼자 피면 돋보이기는 하겠지만 남들과 같이 피면 주목을 받지 못할까 봐 그럴

수도 있습니다. 뜰에 꽃잔디가 무리 지어 빨갛게 피어나면 봄이 와 있음을 알 수 있습니다. 그 모습이 정말 아름답습니다. 서로 어울리면서 봄을 치장해 준다는 걸 한 송이 피어있는 꽃잔디도 알았으면 좋겠습니다.

목련의 꽃망울이 맺히고 버드나무 가지에도 파랗게 물이 오르기 시작합니다. 사람들에겐 아직 겨울인데 온 대지는 꿈틀거리고 있습니다. 서로 앞다투어 싹을 밀어낼 것입니다. 튤립도 하나둘 새싹을 올립니다. 더 이상 한파는 없어야겠지만 또 꽃샘바람은 불어올 것입니다. 수많은 바람 중에서도 시샘이 가장 많은 바람이 꽃샘바람이 아닌가 싶습니다. 아름다운 봄꽃들을 그냥 볼 수 없어 시샘하는 것일 겁니다. 목련이 피고 벚꽃이 피면 꽃샘바람은 어김없이 찾아와 아름다운 꽃잎을 떨구어 놓습니다.

얼마 지나지 않으면 또 봄은 오고 만물은 소생할 것입니다, 서투른 농부들도 봄을 맞을 준비를 해야 합니다. 고구마 종자도 심어야 하고 고추밭에 거름도 넣어야 합니다. 겨우내 동네 사람 소리를 들을 수 없었는데 오늘은 동네가 왁자합니다. 방풍나물 수확을 하고 있습니다. 농부들은 올해도 또 봄을 맞을 준비를 합니다. 봄이 오는 소리가 들립니다. 여기저기서 들립니다.

오늘은 화초 아저씨 집에서 동네 어머니들이 모여 앉아 쪽파를 다듬는 중입니다. 요즈음은 쪽파도 다듬어서 납품한다고 합니다. 도시 사람들은 참 편한 생활을 하고 있지만, 이렇게 땅속에서 먼 산에서 바다에서 봄이 오는 소리는 듣지 못할 것입니다. 계곡이 있는 숲길을 지나면서 살얼음이 얼어있는 냇가에 쪼그리고 앉아 살얼음 속에서 흐르는 물소리를 들어보면 아름다운 소리가 납니다. 물과 얼음의 대화를 엿듣습니다. 조금 있으면 사방에서 나무들의 새싹 터지는 소리를 바람이 들려줄 것입니다. 이 또한 자연이 아니면 들을 수 없는 음악 소리입니다. 봄날의 햇볕과 바람과 나무와 모든 소생하는 자연들이 이 섬에서는 어디든 공연장이 됩니다. 비가 오는 날은 바람의 지휘에 따라 나무들은 왈츠를 춥니다. 비 온 뒤 햇살 쨍 한날은 햇살을 받으며 바람이 뒤집어 주는 대로 잎을 말리고 있는 나무들을 보면서 나는 날마다 이 섬의 봄 편지를 쓸 것입니다. 누구라도 내 벗이 되어준다면 편지를 띄울 것입니다.

이곳은 지금 어디로 고개를 돌려도 봄이 오는 소리가 들립니다. 우리 몸도 저절로 기지개가 켜집니다. 도시 사람들도 쪽파를 다듬으면서 쪽파 뿌리에 묻어 있는 봄을 느껴보았으면 좋겠습니다. 이 섬 금오도의 흙냄새도 느꼈으면 좋겠습니다.

우리 집 강아지 초코와 파이

우리 집에는 강아지 '초코'와 '파이'가 있다. 이곳에 터를 잡았을 때 한겨울 개울가에서 계속 강아지 낑낑거리는 소리가 들렸다. 우리 손녀들이 "할머니 강아지 소리가 나" 하면서 앞 도랑을 내려다보니 주먹만 한 강아지 두 마리가 추위에 떨고 있었다. 이렇게 추운 겨울에 얼어 죽지 않은 것이 얼마나 다행이냐며 우리 집으로 데려와서 다음날 주인을 찾아보았지만 버려진 강아지였다.

처음엔 어린 강아지들이 마음을 열지 않았다, 아무리 다가가도 외면하던 녀석들이 우리 두 손녀의 애정 공세에는 어쩔 수 없었던지 조금씩 다가오기 시작했다. 그렇게 우리의 가족 같은 존재가 되었다. 우리 손녀들이 지어준 이름 초코와 파이로 우리와 함께 온 가족의 귀염둥이로 살고 있다, 이름을 지어준 우리 아이들이 몇 주 만에 와도 꼬리가 떨어질 정도로 흔들며 반가움을 감추지 못한다. 초코는 두 귀가 쫑긋하게 진돗개처럼 생겼고 파이는 털이 많아 복슬강아지처럼 생겼다. 이 녀석들과 같이 한 지도 십여 년이 되었다. 남편은 이 녀석들과 날마다 함께 산책하는데, 어쩌다 우리끼리 나가는 날에는 동네가 떠나가라 짖어댄다. 꼭 우리 아이들 어렸을 적에 떼어놓고 나가면 발을 동동 구르며 따라가려고 하던 모습과 같다. 동네 사람들이 오는 소리, 우리 손님들 오는 소리, 생판 모르는 사람이 왔을 때 짖는 소리가 각각 다르다. 처음엔 우리도 그냥 개 짖는 소리인 줄 알았는데 이제는 사람들을 보지 않고도 알 수 있을 정도다.

일주일에 한 번씩 오는 우리 사위를 보면 두 녀석의 짖는 소리부터 다르다. 날마다 밥 주고 산책시켜 주는 남편보다 박 서방을 더 좋아하는 듯싶다. 짐승도 자기들을 진정으로 좋아하는 사람을 잘 알아본다. 매일 함께 사는 우리보다 박 서방과 손녀들을 더 좋아하는 것을 보면서 우리의 사랑이 모자란 것은 아닌가 하는 생각이 든다.

똥 마려운 강아지 같다는 말이 있다. 어쩌다 산책을 못 시켜 주는 날이면 그 자리에서 낑낑거리며 뱅뱅 돈다. 그러면 아무리 바빠도 산책하러 가야 한다. 배변이 보고 싶다는 신호를 그렇게 요란스럽게 한다. 우리가 며칠 동안 여수집에 다녀와도 강아지들은 제집 주위에 배변 흔적을 찾아볼 수 없다. 서로 신뢰할 수 있다는 것이 얼마나 중요한 일인가도 알 수 있다. 우리 강아지들도 우리가 돌아오리라는 것을 알고 있었기에 그렇게 제 주위를 청결하게 하는 것은 아닐까 한다.

우리는 흔히 개보다 못한 놈 이란 단어를 쓴다. 살아가면서 우리는 많은 사람을 만나 좋은 인연을 만들고 아름다운 자연을 접하면서 살아가고 있다. 우리 강아지들은 날마다 목줄에 메여 있으니 답답하겠다는 생각에 잠시라도 풀어주고 싶지만 농작물 때문에 그러지도 못한다. 그래도 싫은 내색 한 번도 하지 않는다. 그저 하루에 한 번 주인과 함께 산책하는 것이 삶의 전부인 것처럼 날마다 가는 산책길에는 꼬리가 떨어질 만큼 흔들며 좋아한다. 그런 강아지들을 보면서 우리도 자기 삶에 만족하면서 살아야겠다는 다짐을 해 본다. 우리는 그렇게 사람과 동물과 식물과 햇살과 바람과 빗물까지도 더불어 살아가고 있다. 이런 자연과 더불어 세상 사람들이 누구도 미워하지 않고 어우러져 살아가는 삶이었으면 좋겠다. 언제나 자기의 삶에 만족할 줄 아는 초코와 파이처럼 모두가 자기 삶에 만족하고 살았으면 한다.

앞으로는 개만도 못하다는 단어는 쓰지 않기로 했다. 개들이 사람보다 더 지혜로울 때도 많다. 저들도 최선을 다해 살아가고 있을 것이다. 우리만 보면 꼬리를 있는 대로 흔들어주는 우리 집의 초코와 파이처럼 말이다.

사계절을 산다는 것

올 한 해도 거의 마무리가 되어간다. 달력이 딱 한 장 남았다. 새해가 되면 해맞이를 하면서 올 한 해는 어떻게 살아야 할지 계획을 세우고 다짐하고 지키려고 노력한다. 봄이 오고 여름이 오고 가을이 오고 겨울이 오고 그렇게 한 해가 지나간다. 그 세월 동안 나는 무엇을 하며 일 년을 살아왔을까. 봄이 되면 우선 활기가 넘친다. 사방에 봄꽃이 피고 새싹이 돋아나니 들뜨지 않을 수가 없다. 봄꽃과의 대화 속에서 생의 환한 봄날을 맞는다. 여기를 봐도 저기를 봐도 화려함이다. 그래서 봄은 화려한 계절이라고 이름 지어주고 싶다.

여름은 정열의 계절이다. 산과 들은 온통 녹색으로 반질거린다. 자연은 숨 가쁘게 힘을 모아 더위를 이기며 여름 나기를 한다. 있는 힘을 다해서 이 계절을 살아내야 한다. 여름휴가를 즐기는 사람들이 이해되지 않을 때가 있다. 폭폭 찌는 무더위 속에서 여행을 간다는 것은 나로서는 엄두도 낼 수 없는데 사람들은 여름휴가를 즐긴다. 산으로 바다로 여름휴가를 떠난다. 모든 정열을 여름휴가로 다 쓰는 것 같다.

여름을 보내고 나면 내가 제일 좋아하는 가을을 만난다. 우선 가을은 하늘이 너무 맑아서 좋다. 춥지도 덥지도 않은 날씨에는 문득 하늘을 보면 파란 하늘에 구름 한 점 없는 날이 많다. 저절로 감탄사가 나오는 그런 계절이다. 조금은 쓸쓸한 듯하면서도 마음만은 맑아지는 느낌이다. 꽃이 지고 잎이질 때 하늘이 너무 맑을 때 밤하늘의 별들이 빛날 때 달빛이 너무 고요할 때 문득문득 가을임을 알 수 있다. 자연과 함께하면 자연이 가을을 보낼 때 우리는 쓸쓸하다고 한다. 해마다 다짐하던 계획들은 모두 잊은 채 봄이 가고 여름이 가고 가을이 가면 우리는 또 한 해를 잘 살았다고 겨울 준비를 한다. 꽁꽁 언 몸과 마음을 풀어줄 봄을 기다리며 그렇게 많은 세월을 맞고 보내면서 우리는 한 해 한 해를 살아냈다. 우리 아이들이 우리가 걸어왔던 그 길을 걸을 때 참 세월이 많이도 흘렀구나 하고 내 얼굴을 보면 세월의 나이테가 몇 겹으로 돌고 있는지 알 수 있다.

올해도 이 가을을 맞이하여 맑은 가을 하늘 아래서 한 해를 보내고 있다. 이 좋은 가을날 나는 무엇을 할까. 그저 가을 하늘 아래서 가을 하늘처럼 말간 마음으로 겨울을 맞고 겨울이 춥다고 생각되면 또 화려한 봄을 맞을 준비를 하면 되겠다.

올 한 해도 사계절을 잘 살아왔다. 산다는 것은 사계절을 맞고 보내는 것이다. 그래서 나는 오늘도 파란 가을 하늘을 올려다본다.

이제는 겨울을 살아야 하는 채비를 해야 한다. 추운 겨울을 나기 위해 몸도 마음도 모두 한껏 힘을 모아 놓아야 한다. 김장도 해야 하고 시래기도 말려야 하고 무말랭이도 말려야 한다. 겨우내 온 가족이 겨울 준비를 해야 하는 이 가을이 일 년 중 제일 바쁜 계절이다. 날마다 말간 가을 하늘을 보면 그냥 넋 놓으면서 앉아 있고 싶은 날들이 많지만, 우리는 또 사계절을 살아내야 하니 부지런히 몸과 마음을 움직여야 한다. 그래서 겨울은 언제나 조용한 마음으로 맞을 수 있을 것이다. 봄에서 가을까지 잡초와의 전쟁에서 해방이 되는 계절이다. 겨울잠도 자지 않은 잡초들이 있지만 그래도 겨울은 우리에게 휴식을 주는 계절임이 분명하다. 사계절을 살아오면서 웅크리며 사는 겨울이지만 마음은 고요 속에서 살고 있다. 아침을 깨우던 산새들마저도 조용한 겨울이다. 온 섬이 모두 겨울잠을 자는 것 같다. 한낮이 되어도 겨울이면 동네 사람들도 보기 힘들다. 그렇게 자연과 사람들이 겨울잠을 자는 이 섬에서 몇 번의 사계절을 보냈다. 올겨울도 이렇게 사계절을 맞고 보내는 중이다. 날마다 말간 가을 하늘 같은 날만 있었으면 하는 마음도 있지만, 고요하고 조용한 겨울도 마음을 다독이는 시간들이어서 참 좋다. 이 섬의 사계절은 하루도 같은 날이 없어서 더 좋다. 도시에서는 하루하루가 그날이고 뭐가 변하는 것도 모르며 살았다. 날마다 다른 자연을 보면서 나도 날마다 다른 날을 보내고 맞이하고 있다. 맑은 하늘처럼 오늘 나도 맑음이다.

나의 단짝

우리는 오늘도 비 오는 날 해양 공원을 산책했다. 비 오는 날을 좋아하는 나를 위해 배려해 주는 것인지 아니면 비 오는 날을 좋아하는 것인지는 모르지만 누가 먼저랄 것도 없이 비가 오는 날이면 공원 산책길에 나선다.

비가 오는 날 해양 공원을 걷노라면 자욱한 안개와 바다에 떨어지는 빗방울과 건너편 산봉우리를 살짝 가려준 안개 너머로 보일 듯 말 듯 한 산과 바다가 보인다. 우리는 말없이 걷다가 또 조잘거리며 빗방울에 신발이 젖는 줄도 모르고 걷는다. 우리에겐 기분 전환하기 좋은 날이다.

어제는 수국이 흐드러지게 피어있는 어느 멋진 레스토랑에서 내가 좋아하는 해물 파스타와 돌산 갓김치 리조또를 점심으로 먹었다. 화려한 수국 앞에서 수국처럼 아름다운 자세를 잡는 내 단짝의 인생 최고 장면을 만들기 위해 나는 사진을 찍는다. 사진 찍기를 한사코 거부했던 나도 또 몰래 찍히고 만다. 하긴 내 인생에 오늘이 제일 젊은 날이라고 했다. 그러고 보니 내일보다는 오늘이 더 젊겠지, 당연한 이치다.

호수 같은 바다를 바라보며 맛난 점심을 먹고 커다란 창이 있는 전망 좋은 찻집에서 팥빙수를 먹으며 세상 부러울 필요가 없는 시간을 보냈다. 오랜만에 가져보는 이 여유로움을 마음껏 누리고 싶었다.

지금은 여수 집이 세컨하우스가 된 기분이다. 이곳에 오면 길어야 사박 오일 머문다. 남편은 하루 이틀만 지나도 금오도에 가고 싶어 안달을 부린다. 이번엔 사박 오일 동안 오롯이 나 혼자만의 시간을 보낼 수 있었다. 그래서 우리는 옛날처럼 여수를 휘젓고 다녔다. 우리는 무엇을 해도 단짝이다. 하고 싶어 하는 것도 같고, 걷는 길의 방향도 같고, 배우고자 하는 것도 같다. 그래서 늘 함께 배우러 다녔다. 몇 년 전에는 가죽 공예를 배우고 싶다고 해서 광주까지 다녔다. 쿠키 굽는 것, 초콜릿 만들기 다양한 것을 함께 배웠다. 물론 지금은 하나도 써먹는 것이 없지만 참 많이도 돌아다녔다.

가을 벼가 누렇게 익을 때면 우리는 항상 와온 들판을 달려가곤 했다. 누렇게 익은 벼를 바라보며 갯벌을 앞에 둔 전망 좋은 카페에서 맛있는 커피 한잔을 마셨다. 가을 들판을 뒤로하고 돌아오는 길은 그해 가을을 몽땅 가진 기분을 느꼈다. 순천 정원박람회장은 몇 번을 가보아도 또 가보고 싶은 곳이다. 그렇게 소소한 일상을 여유롭게 즐기고 있는 우리는 단짝이다. 이런 단짝이 있어 나는 늘 사계절을 여유와 아름다움으로 맞고 보낼 수 있었다. 이런 단짝이 있다는 것은 참 행복한 일이다. 이런 단짝은 바로 사랑하는 내 딸이다.

아무래도 자식은 가까이 있어야 자주 볼 수 있어서 좋다. 멀리 있는 자식은 겨우 일 년이면 몇 번 보는 것이 전부인데 이렇게 가까이 있으니 이런 호사도 누린다. 딸 아리는 가끔 말한다. “엄마 우리라도 내려오길 잘했지?” 한다. 맞는 말이다. 우리 손녀들 커가는 모습까지 함께 볼 수 있어서 덤으로 행복까지 얻었다.

오늘 점심에는 낙지 덮밥을 해 왔다. 엄마 혼자 있으면 밥을 안 먹을 것 같단다. 밥 한번 해 보지 않고 결혼을 시켰는데도 이제는 주부 경력이 있다 보니 제법 음식도 잘한다. 요즘은 아침 먹는 가장이 없다고들 하는데, 두 딸 열심히 키우고 남편 잘 챙겨주니 이제는 마음 놓아도 되겠다 싶다. 며칠

동안 내 단짝과 힐링하고 돌아가야 하는 날, 자기 혼자는 아무것도 할 수 없는 진짜 단짝인 남편을 위해 그가 좋아하는 찬거리를 사야겠다. 내일 아침상은 또 칠첩반상이겠다. 그는 또 셀카를 찍으며 누구에게 보여준다며 나를 추켜세울 것이다. 며칠 동안 눈이 빠지게 기다렸다는 말이 정말인지 마누라 없어 홀가분했는지 그 속내는 모르겠다. 나도 혼자만의 시간이 그리 나쁘지 않듯이 그도 그랬을 것이라는 생각을 하면서 미안한 마음을 내려놓는다.

언제나 마음의 여유를 가질 수 있는 내 단짝들이 있어서 고마운 일이다. 서로의 힘이 되고 버팀목이 되어준 내 단짝들을 위해 오늘도 즐거운 마음으로 일상으로 돌아갈 것이다.

감 나무집 딸

내가 고향으로 돌아온 지도 벌써 몇 년이 지났다. 이곳에 살고 있어도 가끔 산 너머 친정집이 있는 곳으로 자꾸만 마음이 간다. 내 어릴 적 추억이 고스란히 남아 있는 그곳으로 가보고 싶다.

그때 우리 집에는 동네에서 제일 큰 감나무가 있었다. 우리 동네뿐만 아니라 그 근방에서는 우리 감나무처럼 그렇게 큰 감나무는 없었다. 그래서 다른 동네 어른들이 나를 누구냐고 물을 때면 삼거리 감나무 집 딸이라고 말하면 금방 알아들었다.

우리 감나무 밑동은 친구들 두서너 명이 서로 손을 잡아야 손이 닿을 정도로 굵은 몸통을 자랑했다. 감나무 아래쪽 가지는 두 가지가 나란히 뻗어 있는데 그 가지가 얼마나 굵은지 아이들이 누워서 낮잠을 자기도 했다. 그렇게 큰 감나무가 해마다 해거리도 하지 않고 감이 많이도 열린다고 동네 어른들이 말했다. 그늘 짙은 감나무 아래는 동네 어른과 애들의 쉼터였다. 여름만 되면 나무 아래 멍석을 깔아놓고 더위를 피했다. 아이들은 감 똥에서부터 까치밥이 남을 때까지 감나무 아래를 떠나지 않았다. 감 똥이 떨어지면 주워 먹기도 하고 실에 꿰어 목걸이를 만들고 감 똥으로 소꿉놀이하며 놀았다. 감은 단감도 아니었다. 그래도 사람들은 물이 많고 달다고 했다. 풋감에서부터 감이 익을 때까지 떨어진 감도 주워 먹고 나무에서도 따 먹기도 했다. 그런 감나무는 우리 차지만이 아닌, 온 동네의 간식을 제공한 고마운 존재였다. 삼베 길쌈하던 동네 품앗이 방의 엄마들이 입이 심심하다고 감 좀 따오라고 하면 우리는 풋감을 한 소쿠리 따다가 품앗이 방으로 가져다주었다. 그러면 그 떫은 감을 그렇게 맛있게들 먹곤 했다. 나는 그 감 맛에 익숙해서인지 우리 애들 입덧할 때도 친정집 감이 그렇게 먹고 싶었다.

그때 우리 식구들은 누가 감을 따 먹든 상관하지 않았다. 아버지는 우리를 위해 대나무로 만든 장대를 감나무에 세워두기도 했다. 우리는 그 장대로 높은 감나무를 목이 아프도록 올려다보고 깔깔거리면서 감을 따기도 했다. 장대가 닿을 수 있는 곳에는 감이 익을 수가 없었다. 그런 감나무는 날마다 우리의 친구였다. 학교만 갔다 오면 약속하지 않아도 감나무 아래로 다 모인다. 감 몇 개씩을 따서 호주머니에 넣었다. 대부산으로 소를 먹이러 갈 때 간식으로 먹기 위해서다. 지금 생각하면 단감도 아닌 떫은 감이 뭐가 그렇게 맛있었을까 하는 생각이 든다. 감나무 아래는 바가지로 떠서 먹을 수 있는 작은 샘이 있었다. 그 작은 샘물은 온 동네 사람이 계속 먹어도 물이 모자라지 않았다. 감나무 뿌리에서 솟아오르는 샘물은 여름이면 이가 시리도록 시원했고 겨울이면 김이 모락모락 오르는 것을 볼 수 있었다. 그래서 겨울에도 그 샘물은 손이 시리지 않았다. 여름이 되면 다른 동네 사람들도 샘물을 떠 갈 정도로 물맛이 좋기로 소문이 났다.

아무리 긴 가뭄에도 마르지 않은 샘물처럼 우리 마을 사람들은 지금도 정이 메마르지 않았다. 어디서 만나든 친형제자매처럼 반가워서 어쩔 줄 모른다, 살아가면서 아름다운 추억이 많을수록 그 삶이 풍요로울 것이라는 생각을 한다. 동네 언니 오빠들도 우리 집 감나무를 추억하면서 안줏거리로 삼는다고 했다.

동네 언니의 추억 중에서 제일 재미있었던 이야기가 있다. 사라호 태풍

때 바람이 불면 감이 떨어질 것이란 것을 알고 어린애가 겁도 없이 우리 집 감을 주우려고 아침 일찍 냇물을 건너왔단다. 비바람이 몰아쳐서 몸도 가누지 못할 정도인데도 떨어진 감을 한 자루 주워서 들고 집으로 가려고 하니 냇물이 너무 불어서 가지 못했다. 그래서 감 자루를 볏논에 감추어 두고 친구 집에서 자고 뒷날 냇물이 줄고 난 뒤 감 자루를 메고 집으로 돌아갔다. 그 기분은 그렇게 뿌듯할 수가 없었다고 너스레를 떨었다는 이야기다. 동네 오빠들은 밤이면 우리 집 감나무에 올라갔다. 누가 뭐라 하지 않았건만 남의 집 감을 그렇게 자주 따 먹기는 눈치가 보였나 보다. 감서리의 그 짜릿함은 오래도록 기억에 남는다고 했다.

그 언니가 말했듯이 우리만 몰랐지, 우리 동네 사람에게는 우리 감나무에 얽힌 추억이 다 있었다. 갓 시집온 새댁이 샘물 길으러 왔다가 물동이 깨뜨리고 감나무 아래서 울고 있을 때 동네 언니들이 감 주우러 왔다가 자기 집 물 항아리를 대신 주었던 이야기는 훈훈하다.

그 감나무는 베어져서 이제 흔적도 없다. 추억의 한 페이지에 실려있을 뿐이다. 사람의 욕심이 그 많은 추억을 송두리째 앗아가 버린 현실이 아쉬울 뿐이다. 우리 옛집 뒤란에 있는 그 감나무가 남의 집 땅에 자리하고 있었다니 믿어지지 않았다. 큰 어른으로 불리며 동네일은 다 봐주시던 아버지가 왜 자기 일은 그렇게 허술하게 하셨을까 싶다. 그 감나무가 남의 땅임을 알고 구두로 우리 땅과 바꾸었단다. 그렇지만 후대 사람들은 그런 사실을 알 리가 없었을 것이다. 그래도 아는 사람은 다 알고 있는 일이라 동네 사람들도 우리 감나무가 베어지던 날, 자기 집 감나무인 양 아쉬워했다고 했다. 그런 감나무 아래서 우리의 젖줄처럼 목마름을 채워 주었던 샘도 자취도 없이 시멘트 바닥이 되어버렸다.

지금은 빈집으로 남은 친정에 갔을 때 그 감나무와 작은 샘이 없다는 게 아쉬움으로 남는다. 여름이면 이가 시리도록 시원한 샘물을 한 바가지씩 마시고, 가을이면 발갛게 익은 감 한두 개씩 따 먹을 수 있는 감나무와 작은 샘이 그립다. 그나마 그 감나무가 많은 사람의 추억 속에 자리를 잡고 있다는 것이 얼마나 다행한 일인지 모른다. 삼베 길쌈하던 엄마들은 모두 떠나고 없지만 그래도 나는 지금도 감 나무집 딸이다.

윤문칠

chil9772@daum.net

〈한국수필〉(2017년), 〈현대문예〉(2002년) 등단
전남 명예예술인(문학), 전남 민선 교육의원, 여수고등학교 교장
여수수필문학회 회장(현)

동백꽃 당신

동백꽃 하면 우리 어머니가 생각난다.

나들이를 나가시기 전, 경대 앞에 앉아 긴 머리카락을 참빗으로 빗어 틀어 올려 비녀를 꽂으신다. 머릿결엔 동백기름이 발라져 윤기가 자르르 흘렀다.

밖으로 나가실 때면 고운 한복에 단정한 머리 위로 쏟아지던 햇빛마저 머릿결 위에선 미끄러지는 것만 같았다.

어머니의 단정한 머리가 좋아서 나는 손바닥으로 쓸어 보길 좋아했고, 그러다가 엄마한테 철썩하고 엉덩이에 불이 날 만큼 얻어맞기도 했지만, 동백기름을 바른 모습은 내 추억에 남은 가장 어린 날의 기억이다.

고등학교 졸업식, 우리 가족은 오동도를 찾았다. 우리는 한복을 곱게 입은 어머니의 옷고름에 동백꽃을 달아드렸다. 동생이 땅에 깔아놓은 듯 꽃을 한 줌 손에 주어 엄마에게 뿌리면서, '우리 엄마 예쁘다~'며 소리치고 뛰어가니 엄마는 어색한 미소를 띠셨다. 지금도 엄마의 그 모습이 선하다.

제법 쌀쌀한 10월 중순 이맘때가 되면 억울하게 희생된 시민들 영령의 마음에도 동백은 피어 내린다. 앵두보다 더 진한 빨간 꽃은 한파 추위도 이겨내고 나무에서 한번 피고, 땅에서 한번 피고, 마지막으로 가슴에 한번 핀다.

그래서 붉은 꽃의 노란 수술이 평화의 빛으로 가득한 동백꽃이 여수의 상징이다.

민둥산인 구봉산 아래 어촌마을에서 넘너리 고갯길을 넘으면 가막만을 끼고 ㈜한화가 나온다. 일찍이 신근·봉양·물구미 불리던, 듣기만 해도 그리운 우리 동네가 여순사건 현장이다. 이곳에 주둔하고 있던 제14연대 일부 군인들이 제주 4·3사건 파병을 반대하면서 무장 반란을 일으켜 평화롭던 마을에 여순사건(1948년 10월 19일)이 발생하였다.

나는 무자년 동짓달 초하루(1948.11.1) 그 난리 통에 태어났다.

어머니의 배 속에서 태어날 달에 놀라 세상에 태어나지 못하고 일주일 늦은, 진압군이 여수에 투입되었을 때 양수가 터져 심한 진통으로 겨우 낳았다고 한다.

아들을 낳았다고 대문도 없는 문 앞 대나무에 고추를 끼운 새끼줄을 걸어 놓았으나 마을 사람들은 억울하게 희생당한 영령들을 추모하는 울음바다였다 한다.

아빠, 엄마 성과 양 7일 간의 사건 속에 태어났다 하여 일곱 칠 자를 붙여 이름을 외조부께서 지어주셨다. 오래전 이런 생각을 하셨다는 게 놀라울 뿐이다.

그때 조선일보 기사(1948.11.2)에 의하면 반군 협조자 색출작업으로 억울하게 희생된 부모·형제 사망 숫자가 2,522명이고, 여수 시가지를 모두 불 질러 온통 불바다였다고 한다. 오랜 상처와 분단의 세월 동안 자행된 사건은 시민들을 '용공주의자' 또는 '빨갱이'로 몰았다. 그날의 고통을 겪었던 할머니는 나에게 항상 앞서지 말고 빨리 돌아오라는 소리를 인사처럼 하셨고 그 잔소리 속에 자라 지금의 세월이 되었다.

여순사건 시기에 태어난 내가 장년이 되어 민선 교육의원이었던 시절 희생된 민간인 피해 보상과 명예 회복에 관한 특별법, 국회 입법 청원 결의안을 전남도에서 처음 발의(2011년 6월)하여 진통 끝에 개정안이 국회 본회의에 통과(2023년 7월)했다.

사건으로 억울하게 희생된 영혼의 안타까운 그리움이 짙은 침묵의 호수 같은 가막섬을 바라보며 날마다 희망을 기원하며 가슴 속 동백꽃을 영원히 간직할 것이다.

여순사건과 더불어 그렇게 시작된 내 삶도 올해로 75주년을 맞이했다. 고통 속에 자식을 끝까지 지키고 낳아서 따뜻하게 키웠던 동백꽃 같은 나의 엄마에게 감사드린다.

동백기름 단정히 바르고 동백 브로치를 하던 한 떨기 동백꽃 같던 우리 엄마! 이맘때가 되면 너무 보고 싶다. 사랑해요. 엄마, 동백꽃 당신!

2023년 11월 1일

동백꽃 당신!

무자년 동짓달 초하루
그 난리 통에 살아난 붉은 꽃!
나무에서 한번 피고
양탄자 펼쳐놓은 땅에서도 피고
우리 가슴 속에도 핀다.

그날의 희생된 넋을 위로하며
영령의 혼을 상징하는 동백꽃
침묵의 고통 속에
엄마 가슴 속까지 내리 핀다.

아! 여수의 꽃이여

새벽! 눈을 뜰 때면
장독대 위에 정 안 수 떠 놓고
뱃일 나간 가장의 무사 귀환과
가정의 행복과 건강을 기도하며
짙은 사랑의 향기를 풍기던 엄마

야속한 세월 속에
먼발치에 자식들이 돌아오나?
대문 앞 미소로 하지 않아 주시던 울 엄마!
어느새 백발로 황혼에 접어드니
소중했던 엄마 생각이 난다. 동백꽃 당신!

동생의 명찰

한동안 글감이 손에 잡히지 않아 공허함과 무력감에 빠져들어 무작정 동네 뒤 구봉산을 오르내렸다. 겨울 햇살에 안개가 걷힌 시야가 청정바다까지 닿게 했고, 아름다운 풍광을 자랑하는 예암산은 속살을 드러낸 채 곧 다가올 새봄을 기다리고 있다.

코로나가 한창 유행할 때, 사랑하는 동생(2020.2.12)을 하늘나라로 떠나보내고 4년이란 시간이 흘렀다. 제수씨에게 전화가 왔다. 동생이 수행하고 있던 한국 기독 실업인 남동부연합회 지회장직을 이어받게 되었다는 소식이다.

아내와 딸이 준비해 준 꽃다발을 들고 취임 장소에 도착하니 300여 명의 축하객이 모여 있었다. 안내원이 내 목에 명찰을 걸어주었고, 나는 참석한 축하객과 인사를 나누며 지정된 자리에 앉았다. 안내 책자에 소개된 동생의 미소 띤 사진을 보니, 살아있을 때의 생동감 넘치는 모습이 떠올랐다.

먼저 뷔페식 만찬을 하고, 저녁 7시에 취임식이 시작되었다. 전남 동부연합회 지회장을 역임했던 동생의 빈자리에 제수씨가 새 지회장으로 취임했다.

기독실업인은 전문인과 실업인들을 섬기며, 세속화된 일터를 하나님의 말씀에 기초한 변화된 일터로 만들어가겠다는 인사말을 전했다. 사회자는 전 전남도 민선 교육의원이 참석하였다고 내 소개도 해주었다. 축하객들로부터 인사와 꽃다발을 받고, 단체 사진을 찍기 위해 단상에 올라 동생의 자리에 제수씨와 함께 꽃다발을 안고 사진을 찍히며 행사를 마쳤다.

명찰을 반납하기 위해 내 명찰을 꺼내 보니, 그 속에 '한국 기독교연합회 동부 연합회 새 여수지회장 윤문곤'이라 적힌 명찰이 있었다. 깜짝 놀랐다. 아니, 이 명찰이 왜 여기 있는 거지? 동생의 이름이 지금까지 있었구나 하며 한참 동안 명상에 잠겼다. 행여나 형님을 기다리고 있었던 걸까 하는 생각에 크게 한번 불러보고 싶어 눈시울이 자꾸 붉어졌다. 옆자리에 앉아 있는 넷째 동생에게 명찰을 보여주며 이름을 불러보니 나도 모르게 눈물이 고였다.

우리 집안은 부모 때부터 목사, 장로, 권사, 집사 등 직분자로 봉사하는 기독교 가족이다. 80년 당시 중부교회 임명흡 목사, 김재호 국회의원, 정숙자 사모. 형님·동생 내외 우리 부부가 모여 초대 회장에 정숙자 목사, 사무국장 김혜숙(형수)를 추대하여 여수지구 YWCA 창립했다. 그 후로 형수님과 제수씨가 회장직을 역임했다.

사회활동을 많이 한 제수씨는 봉사활동에 관심이 많아 이번에 새 지회장으로, 조카는 부회장으로 아버지의 뒤를 이어 열심히 한국 기독 실업 지회를 이끌어 갈 것이다.

동생은 20대 젊은 나이에 여수시청 건축직 7급 공채로 입사하여 건축사 자격을 취득하고 공직을 명퇴한 후 대윤건축 사무소를 운영하였다. 지역사회 많은 건축물을 설계하고, 와이즈맨 봉사단체의 회장, 총재직을 역임하며 전남건축협회장을 지냈다.

제38차 세계한국기독실업인(CBMC) 대회가 인천 송도에서 개최(2011년 8월)되었을 때, 필자 부부도 함께 참석했던 기억이 생생하다.

동생 영결식은 아름답게 헌신적으로 봉사활동을 했던 와이즈맨 장으로 떠나보내는 슬픔 속에 마지막 가는 길에 많은 추모객이 자리했다.

오늘 행사에서 의기양양하게 행동하는 제수씨와 조카를 바라보며, 사진 속의 미소 짓는 모습을 담은 책자를 넘기며 동생을 불러본다.

'동생! 여전히 자네를 생각하며 자네의 이름을 가슴에 새기네. 자네의 빈 자리는 너무나도 크지만, 우리가 함께 나누었던 기억들은 언제나 내 마음속에 살아 숨 쉬고 있다네.'

내가 기억하는 동생의 모습은 언제나 열정으로 가득 차 있었다.

함께 산책하며 나눴던 대화, 따뜻한 마음, 어릴 때 가끔 미소 짓던 일들조차 이제는 그리움으로 남아 있다. 동생이 이 세상에 남긴 흔적은 우리 모두의 마음속에 깊이 새겨져 있다. 세월이 흐르고, 시간이 지나도 웃음소리와 따뜻한 손길은 결코 잊히지 않을 거다.

사랑하는 동생아!! 하늘에서 평안하길 바라며 그리움을 이 글에 담아 보낸다.

빠삐용의 날갯짓

봄날, 따사로운 봄볕이 만물을 깨우며 앙상하던 나뭇가지에 새순이 돋고 꽃들도 향기를 품으며 새봄을 맞는다.

봄바람 향기에 취해 돌산 봉앙마을 감나무를 심어 놓았던 조부모님의 묘소를 손녀들과 찾았다. 새싹이 작년의 자리를 찾아 온통 푸른색으로 몸을 내밀고 있고 웅크려 있던 모든 것이 살아서 꿈틀거리는 것 같았다. 나비 몇 마리가 가벼운 날갯짓으로 하늘을 가득 채우고 있었다. 손녀 유주가 나비를 발견하고선 처음 본 나비인 양 좋아하니 옆에 있던 윤비도 나비를 찾아 함께 뛰어다닌다.

예전에 들었던 '이른 봄에 호랑나비를 보면 좋은 일이 생긴다'라는 속설이 떠올랐다. 손녀들에게 이번 봄에는 행운이 가득하리라고 속삭여주자, 손녀들이 기뻐했다.

문득 자산공원 해오름 전시관에 곤충관이 생각났다.

세계의 나비들이 전시된 빠삐용 관을 손녀들에게 보여주고 싶은 마음에 공원을 들러보자고 제안하니 다들 흔쾌히 가자고 나선다.

프랑스어로 나비를 빠삐용이라고 한다. 그 이름 그대로 쫑긋 선 커다란 나비의 날개가 우아하게 펼쳐져 아름다운 꽃 주변을 비행한다.

아름다운 꽃과 우아한 나비, '꽃을 보러 나비도 담 넘어간다.'라는 속담처럼 아름다운 꽃을 사랑한 나비의 운명을 비유하며 시적으로 표현된다.

오동도 죽도 청풍을 맞으며 산과 바다를 비행하는 갈매기들 눈에는 바닷물을 마시려 내려가는 거북이 형태의 자산이 보일 것이다. 자산은 마래산의 해돋이로부터 아침 해가 떠오를 때면 그 빛이 아름다운 자색으로 변한다고 지은 이름이다.

아이들과 함께 찾은 이곳은 바다에 밀려드는 해풍에 탁 트인 전망이 속마음까지 시원하게 해주는 곳이다. 돌산도로 이어지는 이순신대교와 케이블카가 바라보이며 여수 시가지의 아름다운 바다를 한눈에 감상할 수 있다. 바다 위를 지나가는 경이로운 풍광을 한눈에 볼 수 있으니, 이곳이 바로 관광명소가 되었다. 언제나 찾아와도 이렇게 좋은 곳이 어디 있을까? 학창시절에는 충의를 위해 돌아가신 분들의 거룩하고 고귀한 희생정신과 업적을 기르기 위해 자주 들렀던 장소다. 오랜만에 와보니 모습은 많이 변해 있었지만 그때의 그 감정은 그대로다.

'나비의 날갯짓으로 폭풍을 꿈꾼다.'라는 빼빼용 관에 들러 손녀들과 나비를 관찰했다. 손녀들이 너무나 즐거워하고 좋아하는 모습을 보니 함께 오길 정말 잘했다고 하는 생각에 뿌듯하다. 아이들에게 작은할아버지 친구되시는 시청 직원 조달준(70세) 씨가 취미로 나비를 수집하여 공원 내에 빼빼용관을 운영하시고 퇴직 후에는 시에 기증하여 관리하고 있음을 알려주었다. 손녀들이 더 집중하여 관심을 둔다. 전 세계 희귀한 곤충과 전갈, 거미 등 4천여 점의 곤충표본의 전시실을 보고 자연의 신비로움과 생태환경에 관한 관심이 더 깊어졌다. 너무나 작은 생명이 우리와 함께 살아간다. 감성적인 손녀 유주가 나비는 숲속 친구라고 말한다. 반면 이성적인 손녀 윤비는 과학 시간에 곤충은 생태계에서 분해자의 역할을 한다고 배웠다며 지식을 뽐낸다.

산소에서 본 나비가 오늘 온종일 주제가 되어 멸종위기의 곤충과 나비들을 가까이에서 볼 수 있다는 것과 자연과 함께 살아간다는 것에 고마움을 느끼면서, 손녀들과 학습의 장을 연출했다.

삼국유사 선덕왕지기삼사조(善德王知幾三事條)에 나온 선덕여왕이 당 태종(太宗)이 보낸 모란의 그림에 나비가 없는 것을 보고 그 꽃이 향기가 없다는 것을 이야기해 주었다. 일찍이 서화나 시가에 나비가 소재가 되어야 향기 있는 그림으로 생각했다는 손녀들이 상상의 이야기를 펼쳐주길 바라는 마음으로 툭 던져보았다.

내려가는 길에 활을 쏘는 국궁장 충무정에 들러 증조부이신 윤상은(尹相殷) 부친의 명패를 보여주며 활 솜씨를 자랑했더니 손녀들은 맑은 눈을 크게 뜨고 증조부의 명패에 어깨를 으쓱해 보인다.

어둑해지기 전에 집으로 돌아가는 길, 아내가 시장에 들르자고 했다. 아내는 냉이 나물을 가득 사 와 다듬고 데쳐 냉이된장국과 고추장에 조물조물 무친 냉이 나물무침을 저녁 반찬에 내놓는다.

"냉이된장국 냄새가 기가 막히게 좋네. 이렇게 밥맛이 좋을 수가 있나?" 하고 아내의 솜씨를 칭찬하며 밥 한 그릇을 후딱 해치웠다. 식구들도 맛있게 밥 한 그릇을 다 비웠다. 내일 개학인데 준비가 덜 됐다며 걱정하는 손녀들의 표정이 귀엽기만 하다.

예술로 치유하는 낭만의 섬

새벽 풀잎에 맺혔다가 해 뜨면 사라지는 아침 이슬처럼 인생은 뜬구름과 같다. 나는 하늘을 올려다보며 구름의 자유로움을 유난히 즐긴다. 숨 쉬는 것처럼 구름을 보는 것만으로도 마음이 활짝 열리니 구름의 팬이라고도 할까?

어릴 땐 단순히 하늘을 바라보는 것에 그쳤지만 한때 신비의 바닷길이 열려 도보로 다녔던 진섬다리 위로 구름이 흘러가는 모습이 신비롭고 환상적이다.

웅천지구가 새로운 신도시로 거듭나는 중이다. 망마산 아래 터를 잡아 바다를 끼고 있는 예울 마루와 예술의 섬과 더불어 가막섬의 노을이 아름답게 물들고 있다.

휴일을 맞아 가족들과 함께 풍경이 아름다운 예술의 섬 장도를 자주 찾는다.

섬 주변을 걸어보면 호수 같은 가막만 해역에서 불어오는 해풍의 갯내가 향기롭다. 잔잔한 바닷물이 넘을 듯한 육지와 가까운 진섬다리(400m)를 건너면 예술로 치유되는 섬으로 재탄생한 풍경을 볼 수 있다.

9만 2,865㎡ 부지에 '예술의 숲'으로 새로운 숲속 풍경을 자랑하는 환상의 해안도로 주변에 원주민들이 식수로 사용했던 깊은 우물을 보면 탄식이 나온다. 섬 전체는 야생 화초류가 만개해 넘실거리고 나무들이 시력 조정을 받으려는지 초록 눈방울을 부릅뜨고 줄지어 날이 다르게 꽃대를 올리느라 애쓰는 꽃들의 모습이 찾는 이를 기쁘게 한다.

푸른 바다에 접한 장도는 음악 소리와 함께 잔잔한 바닷물이 돌에 부딪히는 소리를 낸다.

"할아버지, 이 소리는 물소리에요? 돌소리여요?"

손녀의 엉뚱한 질문에 호기심 가득한 두 눈을 바라보다가 손녀의 손을 꼭 잡으며 소리가 나는 곳을 바라보았다.

바다가 이야기하는 것을 듣고 있는 것처럼, "물과 돌이 이야기를 하나 보네" "바람이 불면 파도가 돌을 만나 노래를 하지"라고 하니 그 말을 듣던 큰 손녀가 한마디를 거든다. "노랫소리가 이상하네." 그 말에 그만 웃음이 터져 나왔다. 벤치에 앉아 손녀들이 뛰어다니는 천진난만한 모습을 보니 순수한 마음이 따뜻하게 다가온다.

호수 같은 바다를 끼고 있는 이곳의 해양 경관은 세계적인 미향으로 어디에서도 뒤지지 않는듯하다. 아름다운 다도해에서 천혜의 자연 비경을 갖춘 예술의 섬 장도는 가막섬을 감싸며 시원한 바람과 함께 최고의 풍경을 선사한다.

붉게 물든 노을이 서쪽으로 기울어가며 가막섬 주변을 더욱 환상적으로 만들고 하늘을 헤매던 갈매기는 해가 지는 순간을 감지해서인지 자취를 감춘다.

풀잎의 이슬처럼 사라지는, 흘러가는 구름을 막고 싶은 욕심이 생긴다. 시간이 멈춘 듯 이 순간을 수채화처럼 간직하고 싶은 마음일 것이다.

저물녘 야외공연장에서 펼쳐지는 이곳만의 감성, 클래식 공연, 수준 높은 작가들의 작품이 전시된 예술로 치유하는 힐링 공간에 오늘 이 섬 안에서 잠들어 있던 감성들을 되새겨 본다.

계절마다 다른 풍광이 있는 곳, 삶의 터전을 일구며 바다를 지키고 살았던 장도의 옛 모습은 이제 문화예술 공원이 되어 낭만이 넘치는 만남의 명소가 되었다.

어둠이 서서히 밀려오면, 소호와 웅천지역의 유난히 아름답고 환상적 선소대교를 건너 주변 식당에 둘러앉아 가족들과 함께 느긋한 대화를 나눈다.

아침부터 일몰까지 청정바다 위의 해풍을 쏘이며 자연과 어우러진 예술의 섬이 이색적인 문화예술 공연을 선사할 수 있을 특별한 기억으로 남을 듯하다.

자연의 향기가 넘치는 순수한 시선과 아이다운 호기심이 인공암 청춘버스킹 야외무대가 더욱 아름다운 한려수도 여수에 예술로 치유하는 숲속의 섬이 있는 살기 좋은 도시로 비상하길 기대한다.

20년 만의 외출

따뜻한 봄바람에 도롯가의 벚꽃이 화려하게 흩날리며 자연의 모든 신록이 기지개를 켜는 듯, 사방을 보아도 봄꽃들이 만발하여 찬란한 빛을 발하고 있다.

봄의 기운이 만연한 세상은 이제 잠에서 깨어나 새로운 생명을 맞이하는 듯하다. 교육계를 떠난 지 오래되어 이제는 일과는 거리가 먼 백수의 삶을 살고 있지만, 그렇다고 생활과 단절된 것은 아니다. 비록 봄날은 지나가고 일흔을 훌쩍 넘긴 나이지만, 마음만은 여전히 젊은 열정을 간직하고 있다.

어느 날, 한때 함께 근무했던 화양고 김재철 교장 선생님의 전화를 받았다. 본교에서 퇴임했던 이남휴 교장 선생님과 함께 저녁 식사를 하자는 것이다.

교육에 대한 열정이 가득한 김 교장에게 최근 진학 현황을 듣고 함께 근무했던 오랜 교직 생활의 추억을 되새기면서 따뜻한 봄날을 회상하는 소중한 시간이었다.

토요일 오후, 딸이 운전하는 차를 타고 아내와 초등학생 손녀와 함께 화양면 해변 도로를 달리다가 풍경이 예쁜 곳에서 사진도 찍고, 20년 전 내가 처음 교장으로 승진 발령(2004.3.1)을 받았던 화양고 교정으로 향했다.

싱그러운 봄바람과 해풍을 만끽하며 학교 교문 앞에 다다르자 정원에 교훈이 새겨진 정원석 옆 소나무 한 그루가 눈에 들어왔다. 재임 시, 많은 추억이 담겨 있는 정원에서 교정을 배경으로 손녀와 기념사진을 남기는데 손녀는 정원석 뒤에 새겨진 내 이름을 보고 놀라며 할아버지의 이름이 왜 여기 있는지 궁금해했다.

정원석 뒤에 새겨진 교감(최영우) 샘의 이름을 비롯한 지난날 함께 근무했던 선생님과 안양관 건축에 도움을 주었던 분들과 함께 깊이 새겨져 있음을 깨닫는다.

체육관 입구에 새겨진 '眞理', '知德', '忠孝'의 글자와 안양관의 정원석 한곳에 남겨진 내 이름을 보며 아내가 "돌(수석)을 사랑하더니…."라고 해서 모두 미소를 지었다.

"할아버지가 교장 시절 이 건물을 지은 사람이에요?"

손녀가 눈을 크게 뜨고 물었다. 나는 20년 전의 열정적인 시절로 돌아간 듯했다.

본관 전광판에는 ○○대학교 ○명 등의 진학 내용이 흘러 지나간다. 안양산의 뒷자락에서 오랜 세월 쌓인 양택과 음택의 풍수 기운이 여전히 꿈틀대고 있는 교정의 네 그루 노거수에 핀 벚꽃의 만개는 그때를 추억했다.

지자체장과 국회의원을 찾아다니며 체육관 건립을 이뤄냈고, 중소회장님에게 편지를 보내어 기숙사 건립을 약속받았을 때의 감사와 환호가 마음 깊이 남아 있다.

요즘 친구들을 만나면 시간이 빠르게 흘러가는 것처럼 느껴진다.

마치 고속도로를 질주하는 차처럼 더욱 정신을 차리고 삶의 핸들을 꽉 잡아야 한다는 생각이 든다.

교직에 있을 때는 그 시절의 가치를 몰랐지만, 이제는 꽃이 지고 새가 떠나는 자연의 순리를 받아들이며, 그 시절을 함께했던 이들과의 따뜻한 추억을 가슴에 품고 생활하고 있다. 가끔 대중가요 '내 생애 봄날은 간다.'

라는 노래가 생각난다.

그 노래처럼 지나간 시절의 생명력이 내 기억 속에서도 오래도록 살아 숨 쉰다.

한때 학생들이 유명 가수 배기성과 닮았다며 인터넷 포털에 2007년도에 올린 내 사진이 학교 간 경쟁 속에서 명예의 전당 1위를 차지했던 일이 있었다.

이제는 웃으며 회상하는 추억 중 하나가 되었지만, 그때 제자들이 나의 '봄날'을 조금 더 화려하게 만들어주었다.

교정을 한 바퀴 돌아보니, 교장 시절에 겪었던 일들이 마치 한 편의 그림처럼 눈앞에 펼쳐졌다. 그때의 봄날은 거침없이 지나갔고, 모든 것은 시간과 함께 흘러갔다. 이제는 익어가는 세월 속에서 더 많은 것을 붙잡고 싶지만, 결국 모든 것은 흘러가고 말 것이다. 정원석에 새겨진 이름처럼 변하지 않을 것만 같던 것들도 결국 시간의 흐름에 따라 변한다. 학교가 발전하는 모습을 바라보며, 나는 익어가는 세월을 아름다운 추억으로 간직하고자 한다.

오늘, 학교에서 손녀와 손을 잡고 돌아보는 하루는 정말로 좋았다.

"이 모든 추억이 언젠가 너에게도 소중한 이야기가 될 거야."

손녀의 눈 속에 이해의 빛이 서렸다. 20년 만에 찾아온 교정에서 흘린 웃음과 나눈 대화는 또 다른 추억의 한 페이지를 장식할 것이다.

이 아름다운 봄날의 기억이 언젠가 손녀의 마음속에서도 따뜻한 추억으로 피어날 것을 기대하며, 집으로 향하는 길에 나는 '내 생애 봄날은 간다.'를 흥얼거렸다.

봄날의 따뜻한 기운을 느끼며 삶의 의미를 되새긴다.

2024. 4. 6(토)

김종호

poulokim@daum.net

지금 행복한 아이, 미래 희망이다

당신의 친구가 되어줄게

다름과 같음의 신비

넘어짐의 행복, 일어섬의 기적

나는 99세까지 살기로 했다

한국문인협회여수지부 회원, 동부수필문학회 회원, 서정문학 수필(2023)
한국수필가협회 회원, 한국사이버문인협회 회원, 한국수필,
한국문학세상(2024) 신인상 등단
한국문인협회여수지부 주관 제31회 여수시민 백일장 장원(2022년, 산문 부문)
저서 《작은 나루 이야기》《숲을 품은 아이들》(공저)《인권과 복지》
사례연구집 《인권올림 차별내림》《생태적 통합보육모델 연구 I 권 ~ X권》
일간신문, 월간잡지, 인터넷신문 등 칼럼, 기고문 55편

지금 행복한 아이, 미래 희망이다

나는 어린이집을 운영하면서 '생태 육아'를 20년 전에 처음 알았다. 그 철학에 매료되어 시설도, 교육 내용도 생태통합 환경으로 완전히 전환하여 운영하고 있다.

맨 처음 바꾼 것은 보육프로그램이다. 아이 중심, 놀이 중심, 자연 중심의 교육으로 전환했다. 비가 오나 눈이 오나 매일 자연 속에 나가 놀면서 자연이 교사가 되게 한 것이다. 그리고, 실내외 환경을 친환경으로 바꿔냈고, 간식을 포함한 먹거리도 유기농 식재료를 사용한 직접 조리 음식을 제공하고, 원복이나 근무복도 무명을 자연 염색한 생활한복으로 사용하였다. 바야흐로 의식주(衣食住)의 혁명이다.

닫힌 공간, 작은 교실에서 아이들의 모습은 일방적인 교사 중심의 학습에 대부분 스트레스로 힘든 하루다. 그러나, 매일 자연과 숲에서 맘껏 뛰노는 아이들은 시간 가는 줄 모르고 또래들과 어울리며 즐기느라 입이 귀에 걸려있다. 자폐성 장애아이나 ADHD 장애아이도 또래 친구들과의 숲 활동에서는 장애가 거의 없어 놀란다.

아이들이 변하는 모습을 지켜보는 교사들과 부모들이 다음으로 바뀌기 시작했다. 주말에는 아이가 부모 손을 끌고 산엘 간다. 아빠가 피자와 치킨을 시켜서 먹었다고 월요일엔 선생님에게 일러바친다. 일회용품을 사용하지 말라고, 비닐 용기는 안된다고 엄마를 가르친다. 송충이를 무서워하는 아이, 지렁이를 징그럽다고 밟았던 아이가 생명의 소중함을 알고 안전한 곳으로 옮겨주는 아이가 된다.

어떤 아이가 미래 희망인가! 어떤 아이가 행복할지 질문이 필요 없다.

나는 생태 육아의 기적을 얘기하고 있다. 더 늦기 전에 인식의 대 전환이 필요하다.

나는 우리 교사들과 부모에게 아이를 있는 그대로 보고, 잘났으면 잘 난 대로, 장애가 있으면 장애가 있는 대로, 아이의 모습을 긍정적으로 보라고 한다.

땅에 심은 씨앗이 비가 오고 햇볕이 내리쬐고 바람이 불면 싹이 나고, 줄기가 자라고, 꽃이 피고, 때가 되어 열매가 맺는다. 아이 또한 그렇게 커갈 수 있는 자연 그 자체로의 존재다. 아이의 자연 생명력을 믿고 아이들을 있는 그대로 지켜보면서 양육하는 것이 바로 생태 육아, 자연 육아의 출발이다. 잘 먹고 잘 놀고 잘 싸게 해주는 것이고. 부모의 역할은 울타리고 바람막이일 뿐이다.

우리는 보통 생태 육아를 유기농 농작물을 먹이고 자연식을 하고 자연적인 환경 속에 아이들이 자랄 수 있게 부모가 그러한 환경을 만들어 주는 것을 생각한다. 내 새끼 잘 키우기 위해서 좋은 것 골라 먹이고 좋은 환경 만들어 주는 것이라면, 또 다른 극성스러운 부모 욕심의 반영일 뿐 더는 아니다.

자연의 이치에 따르지 못하는 무지는 부질없는 욕심을 낳고 그런 부모들의 욕심에 아이들은 시들어 간다. 자연 생명! 그 자체인 아이들에 대한 믿음이 없기에 아이들에 대한 막연한 걱정으로 항상 노심초사하며 부모는 부모대로 몸살을 앓고, 아이는 아이대로 생명력을 잃어 가고 아프며, 부모의 욕심에 부응하지 못해 좌절한다.

인간의 삶이란 자연 생태 일부다. 자연의 모든 만물은 누구의 특별한 도움 없이도 창조된 대로 스스로 성장하고 변화하고 발전한다. 뙤약볕이 내리고, 태풍이 오고, 사계절이 바뀌는, 그 어느 하나, 한 부분이라도 인간이 덜하거나 더할 수 있는가? 보잘것없어 보이는 미생물 하나도 그 자체로 조화로움이요 평화요 행복이다. 이게 자연생태계다. 자연스럽게 물 흘러가듯이 키우는 생태 육아, 자연 육아로 아이들을 양육하면 모두가 행복하다.

한데서 자란 과일과 채소는 비닐하우스에서 자란 것보다 더 향도 진하고 영양소도 풍부하며 맛도 있다. 그리고 노지의 과일과 채소는 제각각 다른 모습과 색깔과 향과 맛을 갖는다. 어떤 놈은 좀 잘 나기도 하고, 어떤 놈은 좀 못하기도 하고, 어떤 놈은 더 맛있기도 하고 덜 하기도 하다.

나는 아이들을 자연으로 돌려놓기 위해 애쓴다. 그게 아이들의 행복과 미래를 열어 줄 수 있는 최상의 길이다. 모든 생명은 자기 생명력을 마음껏 발현하고 싶어 한다, 우리 아이들은 자기 생명력을 믿어 줄 수 있는 부모를 간절히 바라고 있다.

일찍이 교육의 아버지로 존경받는 페스탈로치는 "아이들을 자연으로 내보내라. 자연이 그들의 스승이 되게 하라"고 했다. 유치원의 창사자 프뢰벨도 아이들이 자연 속에서 또래들과 만나는 장소를 뜻하는 'Kindergrten'을 유치원 이름으로 정해서 현재에 이르고 있다.

인생을 살아보니 '농사 중에 가장 큰 농사는 자식 농사'라는 옛말이 실감난다.

이 말은 자식을 잘 키운다는 것이 세상에 어떤 것보다 소중한 일이라는 말이다. 어떻게 살아야 건강하고 행복하게 아이들을 양육하며 나도 그렇게 살 수 있을 것인가? 결론은 자명하다. 자연에 순응하면 된다. 탐욕과 오만을 벗어버리고 자연의 법칙에 따라, 순천(順天) 하는 삶을 살면 된다.

그래서 옛 선현들은 順天者는 興하고 逆天者는 망한다고 하지 않았던가?

지금 행복한 아이가 미래 세상의 희망이다. 나 혼자만의 생각은 아닐 터이다.

* 참고: 내가 20년째 실천하는 어린이집의 생태 유아 교육은 UNECSO 자속 가능 교육 프로젝트(2016년), 환경부의 환경교육 프로그램(2018년), 산림청의 숲 교육 프로그램(2015년)으로 인증되어 현재에 이르고 있음. 교육부 재능기부 기관(2015년), 재능기부 우수기관 지정(2018년)을 받아 3년마다 갱신, 현재에 이름, 한국산림복지진흥원의 매년 지원사업 선정으로 12년째 지역사회 유아 교육 기관과 아이들에게 무상으로 숲 교육을 제공하고 있음.

당신의 친구가 되어줄게

- 길이나 사회에서 장애인을 만나면 어떤 생각이 드는지? 어떻게 대하는지?
- 같은 학교나 직장에 장애인이 있는지?
- 장애인을 비하하는 표현을 쓰고 있지는 않은지?
- 바깥으로 드러난 장애와 내부 기관의 문제로 인한 장애를 구분할 수 있는지?
- 장애인에 대한 올바른 인식과 에티켓 등.

몇 년 전 장애인의 날, 나와 우리 기관에 관심이 많다는 어느 시민단체의 역량 강화 밤 모임에 초대받았다. 나는 장애인 당사자이면서 장애인복지시설을 운영하고 장애인단체에서 봉사하고 있었기에 위와 같은 내용을 중심으로 '장애인 인식개선'에 대한 특강을 했다.

덧붙여, 선천성 장애인은 11%에 불과하고, 후천성 장애가 89%, 내 가족 중에 언제든지 장애인이 출현할 수 있다. 내 집안 3대에 장애인이 아직 없다면 장애인 가족이 될 가능성이 크다. 장애인은 어느 영역이 장애(결함, 부족, 불편)인 것만 빼고, 다른 대부분은 여러분과 아무 차이가 없다. 우리 각자가 친구 중 장애인 친구를 한 명 둔다면, 이 사회가 장애인에 대한 인식은 완전히 바뀔 것이라며 결론을 맺었다.

처음부터 관심을 끌 만한 주제가 아니어서 기대하지 않았으나, 나와 눈 맞추고 호응해 준 고마운 몇 사람들이 있어 강의할 수 있었다. 분위기도 바꿀 겸 주어진 시간보다 일찍 마무리하고, 장애와 장애인시설 운영에 대해 평소 궁금해하던 것들에 대한 질의응답 시간을 가졌다.

나를 초대한 지인이 택시를 불러주며 강사료 봉투를 주었는데, 재능기부라며 받았다가 다시 건네주었다. 당연한 수고의 댓가지만, 나는 장애인에 대한 동정심으로 느끼며 객기를 부린 듯하다.

집에 가는 택시 속에서 잠시 조금 전의 모임을 눈앞에 그려보았다. 장애인을 바라보는 비장애인들의 시각은 대체로 처음엔 호기심, 두 번째는 동정심, 끝에는 무관심으로 이어지는 패턴이다. 정중하고 예의가 바른 비장애인들 모임에서도 자주 이런 개운치 못한 마음을 느끼곤 했다. 이럴 때는 씁쓸한 감을 지울 수 없다.

어제는 졸업한 지 50년이 넘은 고등학교 동창 모임에 함께 했다. 육십을 지나 칠십을 넘겼어도 고등학교 동창들 간의 모임은 항상 즐겁다. 언제나 그랬듯이 삶의 고통이나 지병 따위는 마주 잡은 손길과 부딪치는 술잔 소리에 다 날아가 버린다. 정겨운 욕 소리와 별명들이 난무하고 마치 고등학교 시절의 교실처럼 시끄럽다. 장애인을 친구로 둔 동창들은 심지어 나의 장애로 인한 핸디캡마저도 의식하지 않는다. 그래서 유일하게 결석하지 않고 참석하는 모임이다.

장애인을 친구로 둔 사람이나 장애인의 가족일 경우, 장애인이 소속된 비장애인들의 모임이나 단체에서는 장애인에 대한 인식도, 차별도, 구분도 거의 하지 않는다.

나에게뿐 아니라, 다른 장애인에게도 호기심으로, 동정심으로, 무관심으로 대하지 않는다.

울프스 버거는 장애인을 부정적으로 바라보거나 좋지 않은 이미지를 갖고 있는 사람들을 조사하여 그들이 어떻게 장애인을 정형화하고 있는지를 설명했다.

첫 번째는 인간 이하의 동물, 두 번째 공포의 대상, 세 번째 조소의 표적, 네 번째 동정의 대상, 다섯 번째 자선의 짐, 여섯 번째 영원한 아이, 일곱 번째 환자, 여덟 번째 이미 죽었거나 죽어가는 존재, 아홉 번째 위험한 존재라고. 여기서 '영원한 아이'라는 그것은 장애가 있는 사람은 항상 미약하고 덜 성숙한 사람이라는 뜻이다. 사람들에게 있어 그들이 지닌 이미지는 참으로 중요하다. 개개인의 이미지도 중요하지만, 무리 지어 이미지를 평가받을 때 그 중요함은 더 커진다. 이런 때는 흔히 장애인 각자의 개성은 존중받지 못할 뿐만 아니라 그 인격마저 평가절하된다. 긍정적이기보다 부정적인 이미지가 더 크게 두드러지는 것이다.

나는 운이 좋은 장애인이다. 전국 장애아동 관련 협회장도, 한국 숲 교육 관련 협회장도 95% 이상 비장애인 회원들의 선출로 당선되어 단체를 운영해 보았다. 그러나, 내 버킷리스트 상위에 올라가 있었던 '천주교회 사목회장'은 30년 동안 이루지 못한 꿈이 되어 최근에 지웠다. 신심도 부족하지만, 내가 장애인이라는 편견과 인식이 그 이유인 듯 했고, 이제는 나이가 많아서다.

우리나라는 인구의 약 5%(2023년 통계)가 등록된 장애인이다. 세계보건기구(WHO)는 15%의 인간 10억 명(2011년 통계)을 장애인으로 본다. 그렇다면, 학교에서도 일터에서도 5~10%는 장애인이 있어야 하는데, 그러지 못한 이유는 입학을 허락하지 않거나 고용하지 않기 때문이다. 식당이나 극장에서도 장애인을 쉽게 볼 수 없다면 그것은 우리가 물리적으로 접근할 수 없게 하기 때문이다. 정의롭고 행복한 사회가 되기 위해서, 직장이나 거리, 공공장소에서, 장애인을 쉽게 볼 수 있는 세상을 만들어야 한다. 기회균등과 사회적 약자 보호가 공정한 사회 기본이다.

우리는 모두 잠재적 장애인이라고 해도 과언이 아니다. 눈에 보이는 장애와 보이지 않는 장애가 있을 뿐이다. 점점 더 살기 어려운 7포 시대 사회, 우리나라를 잘못 이끌어 가고 있는 정치, 경제, 사회 지도자는 바깥으로 드러난 장애인이 아니라, 어딘가 정신적으로 문제가 있는 장애인이 아닌지 모른다.

우리가 모두 내 친구 중에 1명은 장애인, 장애아동이나 장애 청소년이었으면 좋겠다. 장애인에 대한 부정적인 이미지도 사라질 것이고, 장애인의 날도 필요 없는 세상이 될 테니까. 나 혼자만의 생각일까.

다름과 같음의 신비

우리는 모두 다른 존재들이다. 모습이 다르고, 생각이 다르고, 역할이 다르고, 능력이 다르고, 태어나고 자라고 살고 있는 곳이 다르다. 이 세상에 같은 이는 하나도 없다. 그래서 우리 한 사람 한 사람이 온 세상과도, 온 우주와도 바꿀 수 없는 소중한 존재요, 인격체인 것이다.

우리는 또한 같은 존재이다. 대한민국 국민인 것이 같고, 한 우주 안에서 사는 게 같고, 3차원에서 사는 게 같고, 인간이라는 종이 같고, 희로애락, 생로병사(生老病死) 하는 것이 같다. 따라서, 다름과 같음은 동전의 양면이요, 손등과 손바닥 같은 떼려야 뗄 수 없는 동일한 존재이다.

마찬가지로 우리 비장애인들이 장애인들과 '다름'이 아닌 '같음'인 것이고, 너와 나, 우리는 모두 '다름'이 아닌 '같음'인 것이다. 인간이 차별받지 않고, 평등해야 할 이유도 여기에 있다. 우리 모두는 다른 능력을 갖춘(Differently Abled) 같은 존재(Equal Existence)다.

나는 25년째 천국으로 출근한다. 언어 지체 장애가 있는, 뇌 병변 장애가 있는, 자폐성 장애가 있는, 주의력결핍 과잉행동장애가 있는 천사 같은 아이들이 나를 반겨준다.

우리 시설에 선화(가명)라는 중증 뇌 병변 장애아이가 있었다. 씹는 기능이 약해 스스로 섭식을 못 한다. 특수 수저로 미음을 목구멍 가까이에 밀어

넣어 준다. 스스로 앉지 못해 특수의자를 사용해야 한다. 그러나, 선화는 나를 만나면 해바라기꽃보다 더 환하게 뒤틀어진 몸짓, 손과 발짓으로 사랑을 표현한다. 선화는 언제나 기쁨과 행복을 주고 나누는 천사 메신저다.

그런데, 이런 선화가 하루는 완전히 다른 사람이 되었다. 나는 언제나처럼 선화를 만나자, 머리를 쓰다듬으면서 사랑한다고 했다. 그런데, 이게 웬 일인가! 순간적으로 온몸이 딱딱한 나뭇등걸이 되면서 몸을 떨며 나에게서 벗어나려고 험한 표정으로 너무 애쓰는 모습이 역력했다.

나는 순간적으로 손을 거두고 선화에게서 가능한 한 멀리 떨어졌다. 이런 모습을 처음 본 나는 맨붕이 되었지만, 금세 이유를 알아차렸다. 오래전에 읽었던 '물은 답을 알고 있다'(에모토 마사루)라는 책이 금방 떠올랐기 때문이다. 여러 가지 실험을 통해 촬영한 신비하고 놀라운 물의 결정 사진이다. 사랑과 감사의 사진은 아름다웠고, 분노와 욕설 등의 사진은 추했다. 한마디 말을 하지 않아도 파장(느낌)으로 내 감정과 정서를 전달할 수 있다고 했다.

어젯밤에 내 아내와 부부싸움을 심하게 하고 아침에도 화해 없이 출근, 아내에 대한 미움과 나쁜 감정이 내 맘속에 가득했었다. 난 습관적으로 선화에게 입술로만 사랑한다고 했지, 내 안에 가득한 쓰레기 같은 나쁜 감정이 스킨십으로 전달된 것이다. 신체접촉으로 내 속에 분노와 미움이 전달되어 그 아이를 놀라게 했다. 중증 장애아이임에도 우리와 전혀 '다름'이 아닌 '같음'이었다.

나는 이 사건을 잊을 수가 없을뿐더러, 이후의 내 삶에서 많은 변화가 있었다. 내가 만나고 마주 보는 사람들에게 겉과 속이 다른 빈말을 하지 않게 되었다. 나에게 큰 손해를 입힌 사람도, 너무 힘들게 한 사람도, 밉거나 보기 싫은 사람까지도 나쁜 감정을 가지고 만나지 않는다. 내가 숨겨도 진정성이 없는 말은 상대방도 금방 느낌으로 알아차릴 것이기 때문이다.

그렇게 살려고 노력하다 보니까 사람들을 미워하지 않게 되었고 용서도 할 수 있게 되었다. 내가 더 편하고 행복하기 때문이다. 선화는 나에게 있어 '다름'과 '같음'의 신비를 가르쳐 준 무언의 스승이다.

나는 어린이집 부모 교육이 있을 때마다, 아이가 행복해하는 것이 무엇이고, 그 부모와 가정이 행복할 수 있는 길이 무엇인가! 장애 자녀를 둔 부모에게도 내 인생을 불행하다고 생각하지 말자고 한다. '나는 장애인이기에 행복하다'라는 제목으로 특강도 한다.

우리 아이들이 발달이 지체되면 지체된 대로, 어디가 좀 부족하면 부족한 대로, 아프면 아픈 대로, 키가 작으면 작은 대로 귀한 존재이며 소중한 생명이다. 모든 생명의 가치는 '천하(天下)보다 귀하다'고 성현들은 가르쳤다. 이제 생명을 더 이상 비교하지 말아야 한다. 천태만상의 우주 만물은 그 자체만으로도 정말 귀한 절대가치의 존재들이며 다양한 것이다. '다름'이지만 '같음'이고, '같음'이지만 '다름'이기에 말이다.

중요한 문제는 생명의 다양성을 보는 눈이다. 다양성은 문제가 되는 것이 아니다. 잘생긴 과일은 잘생긴 대로, 못생긴 과일은 못생긴 대로 먹는다. 벌레 먹은 채소는 벌레 먹은 대로, 멀쩡한 채소는 멀쩡한 대로 먹는다. 그게 자연이요, 그렇게 사는 것이 생태적인 삶이다. 그런데 경쟁을 부추기는 사회는 획일성만을 강조하며 개인과 사회와 자연의 다양성을 불편한 가치로 극복해야 할 대상으로 이해한다. 다양성은 불편한 것이 아니다. 인정하는 것이다.

나와 같지 않으면 '다름'을 마치 '틀림'으로 착각하거나 적대적으로 편을 가르고, 나와 생각이 같고 사는 방식이 같으면 '같음'으로 착각하는 세상이 너무 안타깝다. '평등'은 '다름'이고, '공평'은 '같음'이다.

장애 역시 한 개인이 가진 특성이지만, 그들의 특성에 대해 비 일반성의 굴레를 씌우는 것은 바로 다수로 구성된 사회다. 마찬가지로 '틀림'이 아닌 '다름'이다.

나는 다수 속의 소수를 존중하고, 차별하지 않으며 평등과 공평을 추구하는 방식이 '다름'과 '같음'의 신비라고 생각한다.

상수리나무, 떡갈나무, 산갈나무, 이파리 모양 때문에 이름이 다르지만 모두 도토리나무로 통하는 것은 같음이다.

넘어짐의 행복, 일어섬의 기적

며칠 전, 휠체어에서 일어나 차를 운전하기 위해 몇 걸음 옮기다가 경사면에서 몸의 균형을 잃으며 뒤로 넘어졌다. 나는 순간, 뒷머리가 심하게 땅에 부딪히는 것을 느끼며 공포심에 숨쉬기가 어려웠고 한동안 정신을 차리려고 애써야 했다.

넘어진 것을 목격한 세분이 달려와 바르게 앉을 수 있도록 도와주셨다. 나는 먼저 사지를 살펴보고 골절된 것은 아니라는 것을 알고서 먼저 안도하고 감사했다. 땅바닥에 앉아 한동안 마음을 추스른 후, 주위 분들의 도움으로 내 차를 탈 수 있었고 한 분이 운전해 병원에 도착했다. 이분은 나를 휠체어에 옮기고 머리와 사지육신을 전체적으로 진찰할 수 있도록 도와주셨다. 내 아들이 올 때까지 2시간을 나와 함께 해주신 고마운 분이셨다.

X-RAY, CT, 초음파 진단 결과 사지가 멀쩡하고 팔과 머리에 약간의 상처가 있을 뿐이란다. 로또에 횡재한 느낌이 이런 것일까 잠시 엉뚱한 생각에 쓴 웃음이 나왔다. 이보다 훨씬 가벼운 넘어짐에도 다리가 골절되어 몇 개월씩을 고생했기 때문이다. 나는 이런 일을 겪고 나면 트라우마에서 벗어나기 위해 일주일은 애써야 한다. 중년 이후, 이런 사고의 악몽이 두려워 목발에서 아예 휠체어를 이용하게 된 것이다.

이번에도 넘어진 현장에서 병원에서, 손발이 되어주신 분들은 나에게 보내 준 신의 선물이다. 우리는 다른 이들의 도움 없이 살 수 있는 존재는 없다. 너 없이 나는 없다. 그 넘어짐의 순간들이 고통이었지만, '하나'가 되어 살아가지는 못했어도 '함께' 살아야 하는 존재임을 매번 실감하게 된다. 넘어져서 겪는 고통이 내게 '하느님의 자비와 이웃의 사랑을 선물 받는 은총'의 시간임을 깨닫게 하기 때문이다.

성경에 '슬퍼하는 사람은 행복하다'라고 했다. 가까운 이웃들이 겪는 고통에 무관심하고 함께 울지 못하는 사람보다, 지금 슬퍼하는 자와 함께 슬퍼하는 분들이 더 행복하다는 말씀 아닐까. 넘어짐을 통해서 그 실패와 고통의 의미를 발견하고, 하느님의 신비로운 손길임을 알게 된다. 그래서 고통의 의미를 아는 사람은 행복하다.

육체적인 질병이나 장애 때문에, 경제적인 실패 때문에, 사회적인 좌절 때문에 내 생애 넘어진 순간들이 얼마나 많은가. 진주는 고통 중에 만들어지는 보석이다. 상처 난 조개가 그 상처를 안고 씨름하다가 만들어 낸 것이 진주다. 고통은 기도하지 않아도 매일 경험하는 인간의 실존이기 때문이다. '신은 일어나는 법을 배우게 하려고 넘어뜨리는 것일지도 모르겠다.'라고 장영희 교수는 말했다. 고통의 의미를 아는 사람이 누리는 행복, 역설적인 넘어짐의 행복이다.

나는 걸음마를 배워 막 자박자박 걸을 때, 소아마비 후유증 장애로 양쪽 하지가 마비되어 3년을 일어서지 못했다. 매일, 안방에 홀로 남겨진 그 수많은 시간을 나는 몸뚱이를 굴려 장롱 손잡이를 잡고 일어서려는 갖은 노력을 했다는 것이다. 하루에도 수백 번, 온종일을!

"엄마, 엄마! 내가 일어섰다. 엄마! 엄마!! 엄마~~~"

3년 만에 드디어 내가 장롱 맨 위 손잡이를 잡고 일어선 그 감격에 나도 모르게 엄마를 목 놓아 외쳐 불렀다. 부엌에서 점심 준비를 하던 어머니는 뛰어 들어와 나를 부둥켜안고 오열하며 기쁨을 함께 나누었다.

"오늘 니 6살 생일 인디~~" 내 인생에 각인된 첫 기억이다. 일어섬의 감격이 얼마나 컸던가.

걸은 것도 아니고 일어선 것일 뿐이고, 장롱 손잡이를 잡아야 설 수 있었던 것인데. 나는 이 처음 일어섬을 통해서 한 발을 내딛게 되고, 목발을 의지해서지만 걷는 자가 되었다. 일어서서 걷는다는 것이 얼마나 큰 기적이고 고마운 일인지 의식하며 사는 사람이 몇이나 될까.

넘어짐의 반대는 일어섬이다. 넘어지면 일어나려 하지 않는 사람은 없다. 그러나 실패나 좌절, 고통 속에서 일어나려고 하지 않고 슬픔과 현실을 이겨내지 못한 사람이 적지 않은 듯하다.

유명인도, 높은 지위에 있던 분도, 청소년들도, 어르신들도 넘어져 일어서지 못하고 자신마저 포기해 버리는 사회가 너무 안타깝다.

자전거뿐 아니라, 넘어짐을 두려워하면 무엇이든 숙달할 기회를 잃는다. 중요한 사실은 실패를 무서워하면 능력을 키울 기회마저도 상실하게 된다. 어쩌면 아무것도 시도하지 않는 일이 인생의 가장 큰 실패일 수도 있다. 실패는 성공의 어머니다. 실패한 후 경험한 것과 다시 같은 실패를 겪지 않기 위해 얻게 된 지혜는 나를 항상 곁에서 지켜주는 어머니와 같다.

인생길에는 예상치 못한 돌부리와 웅덩이가 많이 있다. 피할 수 있다면 좋겠지만 대부분의 사람은 걸려 넘어지기 일쑤다. 걸음마를 배우는 아기는 평균적으로 2,000번은 넘어져야 걷는 법을 제대로 배울 수 있다는 통계가 있다. 넘어지는 것을 두려워하지 마라. 툴툴 털고 일어나면 그만이다. 다만, 일어서서 걷기 위해 수많은 넘어짐을 이겨냈던 것처럼, 내 실패와 좌절

속에서 매번 일어날 수 있는 용기와 끈기를 청하자. 내가 넘어졌을 때 여러 분이 도와주신 것처럼, 서로 도움 없이 살 수 없는 존재임을 잊지 말았으면 좋겠다.

덤으로 얻는 깨달음이 하나 더 있다. 내 인생에 넘어짐의 고통이 있고 난 뒤에는 반드시 더 큰 보상이 따른다는 것이다. 나는 고통 이후의 축복을 미리 내다보며 김칫국을 먼저 마신다. 내가 믿는 하느님은 반드시 떡을 주셨다.

넘어짐의 행복, 일어섬의 기적은 내가 전국 장애아동들의 대부(?)로 불리는 영예로 열매를 맺게 했다. 남들보다 더 많은 넘어짐의 행복과 일어섬의 기적을 허락하신 신께 감사한다.

나는 99세까지 살기로 했다

작년 5월, 이모님의 부고(訃告)를 받고 서울에 문상(問喪)을 다녀왔다. 향년 98세다. 8남매의 자식들과 후손들이 45명이었다. 모두 호상(好喪)이라며 분위기도 밝고 즐기는 듯했고, 외할머니가 97세로 돌아가신 1996년을 회고하기도 했다. 친할머니는 내가 어릴 때, 86세까지 건강히 사시다가 돌아가셨고, 내 어머니는 95세로 아직 정정하게 살아계신다. 조문을 마치고 고속열차로 내려오면서 '나는 몇 살까지 살게 될까!'를 생각하면서 정신이 번쩍 들었다. 올해 75세인데, 살아온 일생 중 절반인 37년을 하느님의 자비로, 덤으로 살고 있었기 때문이다.

나는 1986년 6월 29일, 교통사고를 당해 하루를 입원해 다친 곳을 찾았으나, 별다른 큰 부상은 없다며 퇴원했다. 장 파열이 있었음에도 오진으로 인하여 40시간이 지난 후, 종합병원에 가서 알게 돼 10시간 넘는 수술을 했다.

수술 후 의사들은 내가 살 확률이 거의 없다고 판단했다. 배를 꿰매지 않고 두꺼운 철사로 일곱 군데 스테이플링 후, 큰 거즈와 타월을 덮어 중환자실로 옮겼다. 내 배를 25cm 정도 개복하여 부패한 창자들을 제거했으나, 의식을 회복하지 못한 채 2주간이 흘렀다. 수술 보름째 되는 날, 내 담당 의사(부원장)는 아내에게 "오늘을 넘기지 못할 것 같다"라고 임종(臨終)을 지키라고 했다. "현대 의학이, 의사가 할 수 있는 일은 다 했다"라고 덧붙이며 미안해했다. 늦은 오후 시간에 신부님과 교우들이 방문, 환자를 위한 마지막 임종 기도를 바쳤다.

신부님 임종기도 끝나는 즈음에 항문까지 열려있던 나는 의식이 돌아왔다. 주위를 두리번거리며 눈을 맞춘 친구에게 "너, 뭘~라고, 왔냐!" 첫마디를 내뱉었다.

나는 그 순간을 기억한다. 내 임종을 지키는 가족과 지인들 20여 명이 놀라서 환호하며, 손뼉을 치고 춤을 추며 "하느님 감사합니다", "알렐루야!" 일순간 난장 바닥이 된 것을! 다음 날 출근한 부원장은 도저히 믿을 수 없다면서도 조상님들이 돌봐주신 기적이라고 했다. 사실 의식이 없었지만, 저승사자(?)가 나를 데려가려고 무진 애를 썼고 굴복하지 않으려 며칠을 싸운 후, 그 시간이 지나자 아무리 바라봐도 눈이 부시지 않는 황홀한 빛을 보았다.

나는 그 빛에게 염치도 없이 37년만 더 살게 해달라고 온 힘을 다해 애절하게 매달렸다. 살아온 만큼의 연수, 37년은 이타적으로 살아야 내 최후의 심판(죽음) 앞에서 부끄럽지 않을 것 같았다. 내 영(靈)이 내 육신을 내려다보았던 기억도 어렴풋하다. '기적의 사나이' 후편 이야기는 다음 기회로 넘겨 아쉬운 마음을 달랜다.

나는 이런 하느님의 자애와 은총으로 75세가 된 올해까지 건강하게 살아왔는데, 덤으로 연장해 주신 그 수명이 다 되었음을 이모님의 죽음으로 떠올리게 되었다.

올해가 바로 다시 연장될 제3의 인생(수명)을 그분께 간청드리는 기간이 아닌가.

궁(窮)하면 통(通)한다. 지난 6월, 내 서가에서 『나는 120살까지 살기로 했다』라는 책이 번쩍 눈에 띄었다. 5년 전에 선물로 받았던 것을 잊고 살다가 책을 펼치자 놓을 수가 없어 3일 만에 모두 읽었다. 나는 이 책을 통해서 남은 노년을 무엇을 위해 어떻게 살 것인지를 사색하고 설계할 수 있게 되었고, 놀라운 영감을 얻었다.

나는 99살까지 살기로, 나의 미래 25년을 설계하고 목표를 정했기 때문이다.

'무슨 노인 욕심이 그렇게 끝을 모르냐?'라고 반문하거나 핀잔할 수 있다. 그러나 잠시 멈추시라. 나름의 이유가 있다.

나는 덤으로 살던 37년 동안 이타적으로 산다고 애를 썼으나, 턱없이 부족했다. 일평생을 위선으로 살아온 적이 너무 많았다. 주위 사람들에게 인정받기 위해서 내 본래의 모습과 내면의 속생각을 무시하고 허세로 살아왔다. 앞으로의 삶은 내 운명의 주인이 되고 싶다. 지나온 세월같이 환경의 노예가 되어 살고 싶지 않다. 늦게야 알게 된 참된 행복으로 이 세상의 변화를 위해 일조하고 싶다. 수필집과 수상록도 한 권씩은 써야 한다. 버킷리스트에는 지워야 할 많은 소원이 남아 있다.

나는 다행히 장수(長壽) 집안의 피가 흐르고 있어 부모 세대보다 몇 살이라도 더 살 것 같다. 내 부모처럼 증손들도 보고 싶다. 인명(人命)은 재천(在天)이다.

이 세상 누구에게도 아니고 나 자신에게 서약한 후, 내 생명을 주관하시는 그분에게 기도하며 맞갖게 살겠다.

내가 나누고자 하는 얘기는 여기서부터다. 우리는 누구나 주어진 수명을 내년이던, 10년 후이던 허락받은 세월만큼 더 산다. 그러나, 내가 사는 동안 무얼 원하고 무엇을 할 것인지, 하지 않을 것인지는 온전히 내 몫이다. 내 자유의지다.

내 제3의 인생을 아무런 목적 없이 허송세월할 것인지, 이런 사람이 되겠노라, 결심하고 내가 디자인한 인생을 스스로 완성해 갈 것인지 선택을 해야 한다. 어떤 변화든 선택에서 시작된다. 나 자신의 성장과 성숙 그리고 완성에는 은퇴가 없다. 그분이 불러 내가 가는 날이 진정한 은퇴 일이다.

"정말 자유롭게 살고 싶은가? 그러면 그렇게 살 수 있도록 당신의 인생을 설계해야 한다. 그렇지 않다면 그냥 익숙하고 안정감을 주는 것들로 둘러싸인 채 별다른 변화와 도전과 성장 없는 삶만 살다 가게 될지도 모른다." 95세에 쓴 강석규 박사의 말씀이다. 캐서린 로빈슨 에베레트는 96세에 변호사 개업을 했고, 피아니스트 미에치슬라프 호르초프스키는 99세에 새 앨범을 냈다.

내 영혼의 완성이라는 목표를 갖고 매일 창조하는 삶을 사는 사람이 바로 인생의 진정한 예술가일 터다. 나의 미래는 내가 만들어간다. 물론 신의 섭리 안에서!

나의 기본 중 기본은 자신의 건강, 행복, 평화를 자급자족하는 것이다. 약과 의사가 내 근력, 폐활량, 균형감각, 순발력, 면역력 같은 근본적인 건강까지 보장해 주지 않는다. 건강한 체력은 누구도 대신 키워줄 수 없다. 행복과 평화도 내가 만든다.

지금은 100세 시대, 나는 99세까지 살기로 했다. (2024.06.19.)

이선덕

dltjsejr@naver.com

한려대학교 산업디자인학과 졸업, 전남대학교 대학원 수료(조형미술과)
〈꽃과 여인〉 외 개인전 및 초대작가전 다수, 〈순천미술대전〉 공예부문 특선, 〈대한민국서예대전〉 〈남농미술대전〉 등 서양화 특선 다수. 〈한국문인협회〉 주최 백일장 입상 등 수상 다수/ 〈스토리문학〉 (시), 〈현대수필문학〉으로 등단(수필)/ 문예창작지도사, 시 낭송가, 터치미술학원 운영

작은 행복

비가 내릴 것 같은데, 하늘은 변덕을 부린다.

여름이 시작되는 유월이 되면 나의 작은 꽃밭에는 푸른색을 머금은 수국이 슬슬 웃음을 보이기 시작한다. 수국은 꽃송이가 큼지막하고 색깔도 다양하다, 우리나라가 원산지라서 반갑고 다년초라 가꾸기가 번거롭지 않다.

그런데 예쁜 꽃에 아쉽게도 꽃말이 '변덕'이라 조금은 생각을 하게 한다. 색깔에 따라 '진심', '처녀의 꿈'도 있는데 가장 화려하고 아름다운 분홍색의 꽃말이 변덕이라니 의외다. 자라면서 토양이나 기후의 변화에 따라 꽃 색깔이 바뀐다고 붙여진 모양이다. 수국을 좋아하지만 꽃말 때문에 아는 사람에게 선물하기에 조심스럽다.

이제 장마철로 들어서서 비는 질금거리다가 갠다. 변덕이 심한 날씨처럼 마음도 오락가락한다. 오늘 같은 날, 믿었던 친구가 등을 보이고 작은 오해가 쌓여 마음이 울적할 때 서운하고 외로운 마음을 잊으려고 나의 작은 꽃밭으로 발길을 돌린다. 말없이 반기는 꽃을 바라보고 있으면 꽃의 향기에 취해 순간 나는 꽃과 말을 하고 있다.

해안을 바라보고 있는 작은 꽃밭은 봄이면 지피식물인 백리향이 향기를 품어내고, 수선화와 작약이 푸른 바다를 배경으로 작은 미소를 보낸다, 여름이 되면 봉선화, 분꽃, 분홍 달맞이꽃과 수국의 허리를 토닥거리며 무더운 날씨도 바람에 날려 보낸다. 무더운 여름이 지루할 때쯤, 키 큰 칸나가 노란 닭 볏 같은 꽃으로 환하게 웃는다. 하늘이 높다는 가을이 오면 꽃무릇이 행인들의 사랑으로 외롭지 않다.

봄의 수선화는 내면의 아름다움을 감추며 자기 사랑을 꽃으로 보여주고, 작약은 새로운 시작을 축하하며 수줍음을 함박웃음으로 표현한다. 여름날 봉선화는 '나를 다치지 말라'고 두 손을 모으고, 분꽃은 시골 아낙네의 수줍음을 온몸으로 나타낸다. 가을의 꽃무릇은 잎과 꽃이 만날 수 없는 이별과 이룰 수 없는 사랑에 대하여 애절하게 호소한다. 간혹 꽃밭에는 봄에 피는 민들레가 피어 눈길을 끄는데 아마도 감사한 마음을 홀씨에 담아 세상으로 날려 보내는 것 같다.

나는 꽃밭에 준비해놓은 의자에 앉아 이런 생각 저런 생각을 하며 시간을 보낸다. 장미는 수국처럼 색에 따라 꽃말이 다양하다. 붉은 것은 정열을, 흰 꽃은 순결, 노란 장미는 질투, 보라색 장미는 불안전한 사랑을 말한다.

산야에 피는 야생화는 이름을 모르고 넘어가는 꽃이 너무 많다. 이럴 때는 휴대전화기로 찍어 이름을 알기도 하지만 확실하지 않다.

꽃의 이름을 알게 되면 꽃말이 알고 싶어 꽃말을 찾아본다. 이야기로 전해지는 물망초의 '나를 잊지 마세요'라는 전설은 너무 많이 들어 알고 있지만, 사랑하는 사람들의 애절한 사랑을 생각하면 가슴이 아려온다.

꽃과 상상의 나래를 타고 한참 놀다 보면 아름다운 시도 생각나고 지나간 추억도 생각이 난다.

살다가 힘든 시간을 이겨 나가는 방법은 사람마다 제각각이다. 운동하거나 노래를 부르거나 그림을 그리거나 친구를 만나 수다를 떨기도 하고 어떤 이는 술을 마시기도 한다. 무엇을 하거나 깊이 빠져서 힘들어하는 것보다 자연을 벗 삼아 돌아본다면 더 나은 내일이 기다릴 것이다.

울적하면 철 따라 피고 지는 들꽃을 보러 산책하러 간다. 오늘도 비가 오락가락 변덕을 부린다. 가슴이 답답하면 나는 바다를 품은 작은 꽃밭에 앉아 그들과 못다 한 이야기를 한다.

봄맞이 준비

강추위가 기승을 부린다. 이렇게 지독한 추위가 이어질 때마다 빨리 봄이 오기를 막연히 기다려 본다. 몸을 바짝 웅크리고 길을 가다가 목련 꽃망울에 눈이 멎었다. 목련 나무는 꽃봉오리에 살을 찌우고 있었다. 목련 꽃망울을 보면서 자신을 한번 돌아본다. 살아오면서 봄을 맞이할 준비는 하지 않고 막연히 봄이 오기만을 기다렸다. 매년 보아온 꽃봉오리인데 새삼스럽게 다르게 느껴진다. 나이 탓인가? 겨울을 맞이할 준비는 했는데 봄맞이할 준비는 하지 않고 염치없이 기다리기만 했다.

봄을 기다리는 것이 아니라 세상에 생명이 있는 것들은 모두가 봄을 맞이할 준비를 하고 있었다. 산비탈을 오르다 보니 진달래 꽃봉오리가 목련 꽃봉오리와 경쟁이라도 하듯 망울망울 살찌우기에 여념이 없다. 신비로워 살짝 손으로 눌러보니 앵두 씨처럼 단단해 차가운 바람 한 점 비집고 들어갈 틈 어림없겠다.

목련보다 먼저 봄을 맞이하는 꽃이 복수초꽃이다. 눈 속에서 노란 꽃잎을 터트린 신문 기사에 나온 사진을 보면서 감탄사가 절로 나왔다. 너무 작아 무릎을 낮추지 않으면 자세히 볼 수 없다. 낮은 자세로 피어난 복수초의 꽃잎으로 기도하는 모습으로 보인다. 사진으로나마 생생하게 피어난 자연의 신비로움을 느낄 수 있어 순간 행복했다.

어릴 적 시골에서는 가을에 고구마를 캐면 방 구석진 곳에 나무나 수수깡으로 울타리를 만들어 그 안에 고구마를 저장했다. 눈 내리는 추운 겨울날 화롯불에 고구마를 묻어두었다 꺼내먹는 맛은 잊을 수 없는 추억의 맛이다. 그 맛이 그리워 매년 가을이면 고구마를 몇 상자씩 저장하고 나면 부자가 된 기분이다. 간혹 지인들이 방문하면 구운 고구마를 간식으로 내놓는데 모두 좋아한다.

갑자기 군고구마 생각이나 고구마 상자에서 고구마를 꺼내다가 눈길이 멈췄다. 어두운 상자 속에서 고구마는 봄맞이 준비를 하고 있었다. 제 살을 비집고 작은 싹을 밀어내는 중이었다. 시간은 기다려주지 않고 흐르는데 나는 돌아올 봄을 맞이할 준비가 돼 있지 않았다 고구마 상자 안에서도 나처럼 늦은 것들이 눈에 들어와 나 자신을 위로해본다.

휴대전화기가 요란하게 울린다.

"할머니 집에 계세요? 학원인데요. 할머니 군고구마 먹고 싶어요, 한 시간 뒤에 갈게요."

중학교에 다니는 막내 손녀가 봄의 화음으로 말한다.

예쁜 손녀가 오다니 빨리 고구마를 구워야겠다.

식물이 자라서 예쁜 꽃을 피우고 다시 꽃씨를 남기듯이, 죽음에도 봄을 준비하듯 준비하는 죽음이 있다. 어느 해인가 기억은 희미하지만, 생활이 어려웠던 시절이다. 시어머니는 윤달이 들어 있는 해에 수의를 해 놓으면 자손들이 편하게 잘 살 수 있다고 수의를 만들어둬야겠다고 하셨다. 수의를 만들 경제적인 형편이 안 된다면서 너희 형제끼리 얼마씩 내놓으라고 하셨다. 어머니는 병치레가 잦아서 내가 결혼하기 전부터 약을 달고 사셨다 한다. 죽음에 대한 두려움이 항상 마음속에 자리하고 계셨던 것 같다. 그때는 어머님 마음을 이해하지 못했다. 먹고 살기가 어려워 제대로 된 옷도 못해 입는 시절이었다. 굳이 죽을 사람을 위해 옷을 장만해놓는다는 사실을 이해할 수 없었고 야속하기까지 했다. 그렇게 어머님은 당신 죽음을 생각하면서도 자식들은 따스한 봄날처럼 잘 살기를 바라셨다. 그렇게 젊은 날 수의를 미리 장만해 놓으시고도 우리 생각과 달리 구십을 넘기고 돌아가셨다.

몹시 차가운 계절이다. 새 생명이 움트는 봄을 준비해야겠다. 봄에 심은 나무는 몸살을 심하게 하다가 죽기도 하지만, 가을에 심은 나무는 겨우내 어두운 땅속에서 몸살을 하며 뿌리를 다지고 다져 봄이면 더 튼튼하게 자란다고 한다.

이 겨울 마음속에 꽃씨 한 점 뿌려야 할까 보다. 따스한 봄날 목련꽃처럼 하얀 웃음꽃 피어날 그런 꽃씨를 뿌려야겠다.

폐가에서

녹슨 양철 대문은 오랜 세월 주인의 관심을 받지 못하고 외롭게 서 있다.

외진 산골도 아니고 주위에 인적이 뜸한 것도 아닌데 대문은 반쯤 입을 벌리고 무기력하게 바람의 질책을 받고 있었다. 녹아내린 듯 쇠잔해 버린 흙벽과 무너진 기둥 뻥 뚫린 봉창, 오랜 시간 주인을 잊었나 보다.

깨진 시멘트 바닥에는 잡초가 무성했다. 장독대라고 하기에 너무 초라한 돌 더미에는 항아리가 나뒹굴었다. 말 못한 사정이 있을 것만 같은 주인의 사연을 그렇게 표현하고 섰는데 이를 거두어 들어 줄 사람이 아무도 없는 것 같았다.

오래된 가옥 대부분이 그렇듯 허름하고 누추해서 겨우 몸을 의탁하는 최소한의 공간에 그치고 마는 게 공통된 현상이다.

잡초의 키가 처마를 덮었던지 바람에 흔들리는 마른 잡초 줄기에서 왕거미는 무얼 잡겠다고 그리도 많은 거미줄을 걸어두었는지 모르겠다. 그 행위가 살아있는 자의 욕심처럼 보인다.

조심스레 봉창을 밀치고 삭아 떨어져 넘어진 문을 밀치고 방안을 기웃거린다.

여기저기 떨어져 나간 벽지에 거미줄이 널려있다. 벽에는 낡은 사진틀이 옛 주인의 젊은 모습의 사진이 낡은 사진틀에서 웃고 있다. 군불이나 지피는 부엌에는 팔뚝 굵기의 아무렇게나 얹힌 서까래들이 그래도 아궁이 군불

연기에 그을려 사람 냄새를 아직도 품어내고 있다. 벽에는 헝겊으로 구멍을 바느질한 바구니와 먼지에 싸인 키가 반쯤 정신을 놓고 바람에 흔들거리고 있다.

집 뒤뜰에 손바닥 크기의 납작한 돌을 넓게 깔린 항아리 위에 사발이 놓인 것을 보니 여주인의 간절한 기도 소리가 들리는 듯했다.

낡은 흙벽에는 칡넝쿨로 만든 망태기 하나가 벽에 걸려있다. 순간 어릴 적 우리 아버지가 만들어 쓰시던 새끼로 만든 망태기가 생각나 하늘을 봤다. 이 집 주인도 망태기를 메고 이 골짝, 저 골짝을 가족을 위해 하염없이 누비면서 줍고, 또는 따서 해가 기울면 기쁜 마음으로 대문을 들어왔을 것이다.

흙냄새 자욱한 단칸방을 다시 돌아보며 주인의 남기고 간 흔적을 찾아본다. 빛바랜 잡지와 오래전의 신문이 낡은 책상에 남아 있다. 아마 젊은 청년도 이 집에 함께 살다 떠난 것 같아 이 집의 역사가 갑자기 궁금해졌다.

마당에 우거진 잡초를 봐서 집주인은 이 집에 전혀 관심이 없는 것 같다. 후미진 산골도 아니고 인근에 살림하고 계시는 집들이 있어 옛 주인에 대해 더 궁금했다.

주인은 떠나면서도 내일을 가꾸기 위해 부엌 모서리에 씨앗을 헝겊에 싸고 또 검정 비닐봉지에 넣어 걸어두었다. 오늘을 다 살고 갈 줄도 모르면서 우리 조상들은 내일을 위해 자식들을 위해 기원했다.

나는 헐고 망가져서 볼품없는 이 집에 희망에 걸고 싶어졌다.

찾아 주는 사람 없어 마당 가득 잡초에 자리를 내어주고, 비 오고 바람 불면 깨진 절구통의 빗물에 나뭇잎 배를 띄우겠다. 깨진 시멘트 바닥 사이에 노랗게 핀 민들레꽃의 날아오르는 홀씨를 보면서, 주인 없는 마당 곁에서 활짝 웃으려고 한다.

아홉 살의 자화상

아홉 살, 사진 속 소녀가 나를 물끄러미 바라보고 있다.

육십삼 년이란 세월의 긴 강을 건너 지금, 한 앳된 소녀와 내가 마주하는 것이다. 스마트 폰이 나오면서 사진은 일상의 기록이 되었지만, 내가 태어난 1950년대에는 사진을 찍는다는 게 쉽지 않았다, 그래서 초등학교 시절 봄 소풍 가서 찍은 흑백사진 한 장은 내게 유년의 기억을 더듬게 한, 더없이 소중한 선물이다.

이 사진은 이미 세월이 흘러 강산이 변한 것보다 내 인생 기억 속 일곱 고개를 돌아 노년의 주름과 단단한 칠십의 모습과 너무도 대비되기에 사진 속 나의 얼굴이 더없이 소중한 내 유년의 자화상이어서 가끔 들여다보며 어린 시절을 반추하곤 한다.

'자화상'은 자기가 자기 얼굴을 그리는 것을 말한다. 화가 중에서 '자화상'을 제일 많이 그린 화가는 '고흐'이다. 작품 중 한쪽 잘린 귀에 붕대를 감싸서 맨 '귀 잘린 자화상'이 유명하다. 귀를 자른 사연은 이렇다. 유일한 친구 '고갱'과 동거할 때 성격이 맞지 않았다. 고흐를 비난하고 고갱이 떠난 후, 혼자 외로움 속에 불안정한 정신의 분열에서 오는 고통의 행동이었다. 고흐는 정신병원에 입원하게 되며 오베르 들판에서 황금 노란 들판이 일렁이는 '까마귀작품을 마지막으로 남긴 채 자살로 생을 마감한다. 고흐는 생전에 35점의 많은 자화상을 그렸다. 가난한 그는 모델에게 지급할 돈이 없어서 거울을 들여다보고 자기 얼굴을 그렸다. 생전의 가난했던 화가의 가슴이 아픈 사연이다.

자기 모습을 그리는 자화상은 겉모습 표현만이 아닌 마음속 영혼까지 표현되어야 생동감과 생명력이 살아난다. 그래서 다른 사람의 얼굴을 그릴 때도 자신도 모르게 조금씩 자기 얼굴과 닮은 이미지가 나타나는 것은 어쩔 수 없는 일일 것이다. 자화상을 그리기 어려운 건 얼굴에 마음까지 표현해야 하기 때문이다.

나의 자화상은 그림이 아닌 포토그래피이다. 사진 속의 나는 어리지만 영특하고 그윽한 감성이 보이는 눈빛과 성숙함이 묻어 있다. 그 나이에 '성숙'이란 단어의 의미로 어떤 특이성에 단계를 거쳐 기대되는 정도의 모습이 있을 리는 없다. 사진 속에는 은근하고 은은한 미소가 살아 있어 마치 살짝 부끄러워하는 표정이 더 성숙해 보인다. 나는 살아오면서 타인으로부터 '귀엽다'라는 말보다 '어른스럽다' '맏며느릿감이다'라는 말을 더 많이 들었다. 내 표정에서든 아니면 행동에서든 조숙해 보였던 것 같다.

사람에게는 얼굴이 첫인상이다. 상대방을 알기 전에는 얼굴을 보고 그 사람의 성격을 알아차린다. 때로는 아주 다르게 반전이 되는 사람도 있긴 하지만, 대체로 일치한다. 내 인상에 대해 보통 '성격이 좋아 보인다'라고 말하지만, 가끔 내 눈에서 단호함을 느낀 사람들이 '쉽지 않을 것 같다'는 말도 하는 편이다. 그 이유는 얼굴이 검고 이마가 그리 넓지 않아서인지 모르겠다. 모나지 않은 둥근 얼굴이 다른 사람에게 편한 인상을 줄 거라는 것은 내 생각이다. 콧대가 낮아 성형수술로 콧대를 살리고 싶어 했던 적도 있었지만 수술은 하지 않았다. 자연 그대로 살기로 했다.

아홉 살 이 사진의 내 얼굴에서 어린 영혼도 보이는 듯하다. 양 갈래로 땋은 머리가 어깨에 가지런히 내려와 있다. 엄마는 머리카락 한 올이라도 빠질세라 동백기름을 발라 참빗으로 곱게 빗어 땋아 주셨다. 입을 꼬옥 다문 사진 속의 얼굴에는 설핏 미소가 보인다. 그 미소가 있어 아홉 살답지 않게 성숙해 보인다고 했다. SSO가 말하는 '성숙'이란 단어 속에는 어린 얼굴에서 '자부심' 같은 자아가 설핏 보여서인지도 모른다. 육십 년이 지난 지금 나는 아홉 살 수줍은 미소를 따라 해 본다.

꿈이 있는 작업실

녹슨 대문이 앞섶을 들썩이며 소리 없이 울고 있는 오월의 첫 일요일 아침, 삐꺽거리는 철문을 두 손으로 조심스럽게 밀고 들어섰다. 깨진 시멘트 바닥에는 잡초가 내 무릎 높이만큼 자라서 이곳이 집인지 헛간인지 구분이 되지 않았다. 처마 밑에 자리하고 있던 시계는 하루에 두 번을 정확한 시간을 알려주고 나머지 시간은 온종일 잠자는 중이다. 창고 문은 입을 반쯤이나 벌리고 있고 부엌은 온 천정이 그슬려 검은색이다. 하지만 나를 보고 활짝 웃는 담 밑의 자주색 함박꽃을 보는 순간, 나는 행복한 꿈을 꿀 수 있었다.

아들 내외와 집 구경을 하는데 아들이 고개를 설레설레 흔든다.

"엄마 이 집수리하려면 너무 고생이 많아요."

아들은 내 손을 잡아끈다. 며느리도 힘들어서 안 될 것 같다고 말했다.

나는 갑자기 '이걸 못해?' 하는 오기가 생겼다. 조금만 청소하고 손 보면 작업실로 쓰기에는 문제없을 것 같다고 흰소리를 쳤다. 속마음은 은근히 겁이 났다.

친구와 나 그리고 이웃집 아저씨 한 분을 모시고 다음 날 작업복을 챙겨 입었다. 용감하게 마당의 잡초를 낫으로 베고 호미로 풀을 메기 시작했다. 해가 질 때쯤 잡초 무더기는 산처럼 쌓였다. 잡초를 마당 가운데 모아 태울 때는 집에 불이 붙을 것 같아 겁나고 무섭기까지 했다. 삼 일 내내 잡초

없애는 일을 마치고 뒤뜰로 갔다.

뒷마당 장독대에는 내 두 팔을 벌려도 안을 수 없을 만큼 큰 장독이 있어 좋았다. 장독을 예쁘게 장식할 것을 생각하니 하루의 피로가 기쁨으로 변했다. 도자기를 빚던 추억이 생각나면서 내가 정말 이 집을 예쁘게 꾸밀 수 있을 것 같은 자신감이 또 한 번 생겼다.

장독을 앞마당으로 옮겨야겠다고 생각하고 담장 밑에 자리 잡은 넓적한 돌을 주워 장독대를 만들었다. 오월의 한낮은 너무 짧았다.

함박꽃이 피어 있는 앞마당에 장독대를 만들고, 갈라진 시멘트 바닥을 메꿔 뒷밭에 있는 돌을 가져다 예쁜 꽃밭을 만들어야겠다고 생각하니 고생이 행복으로 바뀌고 힘이 솟았다.

철물점에서 전동기를 빌려 시멘트 바닥을 깨는 작업을 했다. 기계의 습성을 모르고 쉬지 않고 무리하게 기계를 사용하다가 기계가 멈추는 사고가 생겨 기곗값을 배상했다. 이런저런 사고도 많았지만, 깨진 시멘트 바닥이 아기자기한 꽃밭으로 변해 갔다.

베고니아, 메리골드, 그리고 장미도 심었다. 화원에서 구한 수련은 뒤뜰에 버려진 돌절구통을 앞마당으로 옮겨 심었다. 마당에는 웅덩이를 파서 큰 고무통을 넣고 연꽃을 옮겨 심었더니 제법 예쁜 꽃밭으로 변해 갔다, 꽃밭을 만들어 놓고 보니 새집을 만들고 싶었다.

사람의 욕심은 끝이 없나 보다. 하나를 하고 나면 또 하나를 하고 싶어진다. 청소만 하면 되겠지 하던 것이 꽃밭을 만들고 새집을 만들었다.

'이제 무엇을 할까, 그렇지. 정말 내게 중요한 작업실이 필요하구나.'

사랑방으로 쓰던 방을 정리하고 검게 그을린 부엌을 청소한 다음, 핸드코팅 두말을 사와 그을린 천장과 벽을 하얗게 코팅하니 벌써 일이 모두 끝난 것처럼 뿌듯하다.

사랑방에 서실을 꾸미고 부엌과 외양간으로 사용했을 창고를 화실로 만들었다. 꾸미고 나니 옛 뜨락이라는 작업실 이름이 떠올랐다.

대문 안을 정리 하고 나니 대문 밖도 꾸며야겠다는 생각이 들었다. 하얀 수성페인드와 빨간색 노란색 초록, 파랑 검정 외부용 수성페인트로 예뜨락에 어울리는 벽화를 그리고 문패도 써 붙이고 예쁜 우편함도 만들어 붙였다.

이웃집 어른들께서 지나가면서 집이 주인을 만나 보기 좋다고 하신다. 그 소리를 듣는 순간 고생스럽다고 생각했던 마음이 눈 녹듯 녹아내렸다. 옆집 언니도 이웃집 아주머니도 자기 집 벽에도 벽화를 그려줄 수 있는지 부탁하신다. 그려주겠다고 약속을 하면서 왠지 이곳 감도가 더 좋아졌다.

이제 작업실이 있는 이곳 감도를 더 많이 사랑해야겠다.

이희순

pattohsl@daum.net

〈한국수필〉 신인상(2007. 3월)/ 한국문인협회, 한국수필가협회, 여수수필, 동부수필 회원
한국수필작가회 이사/ 여수시 성인문해교육 강사(2019~2020년), 전라남도 생활공감정
책참여단(2019~2023) 저서 『방언사전 여수편』(2004. 어드북스), 『수필도 아닌 것이』
(2022. 지식과 감성), 『귀신은 무얼 먹고 사나』(2024, 지식과 감성)
제559돌 한글날 기념 〈제1회 토박이말 살려 쓰는 글쓰기 대회〉 대학 일반부 최우수상

석보(石堡)를 그리며

포은 정몽주는 여말의 충의지사였고 최영 장군은 무관으로서 목숨을 바쳐 고려에 충성했다. 두 분의 공통점은 역성혁명을 기도하는 이성계 장군에게 맞선 고려의 충신이었다는 점이다. 그러나 이미 고려가 멸망하였는데도 망국에 대한 충절을 지킨 이들이 있었으니 오직 여수 현령 오흔인과 여수현의 백성들이다. 현령 오흔인은 조선을 건국한 태조(이성계)가 사자를 보냈으나 석보의 성문을 열어 주지 않았다. 그로 인해 여수 현과 현민들은 500년 긴긴 세월 속에 신음하며 모진 생을 부지해야만 했다. 혹자는 우직한 현령 한 사람 때문에 여수현이 패현되고 현민이 이루 말할 수 없는 고통을 받았다고 말한다. 복현을 위한 희생과 우여곡절이 있었으나 세 차례의 복현은 찻잔 속의 태풍이었을 뿐, 결국 여수현은 국운이 다할 무렵인 1897년에야 구차하게 복현 되었다. 그 이태 전에 전라좌수영이 없어졌고 불과 8년 후에 대한제국은 일제에 외교권마저 빼앗겼다.

후세의 사가들은 현령 오흔인의 충절을 강조하나, 나는 다른 관점에서 말하고 싶다. 고려의 수문하시중 정몽주와 철원 부원군 최영 장군은 이성계에 대항하다가 장렬한 최후를 맞았으나, 여수 현령 오흔인은 망국에 대한 절개를 지키려다 성에 유폐 당해 죽음을 맞았다. 비유하면, 정몽주와 최영은 일부종사를 위해 저항한 것이고, 오흔인은 청상이 망부에 대한 일편단심으로 목숨 바쳐 정절을 지킨 것인즉 성격이 다르다 하겠다. 하나, 정작 내가 주시한 역사는 따로 있다. 정몽주와 최영은 조선 태종에 의해 추증되었고, 오흔인도 세조 때 호조판서에 추증되었다. 비록 역성혁명에 저항했거나 새 왕조를 거부했지만, 조선은 그들을 충의절사로 인정해 준 것이다.

현령 오흔인은 호조판서로 추증되었는데 어찌하여 여수현은 복현되지 않았는가? 미스터리가 아닐 수 없다. 억측일지 모르지만, 나는 망국 고려에 대한 여수현의 충절에는 현민의 결의가 크게 발휘된 것이라고 유추해본다. 그렇지 않고서는 여수현만 복현되지 않은 채 무려 500년 세월에 걸쳐 천대를 받게 된 이유를 설명하기 어렵다. 알려진 바와 같이 여수의 백성은 전라좌수영과 순천도호부에 속하여 군역과 조세에서 이중의 부담을 받아왔다. 가난한 백성이 500년에 걸쳐 이중의 가렴주구에 시달려, 실로 죽지 못해 살은 참담한 역사였다. 이는 여수현의 복현을 주청한 여러 기록이 여실히 입증하고 있다.

여수현의 치소는 어디였을까? 석보(석창성)가 현청이었을 거라는 추측이 가끔 눈에 띄었다. 그러나 이는 추측이 아니라, 사실이다. 신동국여지승람에 의하면, 전라좌수영의 본영은 현 여수시 중앙동과 충무동 일원에 설치하였고 여수 석보는 옛 여수현의 현청이었다. 한편, 석보는 좌수영 직할의 5관 5포 이외의 진영으로서 종9품의 권관이 지휘하고 있었다.

조선왕조실록에는 정조 14년(경술 1790년) 8월 20일(양력 9월 28일) 헌납 권희의 상소가 기록되어 있다. 일부를 소개한다.

"전라도 옛 여수현은 순천부와 좌수영 사이에 있는데, 순천과는 100여 리나 떨어졌고 수영과는 30리 안에 있습니다."

전라좌수영은 현 여수시 중앙동과 충무동 일원에 자리 잡고 있었고, 도로 사정이 그리 좋지 않은 시절에는 석창에서 순천까지 100리 길이었으니 이 기록과 맞아떨어지는 위치가 지금의 여천동 석창이다. 여수현은 조선

태조 5년에 패현되었기에 당연히 현청도 폐지되었겠지만, 석보를 해체했다는 기록은 보이지 않는다. 그런데 한 가지 특이한 대목이 있다.

정조 14년, 헌납 권희의 상소는 수영의 설치로 인해 여수현이 혁파되었다고 언급하고 있으며, 영조 1년(을사 1725년) 8월 6일, 지평 이근의 상소에도 역시 여수현이 혁파된 이유가 수영을 설치했기 때문이라고 하며 나아가 그 후, 수영을 옮겼음에도 다시 읍을 설치하지 않은 연고임을 밝히고 있다는 점이다. 그뿐 아니라, 관사와 창고가 그대로 보존되어 있다고 아뢴 것으로 보아 비록 '나간 집'이었으나 석보의 관리상태가 그리 나쁘지 않았다는 사실을 알 수 있다. 여기서 말하는 '수영'은 앞에서 언급한 5관 5포 이외의 진영(옛 여수현청이었던 석보)으로 권관이 지휘하던 곳을 지칭한 것으로 추정된다. 여수현이 패현되어 순천부에 복속됨으로써 현청은 폐지되었으나 그 자리인 석보에 전라좌수영의 진영이 설치되어 종9품의 무관이 주재해 오던 중 석보의 수영이 어디로 옮겨지고 석보는 비게 된 것이라고 추정해 본다. 다만, 옛 여수현청이었던 석보가 전라좌수영의 진영이 되기 전에는 그곳에 누가 주재하였는지, 어떤 일을 수행했는지 필자의 식견이 일천하여 알아내지 못해 아쉽기만 하다.

여기서 여수현의 복현과 파현 연대를 정리해 본다.

1차 복현은 숙종 22년(1696년)이었으니 패현된 지 300년 만의 일이었다. 이때, 전라좌수사 최극태가 여수도호부사를 겸직하였다. 그러나 채 1년도 지나지 않아 여수현은 다시 혁파되고 최극태는 끌려가 파면당하고 말았다. 2차 복현은 영조 1년(1725년), 지평 이근의 상소가 받아들여져 성사되었다. 그러나 이마저 1년 만에 물거품이 되고 말았다. 3차 복현은 영조 26년(1750년)에 이루어졌으나 역시 1년도 지나지 않아 패현되었다가 망국으로 치닫던 1897년에야 복현되었으니 여수 백성은 조선왕조 500년 내내 비

참하게 살아온 것이다.

나는 가끔 이순신 장군과 함께 연전연승을 거둔 수군을 생각해 보았다. 그들은 대개 어느 지역 출신들이었는지가 궁금했던 것이다. 그 의문이 풀린 것은 바로 여수현의 복현 과정에 대한 실록의 기록이었다. 여수현의 백성들이 전라좌수영 수군의 군역을 부담했다는 기록이 곳곳에 보였다. 그도 모자라, 순천도호부의 군역까지도 부담했다. 오늘날의 석창은 석보창(石堡倉)에서 비롯한 지명이다. 당시 여수반도에서 가장 넓은 들은 석창을 중심으로 연결된 월평들, 대평들, 공숫들(공수평)이다. 필자는 고려시대 여수반도의 중심이 석보로 상징되는 여천동 일원이라고 보고 있다.

파란만장한 여수현의 역사를 돌아보면 피 맺힌 백성의 절규가 환청처럼 들려온다. 그러나 여수현의 백성은 '약무호남 시무국가'의 주인공들이었다. 나는 여수현민 외에 망국의 고려에 충절을 지킨 고을과 백성이 또 어디에 있었는지 듣지 못했다. 국가 사적으로만 방치되어있는 옛 여수현청(석보)을 하루속히 복원하여 여수의 정기를 천하에 떨치고 시민의 긍지를 드높여야 한다.

(2024.1.30)

내 고장 여수말

어시장에서 들은 대화가 갈데없는 여수말이다.

사분떡, 요참애 빼깽이 돈 잠 했지이다?
아, 천불낭깨 말도 마이다. 소르라니 비를 맞촤가꼬는 죄지 썩콰부렀소.
아이고, 나가 입이 방정시라와가꼬 안 헐 말을 끄내붓는갑소 잉?
업씨이다. 암시랑토 안 허요. 모리고 긍거이 뭔 죄가 될랍디요.

사부인 댁, 요번에 절간고구마 해서 돈 좀 했지요?
아, 열불 나니까 말도 마세요. 고스란히 비를 맞혀 죄다 썩혀버렸어요.
아이쿠, 내가 입이 방정맞아서 안 해야 될 말을 꺼냈는가 봐요.
아뇨, 괜찮아요. 모르고 그런 게 무슨 죄가 된답니까.

갓난아이도 영어를 배우는 글로벌 시대의 그늘에서 사투리 타령을 길게 뽑아본다. 토속어는 고향이고 뿌리이다. 향수를 달래는 사람들에겐 그대로 한 자락 아스라한 망향가이다. 고향은 나서 자란 산천이라기보다 부모 형제요 죽마고우이니 여수말은 여수 사람이다. 방언에는 어머니 젖 내음이 배어 있고 부조(父祖)의 숨결과 함께 선산을 지킨 굽은 나무였던 내 삶의 궤적도 새겨져 있다. 방언은 우리말의 근원이기도 하다. 여수 방언 속에는 포리(파리), 정지(부엌), 성냥간(대장간), 아직(아침), 이까장(여기까지), 곡석(곡식), 성(형), 폴(팔), 내(연기), 저재(저자), 주걸이(쭉정이), 낭구(나무), 연치다(얹히다), 볼쏘로(벌써), 도치(도끼), 마(장마), 뒤안(뒤꼍), 나무새(나물류), 뉘(누구), 볽다(밝다), 애(창자), 몬지다(만지다), 춤(침), 폴다(팔다), 시기다(시키다), 구룸(구름), 구시(구유), 느치다(늦추다), 쇠야지(송아지), 몱다(맑다) 등등 허다한 옛말이 생생하게 살아 숨 쉬고 있어 이를 뒷받침한다.

지방 사람들은 대처에 나가면 애써 제 고장 말을 멀리한다. 그러나 여수 사람들은 떳떳하다. 시어머니 병구완하느라고 골병이 들었는지 삭신이 아파 갱신을 못 하겠다고 스스럼없이 말해도 모두 표준어이니 놀라운 일이다. 시금치를 데쳐서 무치고, 밥을 안치고, 마당을 깨끔하게 소제한다는 말은 분명 여수 사람들이 자주 쓰는 말인데 그 가운데 사투리는 단 하나도 없다. 가대기, 까대기, 간짓대, 골통, 뒤가 꿀리다, 나대다, 나쁘다(먹은 것이 양에 차지 않다), 내나, 노상, 시방, 거시기, 놉, 손포, 농땡이, 늙마, 다문다문, 얼멍얼멍, 쫀득쫀득, 욜랑욜랑, 먼저께, 모가치, 쪼가리, 물밥, 뭇갈림, 바수다, 버글버글, 불땀, 살피, 설레발치다, 성금(말을 한 보람), 야코죽다, 어지르다, 얼이 들다, 오지다, 용심, 외봉치다, 쫀쫀하다, 툭툭하다, 행짜, 후제, 무작하다, 열없다, 양태, 통구멩이, 꼬막, 강구, 촉기, 삐딱하다, 맨밥, 둥구나무, 도시다, 따따부따, 뒷심, 노글노글, 몰랑몰랑, 시금하다, 얼쩡거리다, 반질반질, 우는소리, 텁텁하다, 찰밥, 퍼석하다, 장뼘, 암죽, 삼동추위, 북새, 아재, 낱돈, 날쌍하다, 뜨뜻하다, 말귀, 몽실몽실, 시금털털하다, 엄벙하다, 토방, 푸지다, 헛방, 모개… …. 일일이 헤아리기 어려울 만큼 수많은 여수말 가운데 순우리말이 이토록 풍성하다는 사실이 그저 놀랍기만 하다. 교과서에서도 찾아보기 어렵고 서울 사람들은 잘 쓰지도 않는 순우리말이 여수에서 주인 대접을 받고 있으니, 여수말을 일러 우리말의 보물창고라고 해도 결코 지나치지 않을 터이다. 여수 사람들은 자부심을 가져도 좋을 것 같다.

우리말에는 대체로 과장법이 발달되어 있지만, 해학이 넘치는 여수말의 과장법을 맛보면 저절로 웃음이 나온다. 방귀를 문제 삼는 사람은 방귀만도 못하다고들 한다.

"어처먼 생긴 것 맹이로 방구도 그러고 살무시 내논다요. 소리도 없는 거이 독허기도 허요 잉."

"아따, 물릿장 내라앉겄소."

"대방애 구둘장이 꺼져붑디다."

"빤스애 구녕났능가 보이다."

"함보래 똥을 싸이다."

"시방 방구를 꿨소, 똥을 쌌소?"

"어치깨나 독헝가, 아매 속곳이 삭아부렀시꺼요."

"사램이 독헝깨 방구할로 독헝갑소 잉."

"하이고야, 케가 썩어불라 근당깨!"

빼빼 마른 사람을 가리켜, 눈구녕이 십 리나 들어가 버렸다거나 패 때게 생겼다고 하고 바람만 불어도 날아가겠더라며 너스레를 떨기도 한다.

"얼마나 모리개 패났능가, 죽어부렀습디다."

"자갈도 삭콰불 나인디, 그 까징 거이 간애 기별이나 갈랍디요."

"얼메나 놀래났능가, 간을 낼차부렀당깨는!"

"아이고, 상이라고 채리 내농 거이 눈만 핼깄는디 없어져 붑디다."

"사램이 어치 쬐깐헝가 애를 씨고 봐도 안 보이드란 말이시."

"죽을 욕을 봤드마는 쎄가 만 발이나 빠져부렀소."

"그런 소자는 조선애는 없시꺼요."

여수사람들의 속담에선 감칠맛이 난다.

"무시 뽑아 묵다가 들킨 놈 맹이다."

참외나 수박은 그런대로 값나가는 과채지만, 무는 한동네 사람끼리 오다가다 하나쯤 뽑아 먹는대서 딱히 허물할 일도 아니건만 막상 쥔한테 들키고 보면 머쓱한 노릇이라, 태연하게 그대로 먹자니 무엇하고, 버릴 수도 없는 어정쩡한 처지가 된다. 그처럼 이러지도 저러지도 못한 채 우두커니 서 있는 사람을 빗댄 여수 속담이다.

"핑계가 좋아 애기 잰다."

부지깽이도 거들어야 할 농번기라도 갓난아기한테 젖은 먹여야 한다. 들에서 시어머니와 함께 일하던 며느리가 아기 젖 먹여야 한다며 집으로 종종걸음을 치더니 한참을 기다려도 오지 않는다. 잔뜩 골이 난 시어머니가 집에 가보니, 며느리가 아기 곁에서 그대로 한밤중이다. 젖을 먹였는데도 칭얼거리는 아기를 달래다가 깜빡 잠이 들었노라는 며느리의 속 보이는 변명에 부아가 난 시어머니가 울 너머 허공에 대고 "동네 사람들아, 우리 미느리는 핑계가 좋아 애기 재운다요!"하고 내지른다.

남들이 보는 데서는 위하는 척하면서 남몰래 학대하는 의붓어머니의 심보를 "본 디서만 내 새끼"라는 촌철살인의 한 마디로 그려내기도 한다. 내친김에 여남은 개 더 적어본다.

비는 디는 쇠끗도 녹는다(비는 데는 쇠도 녹는다)

삼배바지애 방구 새디끼(삼베 바지에 방귀 새듯)

비온디 누가 깔 비로 가라디냐(비오는데 누가 꼴 베러 가라더냐)

세 치 쎄끝애 죽을 말이 들었다(세 치 혀끝에 죽을 말이 들었다)

손구락애 불을 써갖고 하늘로 올라갈란다(손가락에 불을 켜 가지고~)

어덕 밑애 동냥치도 불쬐는 맛애 산다(언덕 밑의 동냥 아치도~)

이새 저새 해싸도 묵새가 젤이다(이 새 저 새 해 쌓아도 먹세가 제일이다)

죽은 아 꼬치 대라보기(죽은 아이 고추 만져보기)

핀헝깨 죽는다 글지(편하니까 죽는다는 말도 하는 것이다)

한술밥애 제운다(한술 밥에 겨운다)

초여름날 산에 오르는데, 길가에 살매(이스라지) 한 무더기가 빨갛게 무르익어 있었다. 이스라지는 산앵두인데 잘 익으면 앵두보다 맛이 좋다. 그걸 따자고 하니, 아내가 말렸다. 숱한 사람이 이 길을 오르내렸을 터인데 그게 먹을 수 있는 열매였다면 가만히 두었을 리가 있었겠냐고 했다.

"그먼 내가 따묵고 죽을라네"

마음껏 따먹고 과일주까지 담갔던 기억이 새롭다.

여수 사람들이 부르는 동식물의 이름을 표준말로 어떻게 쓰는지 알아내기란 결코 녹록한 일이 아니었다. 요즘 젊은이들은 이 땅에서 우리와 함께 숨 쉬고 있는 풀이름, 나무 이름, 갖가지 벌레 이름을 몰라도 너무 모른다. 그래서 표준어 그대로 마삭줄, 곰솔, 물푸레나무, 원추리, 가막사리, 소리쟁이, 바랭이, 달맞이꽃, 여뀌, 쇠비름, 방동사니, 방가지똥, 왕고들빼기, 도꼬마리, 하늘타리, 뽀리뱅이, 지칭개, 사위질빵, 환삼덩굴, 으아리는 말할 나위 없고, 풍년대(개망초), 몰목(상사화), 상애꽃(수국), 딱주(잔대), 사탕풀(명아주), 머구(머위)가 어떻게 생긴 풀인지 모르고 도다리와 광어, 억새와 갈대를 구별하지 못한다. 그러니, 뻴똥나무(보리수나무), 명감나무(청미래덩굴) 쇠까잘나무(자귀나무), 깨금나무(개암나무), 고링개나무(멀구슬나무), 노상나무(노간주나무), 개동백(사철나무), 개동백사리(사스레피나무), 죽재꽃나무(죽도화나무)를 알아보겠는가. 더구나 연치(방아깨비), 도구텅벌거지(배추잎벌레), 외딱가리(외잎벌레), 뜸물(진딧물), 엥이(진드기), 싸네기(노래기), 쉰발이(그리마), 상깨구리(무당개구리), 각시거무(무당거미), 무자수(무자치), 너불떼기(꽃뱀), 씰가지(살쾡이), 너구리, 고라니, 노루, 족제비도 모른다. 그들은 이 땅의 주인이며 여수말의 실체들이기도 하다. 만세토록 우리 후손과 더불어 살아가야 할 공동체이다. 자신이 사랑하는 사람의 이름을 모르는 사람은 없다. 형제자매나 다정한 친구의 이름을 몰라 '머시기'라고 하지 않듯, 우리는 그들의 이름을 불러주어야 한다. 여수말로 된 이름이 아니라도 좋다. 그들의 이름을 하나하나 애써 기억하여 불러주는 순간, 우리와 자연과의 사랑은 시작된다. 애향의 필수과목이라고 생각한다.

여수말의 특별한 점이 무어냐고 묻는 사람들에게 내가 반사적으로 들려주는 말이 있다. 세종대왕님은 훈민정음 스물여덟 자를 만들지 않고 맹글았다.

우리말의 뿌리가 아직도 생생하게 살아 숨 쉬는 말, 그것이 바로 여수말이다.

표준어에 가까운 여수말이 꽤 촌스럽게 들리는 까닭은 말꼬리가 독특하기 때문이다. '버리다'라는 단어의 활용을 살펴본다.

버리다(딜라불다), 버려(딜라부러), 버리려나보다(딜라불랑갑다)

버릴까봐(딜라부까니), 버리련다(딜라불란다), 버렸던가요(딜라붓십디요)

버렸다더군(딜라붓다대), 버리게나(딜라불소), 버렸을까(딜라붓시까)

버리려면야(딜라불람사), 버리려면서(딜라불람서)

이처럼 경우에 따라 어미가 오묘하게 변화하는 것이 여수말의 특징이기도 하다. 첫소리 ㄱ을 ㅈ으로 소리내는 것도 구개음화(입천장소리되기)로, 현대국어에서는 인정하지 않지만, 여수말에는 자주 등장한다.

길(질), 길다((질다), 겹치다(접치다), 겪다(젺다), 껴입다(쪄입다), 겨드

랑이(저트랑), 견디다(전디다), 곁가지(절가지), 계집(지집), 기름(지럼), 기울다(지울다)

그러나 뭐니 뭐니 해도 여수말의 두드러진 점은 경음화현상이라고 생각한다.

까시, 까지, 까시개, 뚜부, 꼬치, 찐내, 꾸정물, 쏘내기, 쭈그럼, 꼬두밥, 쎄(혀), 쌩머리, 삐트라지다, 뿔라지다, 꿀(굴), 뽄(본), 뿌시레기, 싸납다 등등 헤아리기도 어려울 정도이다. 이는 파도 소리, 바람 소리가 거센 여수 곶이(반도)라는 지리적 특성 때문이 아닐까 하고 짐작 해 본다. 순천이나 광양말도 글로 적으면 여수말과 별반 다르지 않지만, 광양말에는 경상도 억양이 섞여 있고, 순천말은 여수말보다는 유순한 듯하다.

여수시립도서관 홈페이지를 방문했다가 우연히 2004년에 발간한 졸저 『방언사전 여수 편』이 원문 데이터베이스 작업을 통해 보존되고 있다는 사실을 발견했다. 마침내 토속어의 가치를 공인받았다는 생각에 가슴이 뛰었다. 물론 보존 가치가 높은 여타 책자도 같은 대접을 받고 있다.

흙냄새가 배어있고 조상의 살 내음이 깃들어있는 토속어들이 사라질 위기를 맞고 있다. 토속어는 시골구석에 남아 있는 고리타분한 말이 아니다. 조상의 살아있는 역사이고 우리말의 뿌리이다. 다들 앞을 다투어 세계화를 외치고 있지만, 세계 무대에 자랑스럽게 내놓을만한 우리 것이 없는 세계화 시도는 위험하기 짝이 없다. 민족이 무엇이고 겨레가 무엇인가. 무엇보다 먼저 같은 말을 쓴다는 동질성에서 찾아야 할 것이다. 여수말이 소중한 이유이다.

RE100을 향하여

원자력발전은 에너지 효율이 높고 발전 과정에서 온실가스가 전혀 발생하지 않는다. 그러나 체르노빌이나 후쿠시마 원전 사고에서 보았듯이 불의의 사고나 재난으로 원전이 파손되어 방사능이 누출되면 상상을 초월하는 피해가 발생할뿐더러 오염지역은 거의 영구적으로 사람이 살 수 없는 폐허가 되고 만다. 특히 후쿠시마 원전 사고는 지진에 의한 방사능 누출이라는 점에서 우리 원전에 시사하는 바가 크다.

최근 우리 정부는 원자력발전 비중을 늘려잡고 원전 건설을 추진하고 있다. 우리나라 원전이 당면한 가장 큰 문제는 사용 후 핵연료를 저장할 고준위 방사성 폐기시설을 단 한 군데도 갖추지 못하고 있다는 점이다. 이러한 고준위 핵폐기물은 연간 750톤이 배출되는데 발전소마다 냉각 수조에 임시 보관하고 있는 실정이다. 이제는 임시 저장 시설마저 거의 포화상태에 이르러 약 10년 후에는 더 이상 저장할 곳이 없다.

고준위 핵폐기물의 대부분은 사용 후 핵연료인데 이를 안전하게 폐기하려면 섭씨 800도에 달하는 사용 후 핵연료봉을 냉각 수조에 5년 이상 넣어 100도 이하로 낮춘 다음 금속 용기에 3중 4중으로 밀봉하여 지하 500~1,000미터 암반층에 밀폐해야 한다. 그러나 그마저도 완벽한 처리 방법이 아니다. 자칫 온도가 상승하여 방사능이 밀폐 용기를 녹이고 외부로 누출될 수도 있기 때문이다. 참으로 처치 곤란한 기물이다.
우리나라처럼 핵발전을 선호하는 국가도 있지만 미국, 영국, 독일, 프랑스, 러시아, 스웨덴, 캐나다 등 33개 국가에서 총 196기의 원전을 영구 정지시켰다. 독일의 경우 지난 4월 15일을 기해 핵발전을 완전히 중지했다. 독일의 재생에너지 발전 비율은 무려 45%에 달한다. 한편, 최근 탄소중립 달성을 위해 프랑스를 중심으로 다시 원전 확대 기류가 형성되고 있다. 그러나 사람들은 원자력발전보다 재생에너지 발전비용이 훨씬 저렴하다는 점을 간과하고 있다. 많은 사람이 원자력을 친환경 에너지라고 오해하고 있으나 원자력은 친환경 에너지도 재생에너지도 아니다.

이쯤에서 '탄소중립'을 말해야겠다.

탄소중립은 대기 중의 이산화탄소 농도를 낮추기 위해 탄소 배출량을 줄이는 한편, 대기 중에 배출되는 탄소를 제거, 흡수하여 순 배출량을 0으로 만드는 것이다. 다 아는 사실이지만 온실가스는 지구 온난화의 주범이다. 지난 120년 동안 지구의 평균온도는 섭씨 1.2도 상승했다. 평균온도가 섭씨 2도 이상 상승하면 기후 재앙이 닥칠 것이다. 이를 막기 위해서는 2050년까지 탄소중립을 달성해야 한다. 우리나라의 온실가스 배출량은 세계 11위이다.

이산화탄소를 비롯한 메탄, 이산화질소, 수소불화탄소, 과불화탄소, 육불화황 등 6종의 온실가스로 인하여 위기를 맞고 있는 인류는 화석연료에 의존하는 발전 관행에서 벗어나 태양광, 풍력, 조력 등의 재생에너지로 나아가고 있다. 그러나 2021년 말 기준 우리나라의 태양광, 풍력발전은 전체 발전량의 4.3%로 이는 OECD 회원국 평균의 1/4에 불과하다. 우리의 형편이 어떻든 재생에너지는 벌써 무역장벽으로 나타나고 있다. 우리나라는 2018년 대비 2030년까지 온실가스 40% 감축을 목표로 삼았다. 탄소배출권은 유엔기후변화협약에서 발급하며 시장에서 자유롭게 거래할 수 있다. 정부는 2015년 이래 온실가스 의무 감축 대상기업에 매년 배출량을 할당하고 있는데 할당량의 3%는 유상 할당이다. 기업별 할당량이 곧 그 기업의 온실가스 배출권이 되는 셈이다. 가령 어느 기업이 온실가스 저감 시설에 투자하여 할당받은 배출량보다 온실가스를 적게 배출했다면 여분의 할당량을 판매할 수 있다. 반대로, 할당량을 초과하여 온실가스를 배출한 기업에서는 초과 배출량만큼의 배출권을 구매하여 충당해야 한다. 이러한 배출권은 한국거래소를 통하여 거래되고 있다. 만약 할당량을 초과하여 온실가스를 배출한 기업이 배출권을 채우지 못하면 시장가격의 3배에 해당하는 과징금을 물어야 한다. 2023년 12월 기준 탄소배출권 선물시장의 시세는 톤당 87.73원이다. 참고로, 온실가스 배출량 목표관리 대상업체 기준은 연간 이산화탄소 배출량이 5만 톤 이상인 업체와 1만 5천 톤 이상인 사업장이며 온실가스 배출권 거래를 할 수 있는 대상은 최근 3년간 연평균 배출량 2만 5천 톤 이상의 사업장과 12만 5천 톤 이상의 업체 그리고 자발적으로 지정 신청한 업체이다. 의무업체의 온실가스 배출량은 업체의 연간 연료 사용량으로 산정하거나 계측장치를 굴뚝에 달아 측정한다.

온실가스 배출권과 유사한 제도가 바로 RPS제도이다.

RPS란 신재생에너지 공급 의무화 제도이다. 다시 말하면, 전기공급 의무자에게 발전량의 일정량 이상을 신재생에너지로 공급하도록 의무화한 제도이다. 현재 우리나라의 전기공급 의무자는 25개 사로 한전의 발전자회사인 한국수력원자력, 남동발전, 동서발전 등 6개 사, 지역난방공사와 수자

원공사 등 공공기관 2개 사, 포스코 인터내셔널 등 민간 발전사업자 17개 사이다.

신재생에너지 공급 의무 비율은 2023년 14.5%, 2026년 이후 25%이다. 전기공급 의무 기업들은 자체적으로 재생에너지 발전시설을 마련하거나 공급인증서를 구입하여 신재생에너지 공급 의무 비율을 채워야 한다.

RPS 운영 메카니즘을 간단히 설명하면, 태양광이나 풍력 등 재생에너지 발전사업자가 신청하면 한국에너지공단이 공급인증서를 발급해 준다. 이 공급인증서를 전력거래소를 통해 주식처럼 거래하는 것이다. 재생에너지 발전사업자는 전력시장을 통해 발전한 전력을 파는 한편 에너지공단으로부터 공급인증서(REC)를 발급받아 REC 거래 시장에서 판매하는 것이다. REC(신재생에너지 공급인증서)를 부연 설명하면, 태양광, 풍력 등의 재생에너지를 이용하여 전력을 공급한 사실을 증명하는 인증을 말한다. 가령, 어느 발전사업자가 신재생에너지 1Mwh(1,000Kwh)를 생산했다면 1REC를 인증받게 된다. 요즈음 1REC당 약 8만 원에 거래되고 있다.

'RE100'이란 '재생에너지 100%'라는 뜻으로, 어느 기업이 필요한 전력량의 100%를 태양광이나 풍력 등의 친환경 에너지로만 충당하겠다는 자발적인 이니셔티브이다. 대상기업은 연간 전력 소비량이 100Gwh 이상인 기업이거나 Fortune 100대 기업과 같은 글로벌 기업이며 2050년까지 목표를 100% 달성해야 한다. 구글은 이미 RE100을 이행하고 있으며 각국의 협력업체 등에 재생에너지 이용을 요구하고 있다. 현재 세계 278개 기업이 참여하고 있으며 30개 기업은 이미 RE100을 달성했다. 이러한 추세에 발맞춰 최근 삼성전자도 2050년까지 RE100을 달성키로 선언했다. 이는 국제사회에 대한 엄중한 약속이다. 카카오그룹, 신한금융그룹, 네이버, KT, 기아, 현대차, SK하이닉스와 SK텔레콤 등 국내 30여 기업이 다투어 2030~2050년 목표로 재생에너지 100% 사용 즉 RE100을 천명했다. 향후 30년 안에 신재생에너지로 전환하지 않은 기업은 설 자리가 없을 것이다. 그러니 앞에서도 언급했듯 우리나라의 신재생에너지 발전 비중은 한심한 수준이어서 지금부터라도 신재생에너지 생산을 획기적으로 늘리지 않으면 기업들은 도저히 약속한 RE100을 달성할 수 없다. 국내에서 신재생에너지를 얻지 못한 기업은 생존을 위해 신재생에너지를 얻을 수 있는 해외로 생산설비를 옮길 수밖에 없을 것이다. 상상하기도 싫은 끔찍한 현상이다.

흔히, 태양광, 풍력발전 등을 가리켜 신재생에너지라고 부르지만, 정확히 말하면 재생에너지이다. 신에너지는 수소에너지, 연료전지, 석탄을 액화하거나 가스화한 연료 등을 가리킨다. 햇빛이나 물, 풍력, 지열 등은 한 번 사용하더라도 자연적으로 재생되기 때문에 재생에너지라고 한다.

요즈음 수소연료가 눈부신 조명을 받고 있다. 다만 수소는 무한 에너지원이지만 이를 연료로 이용하기 위해서는 메탄을 고온의 수증기에 반응시키는 과정을 거쳐야 하는데 수소연료 1톤을 얻는 과정에서 10톤의 이산화탄소가 배출된다. 이것이 그레이수소이다. 다량으로 발생하는 이산화탄소를 포집하며 생산된 수소를 블루수소라고 부른다. 이산화탄소 발생 없는 청정수소를 생산하려면 결국 재생에너지를 이용하여 물을 전기 분해하는 방법이 최선책이다. 이렇게 생산되는 수소연료가 바로 그린수소이다. 저렴한 그린수소를 생산하여 수소연료 시대를 열기 위해서는 풍력, 태양광, 조력발전 등 재생에너지를 풍부하게 생산하여 잉여전력으로 물을 전기분해해야 하는바 재생에너지의 중요성은 아무리 강조해도 지나치지 않다. 일각에서는 지하에 분포되어 있는 천연수소 채굴을 시도하고 있지만 갈 길이 멀어 보인다.

100Kwh 발전 용량의 태양광 패널을 설치하려면 약 400평(1,300㎡)의 땅이 필요하다. 시간당 100Kw의 전력을 생산하므로 하루 8시간만 생산하면 800Kw고 월 30일이면 24,000Kw(24Mw)의 전력을 생산할 것 같지만 우리나라 1일 태양광 발전 시간은 3.5시간에 지나지 않는다. 눈 오고 비 내리는 날, 구름 낀 날, 해가 짧은 겨울철 등을 겪어야 하므로 통계적으로 발전 시간은 1일 3.5시간이다. 따라서 100Kwh 발전 용량의 시설이라면 1일 350Kw, 한 달 10,500Kw(10.5Mwh)의 전력을 생산하게 된다. 이 발전량을 킬로와트당 140원에 판매한다면 한 달에 147만 원의 판매 수입을 올릴 수 있다. 이와 별도로 재생에너지 공급인증을 받아 이를 REC 시장에서 거래하여 1REC(=1Mwh)당 8만 원에 팔면 80만 원을 받게 된다. 이 두 가지를 더한 227만 원이 한 달 동안의 재생에너지 발전 수입이다.

요즘, 몇몇 뜻 있는 언론사에서 재생에너지의 중요성과 우리나라 재생에너지 정책의 문제점 등을 단편적으로나마 보도하고 있다. 각국 정부는 재생에너지 확충을 위해 지원을 강화하고 있는 반면, 우리나라 재생에너지 관련 산업은 위기에 처해 있다. 빈틈을 노린 중국의 독주가 심각한 수준이다. 재생에너지 활성화의 가장 큰 걸림돌은 송전 시설과 어네지 저장시설의 부족이다. 재생에너지에 대한 정부의 전향적 자세를 기대해 본다.

낯 값

아버지를 욕되게 할 수 없었다.

그러나 죽자고 논바닥을 헤집어도 어른들을 따라잡지 못했다. 배꼽을 찔러대는 벼 포기가 빼곡한 오뉴월의 논바닥에선 후텁지근한 습기에 물큰한 진흙 냄새가 뒤섞여 숨을 괴롭히고 모시 등지게 등허리에 쏟아지는 뙤약볕은 뜨거웠다. 팔 가죽은 빼센 볏잎에 쓸려 벌겋게 피가 맺히고 목과 얼굴은 억새 같은 잎끝에 찔려 쓰라렸다. 논배미를 한 번 가로지를 때마다 어른들보다 두어 걸음 뒤떨어지게 되다 보니 옆 어른이 마무리를 도와주시곤 했다. 다른 일꾼들의 눈길이 따가웠다. 마냥 이렇게 찬밥을 먹어선 안 되었다. 나는 어른들이 어떻게 논을 매는지 눈 여겼다. 분명 요령이 있었다. 어린 보풀은 일일이 매지 않고 손바닥에 떠올린 진흙으로 덮고 있었다.

"음, 일을 빨리 배우는구먼"

나는 그날 어른들과 함께 한 상에서 저녁을 먹었다. 어른들은 입을 모아, 고생했다며 치사했다. 나는 온전히 아버지를 대신한 듯하여 뿌듯했다.

지게질도 그랬다.

어른들은 한 마장 거리의 논에서 열네 뭇을 져 날랐으나 나는 열두 뭇밖에 지지 못했다.

함께 일하던 어른이 들으라는 듯 투덜거렸다.

"애를 내보내선…."

그때 나는 열일곱 살이었고 아버지는 자주 병원에 출입하셨다. 나는 걸음을 재촉하여 기어코 한 짐을 더 져 날라 어른 몫을 채웠다.

어느 모내기 철에는 허리가 아파 갱신을 못 하는 어머니 대신 보름 동안 모꾼이 되었다. 어느 자리로 들어가야 할지 몰라 우물쭈물하고 있는데 여기저기서 쑥덕거리는 소리가 들려왔다. 철이네 어머니가 손짓했다.

"저기 언덕 밑으로 가소."

손 빠른 모꾼은 가운데서 모를 심고, 언덕 쪽은 서투른 모꾼의 자리였다. 상일꾼과 신출내기의 모내기 실력은 8대 2 정도이다. 못줄을 대서 한 줄이 다 심어질 때까지 상일꾼은 여덟 포기를 꽂고 신출내기는 겨우 두 포기를 꽂는다는 이야기다. 점심을 먹고 나서 다시 언덕 밑으로 가려는데, 모잡이 아주머니들이 나더러 가운데 쪽으로 오라고 손을 친다. 첫날부터 나는 꾼이 되었다. 처음 사나흘은 허리가 끊어져 나간 줄 알았지만, 이레쯤부턴 무던해졌다. 나는 그렇게 어머니 낯을 세워 드렸다. 콩밭 매기 품앗이를 하기도 했다. 동네 아낙들은 혀를 차며 어머니를 흉봤다. 그러나 내 호미질 실력이 드러나기엔 긴 시간이 필요치 않았다.

지인들은 믿지 않는 눈치였다. 학교는 언제 다니고 농사일은 언제 했나? 말이 안 된다는 거였다. 얼마 전, 여러 곳에 흩어져 일하던 동료들이 함께 작업을 했다. 내가 낫질하는 모양을 지켜보던 이가 화들짝 놀라며 운을 뗐다.

"이 양반, 어디서 낫질만 하다 왔소? 손이 안 보이네!"

내 솜씨를 몰라서 하는 소리다. 노련한 일꾼이 한나절에 벼는 200평, 보리는 100평을 베었다. 나는 한나절에 보리밭 300평을 해치운 전력이 있다. 초등학생 시절부터 틈틈이 농사일을 배우고 익히며 농사일을 도운 연고이다. 비바람에 시달려 되는대로 퍼더버린 보리밭 닦달은 까다롭기 그지없다. 꾼들은 낫으로 보리를 베지 않고 보리로 낫을 베는 이치를 터득하고 있다.

만사가 그렇다.

누구든지 자기 처소에서 최선을 다하며 살아가겠지만, 세상은 최선을 다하는 사람보다는 꾼을 부른다. 꾼은 이미 '최선'이라는 기초를 졸업한 사람이다. 최선을 다하겠다는 각오는 신뢰감을 주지만 그것만으로는 모자란다. 최대의 성과와 최고를 추구하는 세상은 아마추어의 기개를 밝히는 사람이 아니라, 진정한 꾼을 원하기 때문이다.

나는 글을 쓸 때마다 무심한 세월을 탓하며 꾼의 길이 아득히 멀다는 걸 절감한다. 그래도 멈춰서는 안 되는 길이기에 비틀거리면서도 걸어간다. 모든 길에는 끝이 있을 터이다. 나는 마침내 그 길의 끝에 도달하기를 소망한다. 나로 자식들을 욕되게 해서는 안 된다. 수필을 욕되게 해서는 안 되는 것이다.

(2024. 1. 29)

겨울 나그네

사람들은 조개의 여린 몸 안에서 진주가 어떻게 탄생하는지 알고 있다.
흙으로 빚은 그릇이 도자기가 되려면 1,300도가 넘는 고열을 견뎌야 한다는 상식도 알고 있다. 마도작침(磨刀作針)인즉, 숫돌도 다 닳고 세월마저 닳겠다. 치열한 삶으로 임계점을 돌파해야 한다. 나이를 불문하고 절대자로부터 인생에 하달된 지고한 연단이다.

90도의 물도 뜨겁지만 100도가 되어야 비로소 끓는다. 달마는 뜬눈으로 7년 면벽한 끝에 마침내 수마(睡魔)를 조복(調伏)했다. 득음을 위해 가락으로 목구멍을 찌르는 간절함이 있어야 한다. 한판의 승부를 결하기 위해 때로는 종일 사투를 벌이는 프로바둑기사의 인내력에 혀를 내두르다가 수필을 쓰는 나 자신에게 질문을 던지니 유구무언이다. 만날 그 모양에 그 꼴이니 백년하청이 따로 없다. 짧은 혀로 침은 멀리 뱉고 싶어 안달하는 자기기만의 희극을 멈추어야 하는데 타성에서 벗어나기가 쉽지 않다.

나는 칼바람 몰아치는 들녘에서 온몸을 털옷으로 감싸고도 떨고 있다. 바늘처럼 가느다란 저 솔잎이 어떻게 혹한을 견디는지 그저 경이롭다. 겨울바람은 그들에게 기꺼운 시련일까. 견딤의 다른 말은 이김이다. 대적을 무력으로 무찌르는 것보다 역경을 견뎌내는 이김이 더 존엄해 보인다.

사람들은 겨울 나목을 연민의 눈으로 바라보며 가엾다고 말한다. 조금만 더 가까이 다가가 그들의 꿋꿋한 다짐에 귀를 기울여 볼 일이다. 목련은 봄의 순결을 꿈꾸며 늦가을부터 꽃망울을 가꾸더니 계절의 막바지에서 금방이라도 터질 듯 부풀어 올랐다. 벚나무와 개나리는 가지마다 총총한 꽃눈을 키우며 4월의 개화를 기다린다. 복숭아나무, 자두나무, 배나무도 영하의 칼바람에 꽃눈을 정화하며 장한 겨울 일기를 기록한다. 매화나무의 가슴에선 심장 뛰는 소리가 들린다.

어디 그뿐인가. 광대나물과 별꽃, 냉이는 소한 대한이 무색하게 잘도 푸르고, 민들레, 달맞이꽃, 방가지똥, 망초, 지칭개, 뽀리뱅이, 봄까치, 곰보배추는 도톰한 도래방석을 만들고 땅에 엎드려 매운 계절의 가냘픈 햇살을 그리며 자꾸만 낮아진다. 농부가 가을에 파종한 보리, 밀, 귀리, 유채와 마늘, 양파도 꿋꿋이 겨울 들녘을 지킨다. 꽃을 피워 씨를 맺기 위해서는 배추도 무도 겨울바람에 온몸을 내맡겨야 한다.

혹독한 된바람이 잠시 숨을 돌리면 여기저기서 화음을 이룬 생명의 노래가 들려온다. 매서운 눈보라는, 견디어 이겨내라며 저들에게 보내는 응원가이다.

그들은 벌써 봄의 전령이 밤을 도와 남쪽 바다를 건너 달려오고 있다는 전갈을 들었을까.

나는 끊임없이 넥워머를 여미고 털모자를 눌러쓴다. 나는 한시바삐 이 추운 들녘을 벗어나고 싶다. 따끈한 아랫목을 그리며 서둘러 이 겨울의 들녘을 떠난다.

양달막

odonghang@hanmail.net

〈수필과 비평〉 등단(2004)
여성동아 〈쓰고싶은 이야기〉 당선(1979), 제10회 〈전국주부편지쓰기〉 동상(1995), 〈벼룩시장 생활수기〉 부분 지역 장원(1999)/ 제2회 〈대한생명가족사랑편지쓰기〉 동상(2003), 제15회 〈전남·광주여성백일장〉 차상(2003)

졸업

중학교를 졸업한 남학생 몇이 옷을 벗고 시내를 활보하다 경찰에게 잡혔다는 뉴스가 있었다. 고등학생이 한 것보다 낫지 않느냐고 여고를 졸업한 딸이 모호한 표정으로 웃었다.

다음 날 시내에 나갔더니 머리에 밀가루와 달걀을 묻힌 남학생들이 찢어진 옷차림으로 돌아다니고 있었다.

'그래, 신나게 즐겨라! 대학교 졸업할 때 그런 행동을 할 수 있겠냐?'

눈살을 찌푸리는 사람도 있었지만, 나처럼 웃는 사람도 있었다. 성장 과정 일부분이지만 해방감이 먼저였을 것이다. 오로지 대학 입시라는 목표를 위해 숨 가쁘게 공부만 한 우리나라 학생들이다. 우리 두 아이가 고등학교 졸업할 때까지 학원에 안 다니고 대학교에 들어갔다고 하면 사람들은 오히려 나를 이상한 표정으로 본다. 내가 더 정상인데 말이다.

언젠가 딸에게 교사가 됐으면 좋겠다고 말했더니 발끈했다. 장래 희망을 '선생님'이라고 대답했던 때는 옛날이다. 요즘 여론조사에서도 교사가 되고 싶다는 아이는 많지 않았다.

딸의 고등학교 졸업식에 갔을 때도 슬퍼하는 학생은 보이지 않았다. 모두 활짝 웃고 있었다. 딸애의 졸업식이 끝난 뒤 교실에 들린 나는 담임선생님에게 일 년 동안 애쓰셨다는 인사를 하고 작은 선물을 건넸다. 그날 처음으로 담임선생님의 얼굴을 뵈었다.

'제 딸이 잘못했을 때는 회초리로 사정없이 때려도 절대로 아무 소리 않겠습니다.'

'딸아이가 비교적 건강한 편인데, 예전에 중이염을 앓은 적이 있습니다.'

'선생님이 오늘 간식을 사주셨다고 딸애가 아주 좋아하더군요.'

가끔 이런 메일을 보내곤 했다.

졸업식 날이라 선생님은 고맙다며 선물을 받으셨다.

졸업 때도 울지 않는 학생들을 보니까 초등학교 졸업식 때 많이 울었던 내 친구 정순이가 생각났다. 초등학교만 의무교육이었던 그때 한 반의 학생은 70여 명이었다. 정순이는 상위권의 성적에 들고도 어려운 집안 사정으로 인해 중학교에 진학할 수 없었다.

웃을 때면 큰 입속의 덧니가 드러났던 정순이가 어느 하루 자기 집에 나를 데리고 간 적이 있었다. 대문도 마당도 없는 초가의 처마에 키가 닿을 것만 같았다. 집 앞에 바로 앞집의 초가지붕이 내려다보였다. 햇볕이 쏟아지는 마루에 앉았을 때 먹을 만한 것을 주지 못해 안타까워하던 정순이는 방으로 들어가더니 약간의 하얀 설탕을 가져왔다. 부엌에서 처음 본 하얀색의 조미료가 설탕인 줄 알고 떠먹었다가 뱉어버린 기억이 있을 정도로 설탕은 귀한 먹을거리였다. 친척이 줬다는 그 설탕을 우리는 조금씩 손가락으로 찍어 먹었다. 남동생은 놀러 나갔는지 안 보였고 엄마는 일하러 나가셨다고 했다. 아버지가 안 계시는 그 집은, 비쩍 말라 유난히 튀어나온 그녀의 무릎처럼 황량했다.

졸업식 때 나는 개근상 대표로 앞에 나가 상을 받게 되었다. 많은 사람 앞에만 서면 울렁증이 있는 나였지만 거절할 수도 없었다. 졸업식 하루 전이면 예행연습을 한다. 그날 나는 허름한 7부 코트를 입고 있었다. 아버지가 졸업할 때까지 입으라며 3학년 때 사준 옷이었다. 처음엔 소매를 걷어 입었지만, 졸업 무렵엔 팔목이 드러나 보였다. 닳고 낡은 그 옷의 아랫부분은 실밥이 너덜거릴 정도였다. 내 옷을 본 아이들 몇 명이 뒤에서 '쿡!' 하고 웃음을 터뜨렸다.

'쳇! 상 하나도 못 받은 것들이 웃기는….'

자신을 위로했다.

"정순아! 미숙이와 정희년이 내 옷을 보고 웃지 뭐야?"

어리광 피우듯 정순이에게 말했을 때 정순이는 침울하게 말했다.

"너는 그래도 중학교에 가잖아? 나는 졸업하면 서울로 식모 살러 가야 해."

정순의 눈이 젖어 있었다. 형편없는 성적을 가진 아이들이 진학하고, 반에서 2, 3등 하는 정순이가 상급학교에 못 간다는 것은 모순이었다. 친구의 손을 잡으며 서울에 가서도 잊지 말고 편지하라고 말했다.

드디어 졸업식 날, 겨울마다 교복처럼 입었던 코트를 벗고 엄마가 떠 준 스웨터를 입었다. 그 스웨터는 삼촌이 안 입은 스웨터를 풀어서 엄마가 잠을 줄이며 짠 옷이다. 그날 내 친구 정순의 눈은 벌겋게 변해 있었다. 시골의 부모들은 농한기인데도 자식들의 졸업식에 참석하지 않은 이가 더 많았다. 우리 부모도 그랬다. 졸업생인 우리는 5학년 후배들이 송사하고 졸업식 노래를 부를 때까지는 옆 아이들과 장난을 쳤다. 그러다가 졸업생 대표가 답사한 다음 '잘 있거라 아우들아, 정든 교실아~……' 하는 졸업식 노래 2부를 부르자 여기저기서 흐느꼈다. 우는 아이들을 슬쩍 보니 대개 상급학교 진학을 못 하는 아이들이었다.

중학교에 다니고 있을 때 정순이가 편지를 보냈다. 흰 봉투 겉에는 서울의 동대문구로 적혀 있었다. 친구의 글씨체는 반듯했고 한자(漢字)는 나보다 더 많이 알고 있었다. 부끄러웠다. 그렇게 여러 번 편지를 주고받다가 소식이 끊어지고 말았다. 정순을 잊고 살다가도 졸업이라는 단어만 나오면 그녀가 생각난다. 초등학교 졸업장은 받았지만 배움의 졸업장은 절대로 받지 않았을 내 친구다.

(2010)

용서

그녀는 이제 더는 내 꿈속에 나타나지 않는다.

60을 바라보는 내게, 잊을 만하면 그녀는 20대의 모습으로 꿈속에 나타나서 나를 괴롭혔다. 그녀는 내 미혼 시절의 직장 동료이다. 한 살 많은 그녀는 나보다 일찍 입사한 걸 훈장처럼 내세웠다. 그녀에게 모난 행동을 한 적도 없었는데 유독 나를 미워했다. 둥근 얼굴처럼 내 성격도 그리 까칠한 편은 아니라는 생각으로 살았다. 그녀가 나를 미워할 만한 요소를 찾아봤다. 그녀는 나보다 세 살이 많다고 했다. 나는 당연히 언니로 불렀다. 어느 날 우연히 그녀의 주민등록증을 보니 나보다 겨우 한 살 많았다. 나는 바로 '언니'라는 호칭 대신 이름을 불렀다. 선배라는 이유로 어떤 사적인 심부름을 시킬 때도 나는 거절했다. 점심시간이면 주로 책을 읽는 나와 달리 그녀는 동료들과 수다 떨기를 좋아했다. 그녀는 외모에 대한 콤플렉스가 있었는지 모른다. 70년대 말, 그녀가 서울에 가서 코를 높이는 수술을 받고 왔다는 말에 나는 놀랐다. 연예인도 아닌데 그런 수술을 받을 수 있는 용기가 부럽기도 했다. 그래도 코가 높아 보이지는 않았다. 직장을 그만뒀을 때 나를 옥죄는 그녀의 품에서 해방된 느낌이었다. 어쩌면 그녀의 괴롭힘이 사표를 일찍 제출하게 된 동기일 수도 있었다. 그런데 이게 웬일인가. 그녀는 꿈속에서 여전히 날 괴롭히고 있었다. 납작한 얼굴과 얇은 입술 한쪽을 올리며 웃던 그녀 얼굴은 현실 같았다. 나는 놀라서 진땀을 흘리며 잠에서 깨기도 했다.

그녀를 미워하는 마음을 버려야겠다고 생각한 건 얼마 전에 있었던 딸의 행동 덕분이다.

그날 우리 부부는 딸과 함께 대형 상점에 쇼핑하러 갔다. 남편과 내가 앞만 보고 걷는데 뒤에서 작은 다툼의 소리가 들렸다. 쇼핑카트를 뒤에서 몰고 오던 딸과 30대 초반으로 보이는 남자가 말다툼하고 있었다.

"먼저 잘못했으면 미안하다고 해야죠."

남자가 못마땅한 얼굴로 딸에게 말했다.

무슨 일이냐고 물었더니 딸은 아무것도 아니라며 남자에게 "미안하다고 했잖아요?"라고 말했다. 딸애의 얼굴엔 '당신도 잘한 거 없잖아?'라고 적혀 있었다.

남자는 우리 부부를 훑어보더니 구시렁거리며 에스컬레이터를 타고 아래층으로 내려갔다. 계절에 어울리지 않게 반바지에 슬리퍼를 신은 남자의 뒷모습을 보며 딸에게 어떻게 된 거냐고 물었다. 사연은 이랬다.

남자의 걸음이 너무 느려서인지 딸이 미는 쇼핑카트가 슬리퍼 신은 남자의 뒤꿈치를 건드렸다. 딸은 그 자리에서 미안하다고 말했다는데 남자는 화가 안 풀린 것 같았다. 무슨 남자가 걸음이 그렇게 느리냐며 딸의 얼굴엔 아직도 불만이 가득했다. 뒤에 처진 딸은 우리와 합류하려다 보니 마음이 급했을 것이다.

찝찝한 기분으로 쇼핑하다가 그 남자를 또 봤다. 어린아이를 안고 있었는데, 그 옆에는 아내로 보이는 여자도 있었다. 남자는 다시금 불쾌한 얼굴로 중얼거리며 혀까지 차며 내 옆을 지나갔다. 나 혼자만 봤다.

'미안하다고 그랬으면 됐지, 무슨 남자가 좀스럽게 구시렁거리면서 다녀요?'

이 말이 나올 뻔한 걸 가까스로 참았다. 사람이 붐비는 장소에서 여러 사람의 시선을 받고 싶지는 않았다. 가족 간의 싸움이 될 수도 있었다.

문득 딸애가 한쪽으로 바쁘게 걸어가는 게 보였다. 그쪽을 보니 아까의 그 남자가 보였다. 딸은 그 남자를 향해 어색한 웃음을 띠며 한참을 말했다. 남편이 그쪽으로 가려는 걸 내가 손을 들어서 막았다. 딸도 이제 성인이다. 우리는 그냥 지켜보기로 했다. 남자는 화해를 받아들이고 싶지 않았는지 끝까지 굳은 얼굴을 풀지 않았다. 영화의 한 장면처럼 서로 웃으면서 돌아서는 장면은 연출되지 않았다.

잠시 뒤 딸은 밝은 표정으로 우리 곁에 왔다.

"그 남자에게 무슨 말을 했어?"

내가 물어봤더니 딸은 그 남자에게 진심으로 사과를 했다고 한다.

"아까 미안하다고 했으면 됐지, 뭘 또 사과해?"

딸이 사과해도 받아들이지 않던 남자의 얼굴을 떠올리며 내가 말했다.

"아까는 저도 화가 나서 건성으로 사과했어요. 가만히 생각해 보니 진심으로 사과를 해야 제 마음이 편할 거 같아서요. 그리고 행여나 그 아저씨가 안 좋은 마음을 품고 우리 가족에게 해코지라도 하면 어떡해요?"

아까의 굳은 얼굴과 달리 딸애의 얼굴에 맑은 웃음이 보였다. 쇼핑 때면 곧잘 조잘댔던 딸애가 그전까지 별로 즐거워하지 않았던 이유를 알 수 있었다.

"그래, 잘했다."

나는 딸을 살짝 안아줬다.

'승패를 가리는 시합이라면 네가 이긴 거야.'

이 말은 그냥 삼켰다.

딸의 용기 있는 행동이 불현듯 그녀에 대한 나의 미움을 떠올렸다. 나를 미워했다면 그녀에게도 그럴만한 이유가 있었으리라는 생각을 해 보았다. 내가 볼 수 없는 등을 남들은 뒤에서 자세히 볼 수가 있다. 사랑하며 살기에도 모자라는 시간이라고 했다. 오래전의 미움을 붙들고 있어봤자 내게 어떤 도움도 되지 않는 것을. 미움을 놓고 나니 그녀가 꿈속에 나타나지 않았다. 그녀도 이제 반백의 머리와 까칠한 피부, 처진 눈을 가진 나처럼 변해 있을 거로 생각하니 슬며시 웃음이 나온다.

(2012)

변신(變身)

적당한 황금은 부를 안겨주지만, '미다스 왕'처럼 손에 닿는 것마다 황금으로 변한다면 고통이다. 음식도 황금으로 변하고 사랑하는 딸마저 황금으로 변한 그리스 신화 속의 이야기다. 자기 손으로 음식을 잡지 않고 다른 사람의 손을 빌려서 먹었다면 어땠을까, 하는 생각을 해봤다.

세월이 흐르면 주위에 보이는 것들이 조금씩 변하기도 하고 혹은 완전 변신도 한다. 변신하게 만드는 주역은 단연 사람이다. 대개 편리함과 아름다움을 위한 경우가 많다. 흙의 숨통을 막아버리는 행위도 예사로 하고 있다.

여수의 아름다운 풍경 중의 하나인 '향일암'도 변했다. 흙을 밟고 올라갔던 길은 즐비하게 늘어선 수백 개의 돌계단이 대신했다. 계단을 오르면서 순간적으로 엘리베이터를 찾고 있는 나 자신을 보니 피식 웃음이 나왔다. 돌계단으로 바뀌기 전에는 그 꼬불꼬불한 흙길을 칠순의 친정엄마도 잘 올라갔는데, 이제는 육십이 안 된 나도 오르내리기가 힘이 든다. 예전의 동백나무 숲 사이로 오르던 오솔길을 이제는 아름다운 추억으로만 돌리고 말 것인가.

곳곳에 흩어져 있는 바위는 거북이 등처럼 갈라진 모습을 하고 있다. 언젠가 등산길에서 젊은 여자가 함께 온 남자 친구에게 거북이 등처럼 금이 간 바위를 보며 사람이 칼로 긁어놓은 것 아니냐며 물었다. 나도 처음 그

바위를 봤을 때는 그런 의문을 가졌다. 바위들이 거북이 등처럼 균열하여 있어서 해를 향한다는 '향일암(向日庵)'보다 '영구암(靈龜庵)'이라는 암자명이 더 어울릴 듯싶었다.

지금의 '향일암' 등반의 느낌이 옛날 같지 않다. 곳곳에 바다로 헤엄쳐 나가고 싶은 작은 거북이형 상의 돌만 묵묵히 엎드려 있다. 상관음전 아래쪽 '원효 스님 좌선대'라고 적힌 너럭바위 위에는 여러 개의 동전이 흩어져 있었다. 동전을 던지면서 소원을 빈 사람도 있었을 테고, 호기심으로 동전을 던져 본 사람도 있었을 것이다. 나는 그 풍경을 내려다보면서 이탈리아의 '트레비분수'처럼 수입이 짭짤할 것이라는 속물적 계산을 하고 있었다. 2009년 말의 원인 모르는 화재로 타버린 대웅전의 새 단장은 웅장할 뿐, 숲속 암자의 정적미(靜寂味)는 찾아볼 수 없어 아쉬웠다. 알고 보니 원래 모습인 금단청으로 복원된 게 아니기 때문이다. 오늘의 화장실인 '해우소'는 이제 현대식으로 변했다. 그 뜻이야 어떻든 우선 편리하고 깨끗하다는 점에서 환영할 일이다. 휴일이면 곳곳의 사찰마다 사람들이 넘치다 보니 주차장에는 승용차가 가득하다. 암자로 오르는 길 양쪽엔 갓김치와 건어물 파는 가게가 즐비하고 현대식 숙소인 펜션이나 모텔도 많았다. 전나무 숲의 향이 좋아서 다른 절보다 자주 찾았던 '내소사' 앞에서 전어를 구워 파는 모습이 생각났다. 전어 굽는 연기와 고소한 냄새가 사방으로 흩어져 퍼지는 것이 시골 오일장에 간 느낌이다. 다른 것은 시대에 따라 변모할지라도 사찰만큼은 변하지 않았으면 하는 바람은 나만의 욕심일지 모르겠다.

요즘 세상에는 남녀를 막론하고 자기 얼굴 변신을 시도하는 사람이 많다. 딸애 친구가 쌍꺼풀 수술을 했는데, 결과가 무척 궁금하다고 말했다. 요즘은 방학을 이용해서 엄마가 수술시켜 준다는 것이다. 나와 달리 딸애는 쌍꺼풀의 예쁜 눈을 가져 한 가지 걱정은 덜었다. 딸에게 수술비가 안 들어서 좋겠다고 했더니 수긍을 하면서도 네모난 턱과 큰 코-내가 보기엔 전혀 크지 않다- 넓은 얼굴은 불만이라고 했다.

"나는 장애를 갖고 태어나지 않은 것만으로도 고맙다고 생각하면서 살아왔어."

내 말에 딸애는 고개를 끄덕였다. 귓밥에 구멍 뚫는 것도 허락하지 않는 부모인데, 얼굴까지 고친다는 것은 말도 안 되는 일이라는 걸 다 안다는 눈치다. 알게 모르게 뜯어고치는 세상이 되어버렸다. 외모지상주의의 결과라는 말이 틀리지는 않는다고 본다. 가끔 턱을 깎는 수술을 한 사람이 마취에서 깨어나지 못해 그 길로 영영 떠나버렸다는 뉴스를 접하기도 한다. 하지만 사람들은 '복불복'이라는 팔자소관으로 돌려 누구나 다 그런 것은 아니지 않느냐고 합리화시킨다. 외국인이 본 우리나라 젊은 여성들은 모두가 똑같은 얼굴로 개성이 없다고들 말한다. 성형수술에 따른 성형수술에 따른 (醫卵性) 쌍둥이라는 신조어까지 생겼다. 한 공장에서 똑같이 쏟아지는 인형이 생각난다. 올해 초, 강남의 어느 성형외과의 로비에 60㎝ 높이 유리관 뼈 탑이 전시됐다. 안면 윤곽·사각턱 수술 등에서 절제한 환자 1,000여 명의 뼈를 유리관에 담은 것이다. 혐오감을 느낀다는 많은 사람의 항의로 곧 없어졌다. '신체 발부 수지부모'라는 말의 의미가 퇴색되어 간다.

보는 즐거움과 편리함이 자연을 서서히 허물어가고 있다. 편리함의 시설에 밀려 사찰이나 사람이나 모든 것들이 자연의 제 모습을 잃어 가고 있다. 저러다 눈, 코, 입을 뜯어고친 여인은 자기 얼굴도 못 알아보는 세상이 되어버릴지도 모르겠다. 세월의 흐름에 따라 세상 만물이 변하는 것은 엄연한 우주의 법칙이지만, 속도를 좀 늦추었으면 하는 것이 내 생각이다. 올라가는 길이 흙이든 시멘트 계단이든 필요에 따라 따를 수밖에는 없을 것이다.

현대를 살아가는 우리는 각자의 주장만 내세울 것이 아니라 조금씩 양보함으로써 조화롭고 편리한 삶을 누릴 수 있었으면 한다. 부디 '미다스'의 어리석음을 겪지 않았으면 한다. 변한 게 어디 '향일암'뿐이겠는가.

(2014)

옛집

기록하지 않으면 기억에서 희미해지다가 결국은 잊힌다.

친정 바로 옆집이 내가 태어나서 오랫동안 살았던 집이었다. 내가 성인이 된 후, 그 집 텃밭에 집을 지어 이사한 게 지금의 친정이다. 친정으로 들어서기 전에 그 집 앞을 지나야 한다. 그때는 초가였다.

초가의 뒤란에는 하늘을 향해 큰 입을 벌린 우물이 있었다. 그 안에 사는 메기 한 마리가 두레박에 딸려오곤 했다. 물만 있는 좁은 우물에서 어떻게 태어났는지 무얼 먹고 사는지 궁금해하다가 도로 놓아주었다. 그 우물에 초등학교 입학을 앞둔 여동생이 빠진 적이 있었다. 동생은 물이 가득한 두레박을 끌어 올리다가 그 무게를 못 이겨 그만 딸려 들어가 버린 것이다. 다행히 바닥까지 떨어지지 않고 두 발과 양손으로 돌로 쌓인 벽을 밀 듯이 하며 버티고 있었다. 나는 다급하게 아버지를 불렀다. 아버지는 사다리를 우물에 내리고는 동생을 안고 올라오셨다. 동생의 얼굴은 눈물과 코피로 얼룩졌다. 우물 옆에는 빨간 열매를 단 구기자나무 한 그루가 서 있다. 부엌 뒷문을 열면 바로 우물이 있다. 수도가 들어오지 않은 시골인지라 엄마는 부엌과 우물을 하루에도 열 번이나 들락거렸다.

울퉁불퉁한 흙바닥의 부엌 한쪽에는 땔나무가 쌓여있었다. 엄마는 아궁이 앞에 쭈그리고 앉아 불을 때면서 울기도 했다. 할머니의 구박과 가정적이지 않은 아버지에게 품은 서러움이었을 것이다. 윤동주의 어머니는 죽은 아들의 옷을 태우면서 오열했다. 초상을 치르는 동안 어르신들 앞에서 참았던 울음이었다. 어르신을 모시고 사는 어머니들은 마음 놓고 울 공간도 없었다.

부엌에서 차린 밥상 셋을 하나씩 힘겹게 받쳐 들고 부엌 앞문을 나와 흙마루를 거쳐 마루로 올린 다음, 다시 큰방으로 날라야 했던 엄마다. 마루는 걸터앉아 다리를 흔들어대기 좋은 곳이다. '비야 비야 오지 마라 우리 언니 시집간다'라는 노래를 부르며 마당에 내리는 빗방울이 스러지는 모습을 무심히 바라보거나, 식구들의 흐트러진 신발을 내려다보기도 했다. 더운 날에는 엎드려 숙제하고 밥을 먹기도 했다. 밥상을 방 안으로 들일 때면 창호지가 발라진 두 짝 여닫이문을 열어야 했다. 문 위에는 '精神一到何事不成'이라고 적힌 액자가 걸려있다. 세 개의 상 앞에서 식구들은 이마를 맞대고 밥을 먹었다. 방문 위쪽에는 흑백 사진들이 액자 속에 갇혀 있다. 아버지의 군복 입은 모습, 엄마와 여동생이 사진관에서 찍힌 모습, 치마저고리를 입은 내가 장독대 앞에서 배를 내민 채 찍힌 사진 등이다.

밥을 먹으면서 우리는 아버지가 수저를 놓을 때를 곁눈질하며 야수었다. 아버지가 남긴 쌀밥을 차지하기 위해서다. 아버지는 항상 밥을 남겼다. 형제 많은 집이라 싸움도 잦았다. 잠자리에서는 이불을 서로 차지하려고 투덕거리다가 할아버지의 꾸중도 들었다. 그럴 때는 천장의 쥐들도 잠시 달리기를 멈추는 듯했다. 쥐가 많은 시절이었다. 쥐잡기 운동으로, 학교에서는 쥐꼬리를 잘라 오라는 숙제까지 내줬다. 쥐약 때문에 우리 집 누렁이가 죽었다. 그날, 밖에서 돌아온 누렁이가 괴로운 표정을 하며 미친 듯이 마당을 빙빙 돌았다. 나는 방안에서 눈곱 재기 창으로 내다볼 뿐이었다. 누렁이는 도는 행동을 멈추다가 한쪽에 쓰러졌다. 거품이 흐른 누렁이의 입과 굳은 몸을 보니 비로소 눈물이 났다.

"아이고~ 쥐약을 먹었네."

밖에서 오신 엄마가 혀를 차며 말했다.

대문이 가까운 아래채 헛간에는 화장실이 있었다. 할아버지는 측간이라 하셨고 우리는 변소라고 했다. 헛간의 한쪽에 있는 화장실은 큰 독에 두꺼운 판자 두 개를 걸쳐놓은 게 전부였다. 헛간 벽에는 농기구가 걸려있고, 바닥에는 재가 쌓여있다. 화장실에 앉아 있다 보면 가끔은 기어가는 구렁이가 보였다. 밤에 휘파람을 불지 않아도 구렁이는 흔했다. 마루 아래에 똬리를 틀고 있거나 담을 넘기도 했다. 구렁이가 나가면 업도 따라 나간다는 말은 뒤에 알았다.

화장실 옆에는 허드레 따위를 넣어둔 창고가 있었다. 그 앞에는 아버지의 짐받이 자전거가 보인다. 아버지의 발이었던 자전거는 아버지가 드러눕고 난 뒤에는 제구실을 하지 못했다. 창고에서 가장 눈에 띈 건 축음기가 담긴 먼지투성이의 파란 상자다. 어릴 때 처음으로 노래를 들었던 기계다. LP를 얹고 태엽을 감으면 노래가 흐르는 그 기계가 마냥 신기했다. 태엽이 풀리면서 노래 속도도 느려졌다. 베틀에 앉은 엄마가 베를 짜는 동안, 삼촌은 나를 축음기 앞으로 데리고 갔다. 엄마를 방해하지 말라는 뜻이다. 고장이 나선 지 큰 건전지를 배꼽에 매단 라디오에 밀려서인지 축음기는 잊혔다.

창고를 지나면 군데군데 칠이 벗겨진 까만 철 대문이 있다. 딸 셋 다음에 아들을 낳았을 때 빨간 고추가 낀 금줄이 떠오른다. 딸들을 낳았을 때는 금줄이 걸렸는지 기억에 없다.

"큰며느리가 됐으면 대를 이을 아들을 낳아야지, 남의 집 귀신이 될 딸년들만 낳냐고?"

할머니에게 그런 구박을 받았던 엄마는 아들을 낳고는 편하게 미역국을 드셨다고 했다.

친정에 들를 때마다 왼쪽으로 고개를 돌려 그 집을 본다. 슬래브 지붕과 감목서만 보인다. 가끔은 개 짖는 소리도 난다. 그러나 내 눈에는 옛 시절의 초가와 우물이 어른거린다. 창고 앞에 세워둔 아버지의 낡은 자전거가 눈시울을 적신다.

(2021)

울기 좋은 곳

어느 아가씨의 통곡이 잊히지 않는다. 사돈의 장례식장에서였다.

조문을 마치고 장례식장 앞에서 내가 탈 차를 기다리고 있는데, 뒤에서 크게 우는 소리가 들렸다. 두 손으로 얼굴을 가리고 우는 아가씨를 친구로 보이는 옆의 아가씨가 부축해서 식장을 나오고 있었다.

"시연아~ 시연아~ 니가 왜…."

이렇게 울부짖으며 그 아가씨는 화단 가에 주저앉아 주위에 신경을 쓰지 않고 통곡했다. 시연이라는 이름이 낯설지 않았다. 아까 장례식장 안의 전광판에 적힌 고인의 프로필에서 봤던 젊은 여자의 이름이다. 긴 생머리를 한 20대로 보이는 사진이라 눈에 띄었다. 세상의 근심·걱정은 하나도 없는 사람처럼 활짝 웃는 모습이었다. 그 모습이 아름다워서 미소가 나오려 했지만 급히 표정을 바꿨다. 그 나이쯤에 세상을 떠난 막냇동생이 문득 떠오른 데다 장례식장이어서다.

'저렇게 젊고 예쁜 아가씨가 왜 세상을 떠났을까?'

안타까웠다.

주위 사람의 시선을 의식하지 않고 통곡하고 싶은 날이 내게도 얼마 전에 있었다. 울고 싶은데 울지 못한 날이었다. 그날 우리 식구는 고흥 여행 중이었다. 바다 색깔은 예뻤고 바람은 상쾌해서 감탄사가 저절로 나왔다. 여동생의 문자를 받기 전까지는 그랬다.

'빌어먹을 날씨는 왜 이리 좋은 거야?'

엄마가 아파서 누워 계신다는 동생의 문자를 읽은 후, 애먼 날씨 타박을 했다. 운진하는 남편 옆에서 울 수가 없어서 옆으로 고개를 돌려 하늘을 보며 눈만 깜박거렸다. 시어머니와 친정엄마는 동갑이다. 한 어머니는 자녀들과 여유롭게 여행 중이고 한 어머니는 아파서 누워계신다. 시어머니는 칠순 잔치를 예식장 빌려 성대하게 하셨다. 엄마는 집안에 우환이 있어서 칠순 잔치를 거절하셨다. 자식이 많아도 늘그막에 함께 있어 주지 못하는 자식들이 무슨 소용 있겠는가. 어르신들 모시고 농사지으면서 온갖 고생을 하셨으면서도 말년에 혼자 계시는 엄마다.

세상은 넓은데 나 혼자 소리 내 울고 싶은 곳이 어디에나 있지는 않았다. 탁 트인 요동 벌판을 보며 "훌륭한 울음 터로다! 크게 한번 통곡할 만한 곳이로구나!"라고 말한 연암 박지원은 슬플 때만 우는 게 아니라고 했다. 기쁨이 사무치면 울게 되고, 즐거움, 노여움, 사랑, 욕심, 즉 칠정이 사무쳐도 운다고 했다. 내가 울고 싶은 건 슬픔과 분노였다.

여자가 남자보다 더 오래 사는 이유 중의 한 가지는 자기감정에 솔직하기 때문이라는 글을 읽었다. 그 감정 중의 하나가 울음이다. 울고 싶을 때 참지 않는다는 말이다. 마음껏 울 수는 있지만 아무 데서나 울 수 있는 건 아니다. 남자들 역시 그럴 것이다. 남자는 태어나서 세 번만 울어야 한다는 걸 예전의 어르신들은 강조했다. 지금은 그런 말을 거의 하지 않지만 남자는 울음이 헤퍼서는 안 된다는 무의식은 깔려 있다. 남자라고 왜 울고 싶을 때가 없겠는가. 타인의 시선을 의식해서 참고 있을 뿐이다. 무인도에 혼자 있어도 그렇게 참고 있을지 궁금하다.

여동생의 영정사진에 한 방울 떨어진 아버지의 눈물을 기억한다. 아버지는 우리 앞에서 우신 적이 없었다. 그런 아버지가 화장터로 가기 전, 집안을 한 바퀴 도는 스물일곱 살의 동생 사진을 어루만지며 잘 가라고 하셨다. 한 방울의 눈물 뒤에는 폭발하기 전의 활화산처럼 더 많은 눈물이 고여 있었을 것이다. 엄마는 마루를 치며 우셨다. '아버지도 실컷 우세요.' 이 말을 하고 싶었다.

아무 데서나 우는 새들이 부러웠다. 사람들은 대개 새들의 지저귐을 운다고 말한다. 노래라고 말한 사람도 있다. 내가 즐거우면 새의 지저귐이 즐겁게 들릴 것이고, 슬프면 슬프게 들리지 않을까 싶다. 단지 내가 새의 언어를 몰라서 울음과 웃음을 구별하지 못할 뿐이다.

남의 눈치를 안 보고 우는 사람 중에 갓 태어난 아이가 있다. 아이의 울음이 본능인지 감정이 있어서인지 아니면 의사에게 맞은 엉덩이가 아파서인지는 모르겠다. 울음은 모든 생물에게 필수다. 울고 나면 카타르시스가 느껴진다. 울고 싶지 않은데 억지로 울어야 하는 조선시대의 곡비(哭婢)라는 직업이 있었다. 양반의 장례 때 울음이 끊어지지 않도록 울어주는 계집종을 일컫는다. 진정한 슬픔이 우러나서가 아니라 품삯을 받기 때문에 알지도 못하는 누군가의 죽음을 위해 소리를 내 울어주는 일이다. 울다 보면 자기 슬픔에 겨워 울음이 북받칠 수도 있다. 흔히 장례식장에서의 울음이 슬픔도 있겠지만 자기 설움에 겨운 것이라고도 한다. 죽은 사람의 슬픔을 겉으로 내세워 자신의 슬픔을 덤처럼 묶어 눈물을 자아내는 것이다. 동생의 문자를 받은 나 역시 곡비처럼 울고 싶었다. 큰 소리로 운 다음, 코 한 번 풀고 찬물로 세수하고 거울에 비친 얼굴을 보면서 벌게진 눈이 가라앉기를 기다리는 시간을 가져보고 싶은 날이었다. (2023)

치성애

duck6018@daum.net

월간 〈모던포엠〉 신인상 수상(시 2007), 『깊어지는 것들』 시선(2010), 〈한국수필〉 신인상 (수필 2020)으로 등단/ 한국문인협회 회원, 전남문인협회 회원, 여수문인협회 사무국장, 여수동부수필문학회 회원

제비꽃 첫사랑

제비꽃은 혹한의 추위를 견디고 봄이 되면 비교적 일찍 가녀린 몸을 세워 지천에 보랏빛 물결을 이룬다. 여러해살이풀로 돌 틈이건 그 어디건 몸 하나 누일 곳만 있으면 터를 잡고 뿌리를 내리는 제비꽃, 장수꽃, 씨름꽃, 오랑캐꽃, 앉은뱅이꽃, 병아리꽃, 외나물이라고도 한다. 특히 제비꽃은 천연항생제로 소염, 해독작용에 탁월하다고 한다. 제비꽃의 종류만 해도 무려 400~500종으로 알려져 있다. 남산제비꽃, 흰젖제비꽃, 노랑제비꽃, 알록제비꽃, 고깔제비꽃, 단풍제비꽃, 태백제비꽃, 금강제비꽃, 콩제비꽃, 미국제비꽃, 졸방제비꽃 많은 종류의 제비꽃을 구분한다는 것은 몹시 어려운 일이다. 대부분 북반구의 온대 지방에 분포한다. 학명은 viola이며 제비꽃과에 속한다. 꽃말은 순진한 사랑 나를 생각해 주오, 겸양을 뜻하기도 하며 흰 제비꽃은 티 없는 소박함을 나타내며 하늘색은 성모 마리아의 옷 색깔과 같아서 성실·정절을 뜻하며 노랑제비꽃은 농촌의 행복을 뜻한다고 한다.

내겐 보랏빛 연서 같은 추억 하나가 오랜 세월이 흐른 지금도 가슴 한곳에 자리하고 있다. 시간이 날 때마다 운동 삼아 오르는 산길에 제비꽃이 자주 보였다. 어디에서든 제비꽃을 만나면 문득문득 떠오르는 그 시절이 가슴 저리게 그리워진다. 고등학교 2학년 위문편지를 쓰면 국어점수를 더 주겠다고 하시며 선생님께서 가장 멋진 군인을 골랐다며 주소를 건네주었다. 국어점수를 더 받고자 시작된 위문편지, 그분은 내 편지를 받고 글씨와 편지 내용이 너무 예쁘고 사랑스럽다며 칭찬과 함께 정성스러운 답장을 보냈다. 한참 꿈 많던 시절이었다. 편지를 주고받을수록 설렜고 마음은 풍선처럼 차올라 터질 듯 들떴다. 본인은 대학 2년 다니다가 입대했다고 했다. 글씨에 얼굴이 보이기라도 한 듯 반듯하게 잘 쓴 글씨가 잘생겼을 것이라고 느껴졌다. 온갖 이쁜 말과 좋은 문구를 찾기 위해 책과 시집을 읽으며 편지 쓰기에 정신을 빼앗겼다.

약 1년의 세월이 지날 때까지 편지는 계속되었다. 눈부시게 피어난 꽃들이 화사한 어느 봄날의 편지는 평소와 다르게 두툼했다. 잔뿌리 하나 보랏빛 색깔까지 그대로 살아있는 것 같은 제비꽃이 편지지 속에 다소곳이 끼워져 있었다. 지금도 그날을 생각하면 떨리던 마음과 설렘은 잊을 수가 없다. 어쩌면 이토록 순수한 모습 그대로 나에게 왔을까. 제비꽃을 닮았을 것 같아서 마음을 담아 보낸다는 내용과 대학 생활을 다시 시작하면 함께 글을 써 보고 싶다는 내용에 누군가에게 인정받고 칭찬받은 것처럼 위로가 되었다. 그 사람의 진심이 전해지는 듯한 마음에, 슬픔을 주체할 수 없어 어깨가 들썩이도록 울었다. 지금 생각해도 그때 왜 그렇게 울었는지 설명할 수 없는 신비로움 같은 것이었다. 나는 고3이 되어 대학 입시 준비를 했고 그 사람도 제대할 즈음이었다.

군 생활이 끝나가는 말년이면 장기 휴가가 주어진다고 했다. 마지막 휴가 때 나를 만나러 오겠다는 편지를 받았고, 편지를 받은 날부터 떨렸던 마음을 생각해 보니 지금도 다시 떨리는 것만 같다. 그 사람은 주소를 들고 물어물어 나를 찾아왔고 결국 나는 그를 먼발치에서만 보고 만날 수가 없었다. 커다란 키에 잘생긴 얼굴, 편지에서 느꼈던 그 느낌 그대로였다.

그날 군복을 입은 그의 모습이 어른처럼 느껴져서 두렵고 무서웠다. 도

저히 만날 용기가 나질 않아 먼발치에서만 보고 끝나버린 첫사랑, 그렇게 그를 보내고 가슴앓이를 한동안 얼마나 했던지 지금 생각해도 얼굴이 화끈거리도록 부끄럽기 그지없다.

하지만 제비꽃 인연은 풋풋하고 아련한 추억 하나 가슴에 품고 살게 했다.

그해 봄날은 첫사랑의 얼룩 같은 흔적이었다. 지우기 싫은, 마음 시리도록 아름다운 계절이었다.

해마다 피고 지는 편지 속에 살아있는 보랏빛 연서는 잊히지 않은 나의 첫사랑으로 남아 있다. 미스터트롯에서 임영웅이 보랏빛엽서라는 노래를 부르는 걸 보았다. 감미로운 목소리는 아득한 날의 그립고 시린 추억을 깨어나게 했다. 보랏빛엽서는 내 어깨 위에 살포시 앉아 다정한 이야기를 들려주는 것 같았다. 그 사람은 아마도 글을 쓰는 문인이 되지 않았을까 싶다. 나의 글쓰기의 시작과 감성을 일깨워주고 사춘기 소녀의 시간을 함께해준 사람, 고향이 전북 완주라고 했다. 완주 고속도로를 지나면 늘 그 사람이 생각난다. 제비꽃을 보면 그 사람도 나처럼 그 시절의 추억이 떠오를까 궁금하다.

도성마을 에그 갤러리(애양병원)를 찾다

작년에 이어 올해의 크리스마스도 코로나로 인하여 가족과 함께하지 못하고 뿔뿔이 각자의 생활 터전에서 시간을 보내야 하지 않을까 했는데 후배가 신풍 도성마을 갤러리를 둘러보자고 했다. 순간 잊고 있던 어린 시절이 생각났다. 나는 신풍에서 태어났다. 그래서 도성마을 소리를 들으면 마음이 울컥하고 아픈 기억이 떠오른다. 바닷가를 헤매며 놀던 다섯 살 무렵이었다. 눈썹이 뭉그러지고 뭉툭한 손가락과 눈물과 핏자국이 선연한 얼굴을 한 문둥이 아이들을 만나면 돌을 던지기도 하고 손가락질하며 놀려대곤 했다. 그때 그 사람들은 너무도 무서운 공포의 대상이었다. 철없던 때였다. 지금 생각하니 부끄럽고 미안하기 짝이 없는 일이다. 그들은 감옥 같은 곳에서 집단으로 함께 거주하면서 가축을 키웠다. 가축이랄 것도 없는 닭 몇 마리 돼지 몇 마리가 전부였다. 그래서 늘 배가 고픈지 마을로 구걸하러 다니곤 했다. 할머니께서는 그들을 위해 문밖에 쌀과 김치를 내어놓곤 하셨다. 그 기억이 새롭다. 측은하고 가엾은 사람에게 베풀며 따뜻한 마음을 내어주신 할머니께 감사한다. 어쩌다 그런 몹쓸 병에 걸렸을까. 그 병은 하늘로부터 천벌을 받아 생긴 병이라고 해서 천형이라 하기도 했다. 그 병에 걸린 사람들은 일반 사람들 속에 섞이지 못하고 이방인으로 살아가야 했다. 마을을 돌아보면서 찢어진 천막과 허물어진 벽 등을 보며 100년의 세월을 넘어서 그 고통의 현장이 눈앞에 너울거리며 남루하게 나를 쳐다보고 있는 듯했다. 가슴 한쪽이 아렸다.

그해 할아버지가 돌아가셨고 할아버지의 흔적이 깃든 곳을 꽃상여 따라 바닷가 땅콩밭까지 울며 갔던 기억도 함께 생생하게 떠올랐다. 신풍은 그 시절에만 해도 깨끗한 청정바닷가 마을이었다. 새벽이 깨어나는 시간에, 할머니 할아버지를 따라 바닷길을 돌며 밤새 떠밀려온 생선과 미역을 한 바구니씩 주워 오곤 했다. 여름밤 바닷가에 발을 담그면 야광충이 불꽃처럼 터지던 기억들, 나의 유년 시절 바닷가는 온통 추억들로 가득했다. 마을 주민들은 모래밭에서 잘 자라는 땅콩 농사를 주로 경작했다. 땅콩밭 두둑에는 낮 달맞이꽃, 해당화, 무궁화 같은 꽃들이 많이 피어있었다. 우리는 땅콩을 파서 불에 구워 먹고 너럭바위에서 물놀이하다 지치면 당산마루에 올라 메뚜기를 잡으며 어린 시절을 보냈다. 아름다운 고향마을, 지금은 근처에 여천공단이 자리를 잡으면서 공단에서 날아드는 대기오염물질과 악취로 사람이 살 수 없게 되었다. 횡간도에 살던 먼 친척들은 하나, 둘 살던 터전을 버리고 떠났다. 인근 섬 주민들이 다 떠나고 텅 빈 횡간도는 공허하고 쓸쓸한 풍경으로 무심히 서 있었다. 그런 가운데 다행히도 이곳 도성마을 주민들의 아픈 삶과 인권을 지켜주려는 작가들에 의해 잊혀 가던 옛 마을은 그림으로 새롭게 태어나는 중이다. 에그 갤러리 관장님과 박동화 작가님을 만나 그림 속에서 태어난 그 시간을 돌아보며 눈시울이 뜨거워졌다.

여수 애양병원은 1909년 미국인 의료선교사 '윌리 포사이스'는 목포에서 사역하던 동료 선교사가 위험하다는 소식을 듣고 그를 만나러 가던 길에 한 여자 걸인을 만난다. 그는 여인을 자신이 타고 가던 말에 태우고 자신은 걸어서 광주 선교부에 도착한다. 그 당시 나병은 천형(天刑)으로 알려졌으며 전염까지 된다며 다른 환자들은 반발했다. 할 수 없이 근처의 벽돌 굽던

가마로 옮겨 치료를 시작했다. '스탠리 토플'이 걸인 나병환자를 가마에서 첫 치료를 한 이 날이 애양병원의 첫 시작일이 되었다. 창설 100년 만에 병원 리모델링을 서양식건물에 한국식 토담을 더하여 인상적이고 아름다운 병원이 세워졌다. 애양병원의 역사를 들어다보면 숙연해진다. 낯설고 가난한 나라 조선에서 겁 없는 선교사들의 열정으로 세상이 사람을 바꾼 게 아니라 사람이 세상을 바꾼 셈이 됐다.

한 소녀가 문밖에 서 있네
눈에는 눈물이 가득한 채
버림받은 작은 문둥이 소녀
이처럼 어린 나이에
나는 문지기를 찾아
아주 하찮은 돈을 꺼내
아이에게는 천국을 사주고
나는 더 큰 천국을 얻었다네
아이는 문안으로 들어오며
나를 쳐다보며 미소를 짓네
그러면서 나에게 천국의
의미를 알려주네
이 작은 문둥이 소녀가.

애절하고 처절한 이 시는 1924년 광주병원을 방문했던 '아서 한센'이라는 미국인이 매년 돈을 내는 조건으로 한 소녀를 병원에 입원시킨 뒤에 쓴 시다.

애양병원은 새로운 100년을 맞이했다. 병원을 만든 이들이 그토록 지키고 싶어 했던, 우리가 지켜야 할 '선한 사마리아인' 정신이다. 나지막한 한국식 토담은 어제와 오늘을 이어주는 절묘한 상징을 말해주는 것 같다.

아버지의 선행상

얼마 전 아버지는 갑작스럽게 뇌졸중으로 쓰러지셨다. 벌써 3개월째 의식을 찾지 못하시고 요양원 침대에 누워 계신다.

“아부지 나 큰딸 성애여, 들리면 손잡아 줘봐요.”

놀랍게도 잡은 손에 힘을 주신다. 마치 기다렸다는 듯 의식이 돌아온 줄 알았더니 일시적 현상이라고 했다.

‘아버지 아무 일 없었듯이 기적처럼 털고 일어나세요.’

잡은 손이 차갑다. 애써 참았던 눈물이 왈칵 쏟아진다.

60을 넘기고 보니 부모님의 굴곡진 삶이 비로소 보이고 애잔한 생각이 든다. 초등학교 때 내가 본 아버지는 참으로 이상한 분이셨다. 퇴근길이나 외출에서 돌아오실 때 이따금 성도 이름도 모르는 낯선 사람들을 데리고 들어오셨다. 그러고는 하룻밤 묵어가게 하거나 사정이 딱하면 며칠씩도 쉬어가게 하셨다. 우리 형제들은 아버지를 못마땅하게 여기며 투정을 부렸다. 그렇지만 아버지는 태도를 바꾸지 않으셨다. 아버지가 데리고 온 사람들은 처지가 곤란한 불쌍한 분들이었다. 그렇다고 해도 우리 집은 딱히 그들이 묵어갈 만한 빈방이 있는 것도 아니었다. 누구를 데리고 오는 날은 아버지는 당신 방을 내어주시고 우리와 함께 불편한 잠을 주무셨다. 그런 일은 자주 일어났다. 그런 사람들이 집에 오는 날이면 아버지가 정말 밉고 싫었다. 남루하고 냄새나는 것도 참기 힘들었다. 하지만 부모님은 그들을 정성스럽게 대하셨다. 부창부수라 했던가, 엄마는 우리들의 눈치도 살펴야 하고 아버지의 뜻도 받들어야 하고 가운데서 마음고생이 많으셨을 것이다. 나는 짜증이 났지만, 엄마의 마음을 알기에 동생들을 달래기도 했다. 이는 엄마의 배려가 없었으면 불가능했을 것이다.

어느 날이었다. 아버지는 임신 7~8개월쯤 된 만삭의 젊은 여자를 데리고 오셨다. 깜짝 놀란 엄마는 어쩌려고 임산부를 데리고 왔냐고 했더니 아버지는 추위에 떨고 있는 게 가엾어서 못 본 체할 수가 없었다고 했다. 그 만삭의 임산부는 우리 집에서 오래 머물렀다. 며칠만 있다가 보낸다는 것이 몸을 풀 때까지 함께 지내게 될 줄 몰랐다. 그 일은 두고두고 잊을 수가 없다. 이름 또한 잊히지 않는다. 연정이라는 이름의 그녀. 우리는 함께 지내는 동안 언니라고 불렀다. 그녀는 지체 장애를 갖고 있었다. 그런 연정 언니를 모른 체 할 수가 없었던 엄마는 딸처럼 보살펴 주었다. 그렇게 이상한 사람들을 보살펴 주는 아버지가 나는 불편하기 그지없었다.

자신의 처지가 어떤 상황인지 모르는 연정 언니는 눈치도 없이 음식을 마구 먹으려고 동생들과 자주 다투기도 했다. 그럴 때마다 엄마는 다툼을 수습하느라 진땀을 뺐다. 연정 언니는 출산일을 채워 동네 산파 아주머니의 도움으로 딸을 출산했다. 지금처럼 미혼모를 위한 시설이 없던 때였다. 아이를 어떻게 해야 할지 고민하던 중에 지인을 통해 아이가 없는 집으로 입양을 보냈다. 그리고 연정 언니는 시설로 들어갔다. 시설로 가던 날 안가겠다고 울었다. 우리도 그새 정이 들었는지 허전했다. 몇십 년이 흐른 지금도 연정 언니는 우리들의 추억 속에 산다.

우리 집과 담을 같이 한 아랫집에는 우리 학교 선생님이셨던 명 선생님이 사셨다. 그분은 평소에 아버지를 형님이라고 부르는 사이였다. 어쩌다 집 앞에서 선생님을 만나면 머리를 쓰다듬어 주시며 아버지는 좋은 분이시라며 칭찬하셨다. 그럴 때마다 기분이 좋았다. 그런 명 선생님께서 어떻게 하셨는지 아버지는 시청에서 선행상을 타 오셨다. 그 일은 학교에도 알려져 우리도 선행상을 받았다. 그때 받은 상은 얼마나 좋았던지 잊을 수가 없다. 명 선생님은 잘 지내시는지 궁금하다.

엄마는 우리들의 옷을 손수 만들어 입혀주셨다. 엄마의 뜨개질과 바느질 솜씨는 동네서 알아주셨다. 그 시절에 좋은 천이 없었지만 헌 옷가지들은 엄마의 손을 거치면 어느새 원피스가 되고 바지가 되었다. 그런 덕에 우린 비록 헌 옷 일지라도 깨끗하고 반듯한 옷을 입을 수 있었다. 아버지는 평소에도 동네 궂은일에 늘 앞장섰다. 이웃 할머니네 전기를 고쳐주시고 한밤중에 어느 집에서 보일러가 고장 나면 즉시 출동하셨다. 세월이 지나 생각해보니 그 모든 행위는 아버지의 평소 성품이었다. 그런 아버지에게 동네 사람들은 먹을 것이 생기면 챙겨주신 것은 물론이고 잔치가 열리는 집에서는 꼭 초대하셨다. 그런 날은 기분 좋은 얼굴로 들어오셔서 '비 내리는 고모령'을 구성지게 부르곤 하셨다. 그 바람에 나도 비 내리는 고모령을 곧잘 부른다. 아마도 나는 아버지의 감성을 닮은 것 같다. 지나가는 길고양이와도 쭈그리고 앉아 이야기하곤 한다. 길가의 꽃도 그냥 지나치지 못하고 이름을 물어보고 눈 맞춤을 한다. 아파트 뒤편에 주민들이 운동할 수 있는 산책로가 있다. 비가 오거나 비 그친 뒷날이면 어김없이 길바닥에 지렁이가 나와 맨바닥을 기어 다닌다. 지나가는 사람들이 밟기도 한다. 지렁이는 지구를 지키는 지구 지킴이다. 그런 지렁이를 볼 때마다 안타까워 운동길에 젓가락을 챙겨 나가 지렁이를 흙 속에 보내 주곤 한다. 운동하는 사람들이 그런 나의 마음에 공감했는지 함께 지렁이를 흙 속에 보내는 일을 하는 분도 계셨다. 작게나마 함께 자연을 지켰다는 마음에 온종일 흐뭇하다.

아버지의 성품은 우리 형제 모두를 인성 좋은 사회의 구성원이 될 수 있도록 좋은 영향을 주신 게 분명하다. 아버지는 무릎 수술을 두 번이나 받으셨지만 걸음걸이가 온전하지 못하다. 균형이 맞지 않은 걸음걸이는 삶의 무게로 인해 한쪽으로 기울어진다. 아버지의 기울어진 다리는 내 마음 한가운데 통증처럼 자리하여 애틋하고 시리다. 경로당에서 놀고 계시는 아버지를 뵈러 먹을 것을 사가면 좋아하며 어깨에 힘이 들어가셨다. 동네 어르신들과 시내 음식점으로 맛있는 걸 드시러 나갈 때면, 선글라스와 중절모를 멋들어지게 쓰고 아끼는 옷을 꺼내 입으시며 데이트하러 가는 청년처럼 즐거워하신다. 그런 아버지가 사랑스럽고 귀엽다. 구부러지고 휘어진 골목길 계단을 올라야 집으로 갈 수 있었다. 아버지의 애환이 담긴 골목길. 이제는 재개발로 인해 그 골목길이 환해졌다. 아버지의 기울어진 다리를 볼 때마다 통증처럼 안타까움이 밀려오곤 했는데 이제는 의식조차 없으신 아버지는 세월을 거스를 순 없나 보다.

'아버지! 선글라스 끼고 중절모 쓰고 좋은 옷 입으시고 친구분들과 맛있는 거 많이 사드시도록 용돈 두둑이 드릴게요, 아버지 어서 일어나세요.'

그 섬에 가고 싶다

다니던 직장을 잠시 그만두고 휴식 기간을 가졌다. 집에 있는 시간이 많아진 탓에 그동안 이 핑계 저 핑계로 미뤄뒀던 책도 읽고 영화도 보면서 지내는데 우연히 〈매영 답사회 섬 – 섬 – 섬 여수 해양 문화를 찾아서〉 프로그램에 동행했다.

섬은 무속과 샤머니즘의 풍습이 보존되고 잘 전해져 내려오는 중심에 있다고 평소에 생각했다. 우리가 답사할 곳은 둔병도, 적금도, 조발도였다. 비가 올 것이라는 예고가 있었지만 우중 답사도 나름의 의미가 있을 거로 생각하고 강행했다는 회장님의 인사말 적금도의 폐교에 앉아 답사 이야기 하나를 더했다. 폐교에 서보니 낡은, 교정에 남아 있는 이순신 동상과 돌에 새겨진 교훈 등은 전리품이 되어 아이들의 웃음소리와 함께 전설이 된 흔적들만이 늦여름과 초가을 사이를 기웃거렸다. 섬의 유래와 당제에 관해 설명하는 전래동화 같은 섬 이야기의 오묘하고 신비한 매력에 빠져들었다.

처음 답사지인 적금도는 전남 여수시 화정면 적금리에 있다. 쌓을 적(積) 쇠 금(金) 자를 써서 적금도라는 지명을 지었다고 한다. 적금도는 좌수영의 둔전이었다고도 한다.

다음은 둔병도. 전남 여수시 화정면 둔병도에 있다. 섬의 이름이 둔병도인 것은 임진왜란 때 전라좌수영 산하 수군이 고흥 방면으로 진입하면서 잠시 주둔했던 곳이라 진칠 둔(屯) 자와 군사 병(兵) 자를 써서 둔병이라 부른다.

마지막 답사지는 조발도. 전남 여수시 화정면 조발리에 있다. 평지가 없고 경사지가 많아서 해가 일찍 떠서 밝게 비춘다고 해서 조발도라 부르게 되었다고 한다.

적금도, 둔병도, 조발도 각 섬에서 서로 엇비슷한 형태로 당제가 이루어졌다고 한다. 당제는 최소 300년 이상은 되었을 것으로 추정한다.

당제란 풍물. 마을굿의 형식으로 공동체를 한데 묶어주는 의식 같은 것이며 당제의 형식은 상당, 중당, 하당으로 나누어지고 당제가 끝나면 12당의 매구를 쳤으며 12당이란 12달의 의미와 모든 만물의 신 온갖 잡신을 일컫는다. 바다를 생명 줄로 여기며 살아가는 사람들은 용신. 해신에게 제를 지내며 사람들의 무사 안녕을 기원했단다.

제의 의미는 신에게 염원하는 것으로 이루고자 하는 소망과 신에 대한 감사의 마음을 담은 것이다. 그런 만큼 지극정성을 다해 제를 지낸다. 귀신의 존재는 집안이나 집 밖 어디에나 있다고 믿었다. 그러나 성주신, 조상신, 토지신, 천명신 등 귀신들의 의미는 다 다르다. 예를 들면 지신밟기가 마을굿의 모든 재래의식의 집합이라 하겠다.

지신을 밟는 것은 땅의 귀신을 밟는 의미이며 여기서 땅의 신은 잡신. 잡신은 보통 나쁜 신을 의미한다. 지신밟기와 굿도 마찬가지로 귀신을 매장하는 행위, 귀신을 밟는다는 의미가 있다.

제를 지내는 계절은 봄이 시작되는 정월보름을 기점으로 당제가 이루어진다. 매구와 귀신을 밟는 행위는 정초에 다 이루어지며 오로지 정성 들여 신에 대한 예를 다하는 것은 삼월삼짇날에 한다. 삼월삼짇날의 의미는 봄의 의미다.

매구(지금의 풍물놀이)를 치면서 상당에 올라가 제일 먼저 신께 제를 지낸다. 제를 지내는 사람은 전속 무당 이거나 아니면 당주를 뽑아서 당제를 지냈다. 당주로 선택된 사람은 부정함이 없어야 하고 생기 복덕 해야 한다. 즉 좋은 날의 운수와 타고난 복과 후한 마음이 있는 사람이라는 뜻이다. 당주에게는 마을에서 오롯이 1년 동안 생활할 수 있도록 보호를 해준다. 당주는 매일 첫 새벽에 깨어나 목욕 제계 후 첫 물을 떠서 기도하는 정한 수로 써야 한다. 당주는 몸가짐을 단정히 하는데 1년 동안 금욕을 하며 초상집, 아이가 태어난 집 마을의 애경사에도 참석하지 않는다. 나쁜 말을 들으면 귀를 씻어내기도 했다고 한다. 매구를 치면서 길굿 놀이를 하며 올라간 후 당을 에워싸고 당집을 보호한다. 길굿을 끝낸 후 마을 전체를 청소하는 의미다.

굿판을 벌이는 도둑제비 대포수는 나쁜 액을 모아오는 사람이다. 도깨비 형상을 쓰고 마을을 돌아다니면서 마을의 잡귀를 쫓으며 귀신들을 깨우는 행위다. 귀신들은 시끄러운 것을 몹시 싫어한다고 한다. 통시에는 치칸신이 있으며 치칸신은 혼자 노는 것을 좋아하는데 갑자기 통시로 예고 없이 들어가면 놀라서 해코지 한다고 믿었기에 옛 선조들은 통시 앞에서 헛기침을 한 후에 들어갔다. 치칸신을 놀라게 하면 통시에서 봉변을 당했다고 한다. 도둑 제비나 대포수가 모아온 귀신을 불에 태우며 마당놀이로 걸 판지게 마지막 축제를 벌인다. 육자배기, 산다이, 콩쿨대회 등 굿이라는 축제로 마을 사람들이 다 함께 모두 연주자가 된다. 구경꾼도 주인공도 없는 축제를 추구해 왔던 놀이다. 굿의 기능은 마을의 액을 막고 귀신을 잠재우는 의미도 컸지만, 마을의 안녕과 화합을 이루는 의미가 더 컸다. 어릴 때부터 굿하는 것을 보고 들으며 자라서인지 바다를 지키며 사는 조상들은 자연스레 당제의 의식을 신격화하고 중요시했다. 굿의 소리만 듣고도 무슨 굿인지 알았을 정도라고 했다. 소동패, 대동패로 오랜 세월을 거쳐 전해져 오고 있다. 상쇠, 징, 소고, 북, 악기에 따라 각자의 재능이 부여되었다. 지금으로 말하면 뮤지컬과 연극의 형식일 것 같다. 옛 선조들이 전통의 명맥을 이어오며 지켜왔던 섬 이야기를 답사를 통해 알게 된 것도 흥미로웠다. 우리가 답사했던 섬 이야기가 소중한 유산으로 길이 남아 잘 보존되기를 바란다. 오늘 매영 답사는 옛 문화에 대한 관심이 많은 나에게 재미있고 유익했던 시간이었다.

환갑 동창회

빛바랜 오랜 기억 속에 머물러 있던 40년 전, 갈래머리와 빳빳하게 풀 먹인 깃에 잘록하게 허리를 감싼 교복을 입고 아름다운 것과 슬픈 것들에 시선을 맞추며 웃고 울던 열여덟 살 학창 시절을 우리는 함께 보냈다.

그립고 보고 싶은 친구들을 만난다고 생각하니 친하게 지냈던 친구들이 떠오른다. 선희는 키가 작아서 꼬마야를 거꾸로 야마꼬라는 별명으로 불렸다. 옷은 주로 초등학생용을 골라야 했다. 공부는 전체 1등을 도맡아 할 정도로 잘했다. 지금 그녀는 국세청에 근무한다. 선순이는 반장이었다. 언제나 듬직한 맏언니 같았다. 당진에서 꽤 넓은 고구마 농장을 하고 있는데 친구들에게 직접 지은 고구마를 해마다 보내 준다. 마을 부녀회장도 맡고 있다. 똑소리 나는 친구다. 명순이는 그 어렵다는 드론 자격증을 취득하여 드론으로 논밭에 농약 치는 일을 한다고 한다. 멋진 친구다. 혜경이는 음식 명장이 되어 강의하고 자기 일을 멋지게 해내는 커리어우먼이다. 인숙이는 목사가 되어 사역을 열심히 하고 있다. 영숙이는 자그마한 덩치로 서울 시내버스를 운전한다니 놀랍다. 당당하고 멋진 내 친구들 일숙이, 성희, 연숙이, 경옥이 하나하나 그립고 아련한 이름들이다.

여고 시절, 도시락 하나로 종일을 견디다 보니 하교할 때는 허기가 극에 달했다. 학교 뒤편 빵 공장에서 나오는 달콤한 빵 냄새는 위장을 요동치게 했지만 우리는 그저 웃고 떠들면서 집으로 향했다. 지금도 빵 냄새가 나면 그 시절이 문득 떠오른다. 선순의 전화는 우리의 40년 전 타임머신을 작동시켰다. 졸업 후 변했을 친구들을 떠 올려본다. 그동안 잊고 있었던 동창회를 한다는 소리에 그동안 어떻게 참았나 싶을 정도로 들떴다. 며칠을 설치고 기다리던 아침 새벽 5시에 일어났다. 친구들에게 여수의 맛있는 산 장어를 먹이고 싶어서 시장으로 향했다. 새벽시장 안은 비릿한 생선 내음과 경매 소리와 물건을 사는 사람들의 소리로 시끌벅적했다. 새벽 사람들이 자판마다 진열해 놓은 생선만큼이나 다양한 삶이다. 뜨겁게 넘치는 시장의 활력에 덩달아 힘이 났다. 장어가 제철인 탓에 꽤 비쌌다. 싱싱하고 맛있는 것을 먹여야겠다는 마음으로 장어를 손질해서 아이스박스에 채우니 든든했다.

내비게이션의 안내에 따라 호기롭게 고속도로로 들어섰다. 앞만 보고 달려온 삶처럼 고속도로는 앞만 보고 가야 한다. 초행길인 데다 장거리 운전이라고는 8년 만에 처음 해 보는 거라 걱정이 앞섰다. 잘 찾아갈 테니 걱정 붙들어 매라고 큰소리쳤지만, 순천 고속도로 입구부터 잘못 들어 광양으로 빠져버리는 실수를 했다. 안내에 따라 다시 차를 돌렸지만 같은 실수를 세 번 반복하고 순천 고속도로 인터체인지를 찾을 수 있었다. 실수는 반복됐다. 일반통행로로 가야 하는데 하이패스로로 진입했다. 불안함에 피로가 겹쳤다. 휴게소마다 정차해서 커피를 마셨다. 잠깐의 휴식은 4시간이 넘게 걸리는 장거리 운전을 그나마 견디게 했다.

100㎞ 속도를 유지하며 운전하는 내 차 앞으로 많은 차가 속도를 내며 지나갔다. 잠시 딴생각에 빠지면 어느새 차 속도는 120㎞를 넘었다. 우리가 지나쳤던 여러 갈래의 삶, 그 지나쳤던 시간도 알게 모르게 속도를 지키지 않아 넘어지고 실수했던 날들이었으리라. 사람들이 어울려 사는 세상에

원칙을 지키며 산다는 게 쉽지 않은 일인 것 같다.

가던 중, 내비게이션이 말썽을 부렸다. 당진 석문리까지 안내를 잘하더니 서비스지역을 벗어났다는 멘트와 함께 멈춰버렸다. 급한 마음에 핸드폰을 작동시키니 이마저 서비스지역을 벗어났단다. 난감했다. 아니 어쩌면 천만다행이었다. 고속도로에서 멈추었다면 어쩔 뻔했던가. 마을 초입 밭에서 할머니와 손주가 고추를 따고 있었다.

"죄송하지만 배터리가 다 돼서 그러는데 전화 한 통만 쓰면 안 되겠습니까?"

정중하게 부탁했다.

할머니 허락에 전화하러 들어간 집의 거실은 따뜻했다. 친구에게 전화하니 사고라도 난 줄 알고 모두 걱정하고 있던 터라 했다. 동네 이름과 위치를 알려주었다. 멀지 않은 곳이니 기다리라고 했다. 내가 오기만을 기다리며 허기를 달래고 있을 친구들에게 미안함과 안도의 마음에 울컥했다. 평소에도 나는 길치다. 같은 길을 다섯 번 정도 가보고 나서야 겨우 익힌다. 어느 정도의 시간이 지난 후 나를 데리러 온 친구를 보니 눈물이 났다. 한바탕 눈물 바람 끝에 서로의 등을 토닥이며 웃었다.

논과 밭 사이에 있는 선순의 집은 그림 같았다. 논과 밭을 지키며 농장을 가꾸는 선순의 마음처럼 황금색으로 익어가는 벼의 여유로움이 마냥 기분 좋게 했다. 옥수수와 쑥 개떡으로 허기진 속을 달랬다. 피워놓은 숯불이 꺼지기 직전, 다시 불씨를 살린 선순이 남편이 장어를 굽는 동안 우린 이미 수다 삼매경에 빠졌다. 시간을 거슬러 올라가 그 시절의 소녀들이 되었다. 케이크를 자르면서 "모두 차렷 경례!" 반장의 구령에 우리는 박장대소로 화답했다. 친구들은 중년의 위풍당당함을 지니고 있었지만, 서로를 바라보며

"여전히 예쁘다." "어쩜 그대로다"라며 너스레를 떨었다. 한낮의 뙤약볕이 내리쬐는 선순이네 정원에서 노릇노릇 익어가는 장어를 맛있게 먹으며 어깨에 달고 온 걱정을 잠시 내려놨다. 한껏 웃고 떠들고 추억을 살려내는 우리는 초 한 자루를 켰다. "이제부터 시작이야. 우리의 이야기를 다시 써 보는 거야. 인생은 60부터라잖아?" 40년을 돌아 만난 우리는 서로에게 노둣돌이 되자는 약속을 했다. 문득 고 김광석의 '어느 60대 노부부의 이야기' 가사가 머릿속을 맴돈다. 세월은 그렇게 흘러 여기까지 왔는데 인생은 그렇게 흘러 황혼에 기우는데 저문 길에 함께 할 친구들이 있기에 내 삶은 외롭지 않다. 짧은 만남이었지만 아쉬움보다는 기쁨과 행복이 더 컸다. 우리는 서로의 환갑을 축하하며 내년에는 선희네서 만나기로 했다. 우리들의 하루는 당진의 노을 속에 저물어갔다. 우리는 이제 잘 익어가야 하는 나이가 되었다.

박주희

hee82525@daum.net

꽃잠과 가시넝쿨과 옻나무

말하는 종이

자원봉사 일대기

I want a husband like this!(나는 이런 남편을 원합니다.)

나는 누구의 서재일까?

한국상담학신문 주간 및 칼럼니스트/ 고려대학원 아동언어코칭학과 상담코칭 졸
현 사) 한국청소년지도학회 여수지부/ 〈심리학, 나를 찾아서〉 심리상담소 운영
사) 한국청소년지도학회 독서치료연구회 정회원/ 광양문협회원
여수해양문학상 대상(시 부문)

꿀잠과 가시넝쿨과 옻나무

"피곤해 보인다. 꿀로 얼굴, 몸에다가도 바르면 좋아!" 마사지 겸 얼굴 마사지를 이유로 아카시아꿀을 언니에게서 좀 많이 얻었다. 양봉 몇 통을 텃밭에서 키우는 형부 덕분에 흐흐, 오늘은 전신 마사지다.

예의상 속옷만 걸치고 얼굴에 꿀을 듬뿍 제일 먼저 발랐다. 양쪽 팔과 다리엔 드러누워 잠 한숨 자고 난 후 씻을 꺼니끼니, 바닥 장판 위에 미리 비닐을 깔아놓고 척척 그 위에 꿀을 부어 휘휘 등짝 크기만큼 발라 바닥에 나를 쩌억 붙이기 전에 마지막으로 배와 목을 누워서 발랐다.

꿀이 피곤함에 특효니까 피부에는 더 특효겠지, 아마도. "언니, 내 방에 들어 오지 마!"

아무런 기척이 없다. 어디 나갔나 보다. 곤하게 잠을 자는데 꿈에 키를 넘어선 웬 가시나무들이 개선문처럼 나를 에워싸더니 넝쿨처럼 자라났다. 가시나무는 바닷가에서부터 그 긴 팔로 쭉 나를 따라다니는 것이었다.

팔리우루스 스피나크리스티(Paliurus spina-christi), 저것들을 먹어 치울 나귀와 낙타와 염소가 필요했지만 처음 보는 그 바닷가는 온통 넝쿨 나뭇가지를 제멋대로 늘이는 가시나무 천지여서 절대 빠져나갈 수 없을 것 같았다. 발걸음 걸음걸음, 한 걸음씩 옮길 때마다 자꾸만 걸음마다 돋아나 순식간에 내 키만큼 자라나는 것이었다.

꿈속에서 그 거대한 가시나무 숲을 빠져나갈 수 없는 상황이 되자, 나는 어느새 나이를 먹고 있었다. 나이를 먹은 내가 중얼거린다. "그래, 니네들이 정 그렇다면 방법이 있지, 첫 번째는 내가 스스로 가시나무 새가 되어주는 거야, 그러면, 가시에 찔려 죽어야 할 거야, 그런데 저 가지들이 나를 찌를 힘이라도 있겠어? 그래? 그런 김빠진 슬픔은 사양이야, 그럼 두 번째, 불을 질러야겠다, 하고 생각했다. 그러나 성냥도 없고 부싯돌을 찾으려고 엎드릴 수도 없었다. 걸음마다 나를 쫓아오는 가시나무 넝쿨, 그럼 세 번째, 나는 가시밭에 핀 백합화다, 백합화!" 허우적거리며 소리치다가 꿈을 깨었다.

이게 뭐야, 웬 날벼락 파리들, 파리가 살을 물어뜯는 중이었다.

"요것들, 한꺼번에!" 이 생각은 나중에 일어났다. 처음엔 파리가 거의 새까만 수준이어서 무서웠다. 일단 심호흡을 한 뒤 살을 한 번씩 칠 때마다 백발백중 이상해서 가만히 들여다보니 요것들 꿀에 붙어 오도 가도 못한 신세들로 익꿀사라고 해야 하나?

하여튼 좋아 그럼, 같이 목욕이나 해뿔자.

홍역 치른 것 같다고 언니는 엄살을 부렸다. 살이 빨갰지만, 다행히 꿀을 많이씩 발랐기 때문에 그만한 게 다행이라고 했다. 안전한 이유였다.

그래서 그런 꿈을 꾼 걸꺼야라고……!

나무 타다가 떨어져서 옻나무에 걸린 다리에 살점 찢긴 사고 이후로 큰 사고였다. 무슨 나무였는지 이름은 기억나지 않지만 제법 큰 활엽이었다. 누가 더 높이 올라가는지 동네 머스마 하고 내기를 했던 탓이었다.

이기면 골목대장 삼아 준다는 바람에 감투에 눈먼 나는 대롱대롱 우듬지까지 올라갔던 것인데, "야, 위험해!" 하며 머스마는 내려가자 하는데 나는 끝까지 고집을 부렸다. 아이들이 손뼉 치는 바람에 신이 난 나는 내친 김이 다 싶어 한 가지 더 올라간 것이다.

휘청휘청 나무가 나를 떨구어 버리려고 사지를 늘어뜨렸다. 주르륵, 얼른 발을 내린다는 것이 그대로 추락, 그러나 중간중간 손으로 가지를 잡다 떨어져 팔이 떨어져 나갈 뻔, 긁히고, 찔리고, 아, 그해 여름!

멀쩡했던 것 같다. 기억엔 그날 밤부터 지독하게 긁은 기억밖에 없다.

부어올라 아픈 곳은 빼고, 언청이처럼 부어터져 원숭이 같은 얼굴도 빼고, 상처투성이 영광의 골목대장, 그 감투가 준 위력 때문에~~.

엄마는 밤늦게까지 내 옆에서 온몸을 손바닥으로 쓸어 주었다.

손바람이 시원했다. 스르륵 잠이 들었다.

며칠을 따갑고 가렵게 온몸이 간질간질 욱신거림이 똑같았다.

말하는 종이

마루 겸 제법 넓은 거실 하나 방은 그 거실을 사이에 두고 큰 방 작은 방으로 나누어져 있었다. 새 방은 전깃불이 들어 왔다. 처음 본 다락이라는 게 참으로 신기하고 멋져 보였다, 벽이 열리다니 그리고 벽을 오르다니 참으로 신기한 공간이었다.

명령이었으므로, 다락은 우리 옷장이 되었고 늘 방은 말쑥하게 정리가 되어야 했다. 방을 꾸미기 시작했다. 창에는 언니가 손뜨개 커튼을 달아주었다.

천정에는 팔절지를 파랗게 색칠해 붙여놓았다. 파란 물보라를 일으켜 놓는다, 푸른 형광질은 달에서 조금 벗겨온 것이다. 물보라 속에는 은하수를 숨겨 놓았다.

잠들기 직전, 전깃불을 끄면 천정이 열리고 별들이 철썩철썩 피어난다. 별 하나 별 둘, 어린 왕자는 지금 어디쯤 가는 중일까, 손을 내미는 어린 왕자에게 손 붙잡혀 별 하나, 별 둘, 은하수 강물을 딛고 건넌다. 징검다리처럼 별들을 건널 때마다 밤하늘은 온통 주위에서 형형색색으로 반짝였다. 아름다웠다.

그렇게 천정에 하늘을 그려놓으니 하늘 아래 들판이 방바닥에 푸르게 깔린다. 때로는 들판이 방 모퉁이 속으로 쏘옥 들어간다. 그 모서리 안으로 들을 숨겨 놓자, 안개가 꽃처럼 피어났다. 안개는 피어야 하는 거니까! 나는 푸르스름한 그늘이 좋다. 땅도 하늘도 약간 어스름 있는 것이 좋다. 그래야 젖을 수 있다.

그 들녘에서 청설모처럼 부지런한 조카들이 왁자지껄하다.

"이모, 이 팔절지는 왜 아무것도 없어?" 벽에 붙여놓은 팔절지를 보더니 대뜸 둘째가 묻는다.

"음, 이것은 말하는 종이야, 이 종이는 가만가만 말을 한단다. 이 방안에서 우리 네 명이 살기 때문에 뭔가 부족한 것도 많고 모자라는 것도 많아, 그런데 있잖아, 일일이 말을 하지 않아도 이 종이는 우리가 듣고 싶은 말을 해줄 거야. 그러니까 우리는 싸울 필요가 없어. 왜냐하면 늘 이 종이에게 귀를 기울이는 거야, 뭔가 필요할 때 말이지. 그러면 내 마음이 왜 화가 나서 심술을 부렸는지, 말이 없는 셋째가 왜 오늘은 저리 시끄러운지, 언니가 화가 나면 왜 저리 성질이 나 있는지 가만히 귀만 대면 모두 알게 될 거야!"

나는 벽에 커다란 팔절지를 붙여놓고 내가 생각해도 기막힌 최면을 조카들에게 거는 것이었다.

"귀를 대어 봐, 가만히 심호흡하고. 혼자 있을 때 가장 잘 들리는 거야. 그래서 지금은 잘 안 들릴 수도 있어. 하고 싶은 말이 있으면 색연필로 하고 싶은 말을 그리는 거야. 아님, 연필로 낙서해도 돼, 벽은 안 돼, 벽은 보이지 않는 엄마의 눈이거든. 눈은 닿기만 하면 아픈 곳이야, 엄마는 눈을 벽에 다 두었어. 조금만 연필이 닿아도 아프나 봐, 그 조그만 낙서 하나도 다 찾아내잖아? 아프지 않으면 찾아낼 수 없는 그런 곳까지!"

그렇게 말해 놓은 탓일까? 팔절지엔 온갖 낙서들과 색연필 그림들이 난무했으나 새집, 새 방 벽들은 모두 무사했다. 정말 무탈하셨다.

자원봉사 일대기

지역사회 개발, 발전의 부면에서 농촌 봉사활동을 한 적이 있으며 텃밭 가꾸기는 일상생활이 되었다. 꽃길 가꾸기, 알뜰시장 체험도 한 적이 있다. 그러나 다 옛말이 되었다. 몸이 불편해졌기 때문이다.

환경 보전 및 자연보호 활동 부면에서 보자면 재활용품 수거 및 분류는 모든 사람이 하는 일상생활의 부면일 것이다. 환경정화 활동 부면에 동참한 나는 설거지를 할 때 아무런 세제를 쓰지 않고 아크릴 특수 수세미를 활용한 지 벌써 약 이십오 년은 더 넘었다. 아파트 내 불법 홍보물을 감시했으나, 환경감시나 기타 환경보존 분야 봉사활동—예: 바다 쓰레기 치우기—에 대해선 조금 게을렀다.

주위를 둘러보면 청소년 유해업소 감시 및 정화 활동은 우리 여성들이 얼마든지 발굴해 낼 수 있는 문제인 것 같다. 청소년 보호 관련 캠페인 활동을 위해 여수시 학부모연대 전문 교육원으로 활동하면서 여수시 교육의 문제점, 교육 예산이 잘못 시행되거나 제대로 되는지 살펴보기도 했다.

현재 평생교육원에서 심리상담을 가르치면서 소정의 활동비를 받고 있다. 학교 교과과목과 연계해서는 ㅇㅇ초등학교에서 영어를 1년 넘도록 가르쳐 왔으며 그 외 학생들을 개인적으로 불러다 가르치곤 했다. 다년간 아동, 다문화 가정을 상대로 무료 상담을 한 적 있으며 현재는 심리상담과 평생교육원 수강생들을 위한 심리와 영어 멘토링도 카톡으로 시간을 할애한다.

인권 옹호 차 외국인 노동자를 위하여 출입국관리사무소를 내 집처럼 드나든 적 있으며, 결혼 이민자 지원활동을 위해서 일주일에 시간 대부분을 할애했던 시간, 약 20여 년간 그들과 울고 웃었던 시간이 주마등처럼 머리를 스친다.

범죄예방 및 선도에서는 훌쩍 다 커버린 아이들이 학교 다닐 때 유해 환경추방 활동이나 아동안전지킴이 활동을 한 적이 있다. 물론, 학교 선생의 전화로 이루어진 일이었고, 나름의 보람도 있었다.

교통 및 기초질서 계도 분야 활동에서는 등하교 교통정리를 맡아 해본 적 있으며 차량 봉사를 위해 연계해 주는 일이 있었다.

재난 관리 및 재해구조 부면에서는 피해지역 모니터 활동 및 현장 사무소 보조 활동—세월호 사건—에 참여해본 적이 있다.

부패 방지 및 소비자 보호 활동면에서는 여수시 시민 연대에서 풀뿌리 회원으로 활동도 해 보았다. 지방정부 및 의회 모니터 활동을 감시하는 기구 내에서 건의 사항과 여러 시정 사항들을 발굴, 여수시와 더불어 도약하는 여수 시민들임을 받아들이는 데 유익한 활동이라 할 수 있었다.

국제협력 및 해외 봉사 부면에서 여수 엑스포 기간 내에 통역인을 조금 맡아 했으나 해외 봉사 분야에서 봉사활동 부면은 언제나 해 보았으면 하는 버킷리스트로 남아 있다.

공공행정 사무지원이나 기타 공익사업 수행으로서 관공서나 소방서, 경찰서나 자원봉사 공공행정이나 사무지원은 해본 적 없으나 기타 봉사활동 부면에서는 여러 가지 사회봉사 활동을 해본 적 있으니, 홀어머니로서 무척 시간을 아껴가며, 도움이 필요한 사람들의 간절한 눈을 그래도 조금은 껴안으면서, 때로는 나의 시간을 할애한 이런 봉사의 시간이 지금의 나를 아주 탄탄한 반석처럼 떠받쳐주고 있음이 틀림이 없다.

I want a husband like this!
(나는 이런 남편을 원합니다)

First of all, I want him as a spiritual, cultural person. so the time we are in together would be bared for the rest of whole life. It occurs to me that I myself am a wife humble and quiet. and simple. So, I will be very happy if he is a right person who always aware How some tiny things could get involved into our life, such as argument with mother-in-low sometimes, Tiring of waking up son or daughter, or even between us there will appear whatsoever conflicts! Furthermore, how the others greedly could get swallowed our spirites of the bed in marriage. Therefore he would let me know how he loves me, of course, he also have to show me his heart which is just for me.

무엇보다도 먼저 나는 영성과 함께 문화를 즐기는 사람을 남편으로 원합니다. 그래서 남은 삶 동안 나는 그와 함께하는 시간을 견딜 수 있을 것 같습니다. 나는 겸손하고 조용하고 단순한 아내라는 생각이 스스로 듭니다. 예를 들어 시어머니와 가끔 다투게 되는 일, 아들과 딸을 깨우며 지치는 일, 혹은 가끔 어떤 일이 되었든지 간에 우리가 갈등을 겪는 일 등에 대하여 그가 늘 깨우치고 알아가는 정말 나만의 사람이면 나는 행복하겠습니다. 더욱이 우리 결혼의 침상을 욕심스레 삼키려는 다른 그 누군가도 말이죠.

그러므로 그는 늘 나를 사랑한다는 것을 보여주어야 한다고 생각합니다. 네 그렇고말고요. 그는 자기의 심장이 나만의 것이라는 것을 보여주어야 하죠.

Yes, My heart should be dependent upon him. It will be a bless in the God I think. To get through this destiny of lonely life, I want my husband do for just a couple tiny things like those. if need be, It will be very nice if there is a bit of moderation with humor, at any time. I want to be cared, cherished, nurtured, kissed whenever I need, understand my words whenever whole spouted. I don't want a husband dentist or doctor but the person who knows who he is.

네, 나의 마음은 그에게 의지해야 합니다. 내 생각에 그런 일은 신의 축복이겠죠. 이 외로운 삶의 여정을 통과하기 위하여 나는 나의 남편이 나에게 이렇게 조그만 일들을 해주기를 바랍니다. 필요하다면 조금의 겸허와 유머가 있으면 좀 더 좋겠죠. 늘, 나는 돌봄을 바랍니다. 아낌을 받고, 양육되며, 필요할 때 키스를 받으며, 언제나 내뱉는 모든 말들이 이해받으면서요. 나는 남편이 자기가 자신을 아는 사람이기를 원하지, 치과의사거나 박사가 아니기를 바랍니다.

I want him to understand my feelings which I am down, whenever it comes, I want him to spend whatever he has mentally, physically, materially, for example, going out more than once a week for a restaurant when needed, shopping if necessary, purchase some present to show me his love. He should carry me on his back when we take a walk for the break!

내 기분이 가라앉아 있을 때 그가 나를 이해해 주기를 바랍니다. 그런 시간이 있을 때마다 정신적, 신체적, 물질적으로 가진 것이 무엇이든 나에게 다 해주기를 원합니다. 예를 들어 필요할 때마다 일주일에 한 번 이상 음식점에 가는 일이거나, 쇼핑한다거나, 그의 사랑을 보여주기 위해 값비싼 선물을 해준다거나, 산책하러 나왔다가 업어주는 일 같은 것을 해주기를 원합니다.

Adores me always, services me, take care whole house works to arrange, and he should not ask to have an adequate social life with all his friends. Smile at me as much as possible, cry for me, comb my hair th keep track of my beauty. Surprise at me to keep our any anniversary day going on peacefully.

늘 나를 친애하고, 봉사하고, 온 집안일이 엉망일 때 정리해 주고, 그리고 그의 친구들과의 사교적 모임을 나에게 요청하지 않아야 합니다. 가능한 한 언제든 웃어주고, 울어주고, 나의 미모를 위해 머리도 빗겨주고, 모든 기념일에 우리가 평안하게 지내기 위해 나를 놀래주어야 합니다.

I want him to be around me, yes always be with me if possible. be tolerated, needless to say, I want him to impress me heartfully with his complement. He have to do all those things to drives me crazy in love with him. He has to have me a pickaback, spreading, fulfilling, making me up, flirtintg when bored.

나는 언제나 그가 내 주변에 함께 있어 주기를 바랍니다. 네, 늘 함께 있기를 바랍니다. 너그러우며, 말할 필요도 없이 나를 칭찬함으로써 나에게 깊은 인상을 남겨주기를 바랍니다. 이렇게 해야만 하는 모든 일로서 내가 그와 사랑에 빠지기를 바랍니다. 목마도 태워주고, 발라주고, 이루어주고, 메꿔주고, 심심할 때는 놀아주기도 해야 합니다.

I know he is not a spiritual, cultural person. Nor the good man or humorous!

but if I can love him. Then, I will want him as my husband cause I love him.

나는 그가 영적인 사람도 아니고 문화적인 사람도 아니라는 것을 압니다. 또한 좋은 사람이거나 유머 있는 사람도 아니죠. 그러나 만약 내가 그를 사랑한다면 나는 무조건 그를 내 남편으로 원할 것입니다. 왜냐하면 나는 그를 사랑하니까요!.

by 쥬디 샤이퍼(Judy Syfers Brady 1937~)

"Why I Want a Wife" 글 참조.

나는 누구의 서재일까?

인간은 누구일까? 어디서부터 왔을까? 이 물음에 대한 정답은 없겠지만 알아볼 수 있는 방법은 있다. 그 알아보는 방법은 독서이다. 그럼 우리가 둘러보아야 할 곳은? 셈법이 난무하는 책방이나 사람들이 오가는 도서관이 아니라 오롯이 고요한 서재이다. 여기 우리가 들어가 둘러만 봐도 좋을 서재가 세 곳이 있다. 성선설, 성악설, 백지설이라는 세 곳의 서재이다. 어쩌면 인간은 태초에 이 세 곳의 서재에서부터 나름대로 섞여져 나오는 존재일지도 모르겠다.

그 이유는 첫째, 사람은 어머니의 뱃속에서 유전자가 조작되었을 때, 한 존재로서 수천 년의 무의식적 실존으로서의 '인류 유전자'가 전달된다는 점에 있지 않을까? 라고 생각해 본다. 둘째, 한 존재로서 이미 '특정한 경험'을 태아 때부터 겪는다고 볼 수 있다. 어머니가 겪는 그 모든 경험이 태아에게 전달된다고 믿는다. 그러기에 '태교'란 동서양을 막론하고 강조됐다. 태아로서의 존재 자체는 성선, 성악 그 두 가지라고 생각한다. 알다시피 '성선'은 '적응하기 쉬운 상태'로서의 사람, '성악'은 부적응하게 태어난 사람이라는 개념이 더 어울리겠다.

또한 태어나는 동시에 인간은 저마다 고자(告子)나 로크가 주장한 '백지설'의 주인공이라 할 수 있겠다. 그래서 아동을 교육할 때 우리는 그 아동들의 한 명 한 명의 다양한 본성을 고려해야 함이 마땅하다. 또한 성장, 건강,

번식의 바탕이 되는 생물학적·육체적 진실과 손잡아야 하고, 공동체 차원에서 함께 생활하는 평화적 역량에 도움을 줘야 하고, 경제적 생존을 가르쳐 주어야 하며, 종교적으로 통찰의 도움을 주기도 해야 할 것이다.

다양한 본성을 더욱더 해석해 보자면, 성선 그 자체는 교육에 있어 낙관적이고 긍정적일 것이다. 그러나 성악으로 본다면 문제가 달라진다. 온갖 사회적 장치와 법적 규제로 인간 본래의 사악함과 이기심을 통제하기 위한 사회가 되어버릴 경우, 이러한 교육론은 두렵고 무섭다.

그래서 교육—특히 아동과 청소년들의 인성교육일 경우—의 경우 성선설에 의존하자는 주장이 힘을 얻고 있기도 하다. 여기서 한 가지 재미있는 영화 한 편을 말하고 싶다. 해리포터라는 영화를 보면 마법 학교에 입학해 반을 나누는 흥미로운 점이 있다. 마법의 모자를 쓰는 아이의 본성에 따라 모자가 그 아이의 인성의 경향을 따라 반을 정해 부르는 장면이다.

인간은 태어날 때 한 장의 백지를 들고나온다. 그 백지의 이름은 '실존'이다. 그 실존을 어떻게 적어나가냐는 것은 순전히 인간의 두 인성(성선과 성악)이 그 긴 시간 양육되고 보살펴지는 환경에 의해 틀 잡힌다고 생각하기에, 백지설도 그 무게를 더한다.

'살아있음'의 준말인 사람에게 있어 사랑은 '함께 사룬다'라는 의미이다. 사회적 동물인 사람은 뭐든지 '사루는 존재'다. '타오르지 않으면 견딜 수 없는 존재', 긍정이건 부정이건, 무언가 해야 하는 실존의 존재, 그래서 빅터 프랭클은 '죽음의 수용소에서'라는 책의 뒷부분에 이렇게 적었다.

연합군이 몰려와 각자 자유가 된 후 철조망 밖에서 바라본 꽃들과 풀숲의 햇살, 마시는 공기마저도 자유롭고 풍경이 그렇게 아름다울 수 없다고 했다. 평소 독일군에 이끌려 다닐 때는 발화되지 않았던 느낌이었다. 그 느낌이란 무엇일까? 나는 그 느낌을 감성이라고 표현한다. 그가 수용소에서 죽음을 견디고 이겨낸 후 획득한 것은 자기 내면에 있던 긍정적 불꽃, 즉 성품으로서의 억눌리고 숨죽이고 있던 감성이었다.

감성이란 폭풍우가 지나가는 걸 기다리는 것이 아니라 퍼붓는 빗속에서 춤추는 법을 배우는 것이라고 나는 표현한다.

감성을 한문으로 풀이하자면 感(마음에 창문이 있어 지킨다) 와 性(마음을 출산한다, 산다)라는 뜻이 있다. 풀이하자면, 감성은 존재하는 모든 것에게서 그 안에 있는 것을 끌어내는 힘이다. 감성을 말할 때 人文學을 논하는 이유가 여기에 있고, 감성이 더해진 인문학이 되려면, 인문학 자체가 人間學이 되어야 함이 되는 이치이듯이. 그래야만 감성의 양과 질이 증대될 터. 감성이 증대되려면 또한 오감도 풍부해야 한다. 사람과 사람이 만났을 때, 감성의 마음과 마음이 만나야 할 일이다. 즉, 감성이란 양방향이니까.

사람이 살아 있어 '살며 사랑하는' 일만큼 숭고하고 고귀한 일은 없다고 생각한다. 성선설이 시작은 그만큼 위태롭다. 그러나 또한 '살며 사랑하는' 일만큼 지옥을 경험하는 일 또한 없을 것이다. 삶의 밑바탕에서 부딪히는 감정은 절제되지 않는다. 감성이라는 긍정성이 부족하기 때문이다. 그렇게 감정은 있되 감성이 없는 삶은 그야말로 '독설과 직설'이 난무하는 세상이 될 것이다.

꽃을 보며 '아, 이쁘다!' 하는 것은 반응이다. 그러나 그 꽃을 보며 향기도 맡으면서 행복한 상상을 하거나, 향기를 들이마시거나, 꽃에 대하여 메모를 남기는 일들은 바로 '감성'이라는 순수가 하는 일이다. 살면서 감성만큼 사람을 지켜주는 무기는 없다. 또한 감성은 발현되는 순간 그 사람을 희디흰 백지로 만들어 주는 미덕이라고 나는 믿는다.

나는 누구의 서재일까?

임경화

prettylim21@daum.net

1969년 여수 출생/ 전남대 국어국문학과 졸업
현재 독서학원 운영

아버지와 영화관

내가 어린 시절, 아버지는 저녁밥을 먹고 나면 어딘가로 급히 나가셨다. 엄마와 우리 형제가 한창 밥을 먹고 있는데, 혼자 빠르게 식사하시고 나가시는 거다. 나중에 아버지가 어디로 가시는지 알고 난 후에 나는 밥을 먹으면서 계속 아버지 눈치를 살폈다. 아버지가 나가실 기미가 보이면 나도 급하게 밥을 먹었다. 그리고 몰래 아버지 뒤를 밟았다.

아버지는 친구와 삼촌들과 함께였는데 걸음이 빨랐다. 어른 걸음을 따라붙는 건 여덟 살 아이에게는 힘에 부치는 일이었다. 심지어 방금 밥을 먹고 나온 직후라 걸을 때마다 옆구리가 당기고 아팠지만 호기심을 멈출 수는 없었다. 요즘엔 게장 골목으로 유명한 봉산동에서부터 충무동까지 이어진 벅수골 골목을 따라갔으니 지금 생각하면 당돌하기 짝이 없는 짓이었다.

드디어 아버지와 삼촌들이 도착한 곳은 시내의 영화관이었다. 표를 끊고 아버지가 친구들과 영화관에 막 들어가려는 찰나 나는 앞을 가로막으며 "아빠!"라고 불렀다.

"이 자식!"

깜짝 놀란 아버지는 큰소리를 치셨다. 화가 난 것은 아니었다. 목소리는 컸지만 웃고 계셨다. 삼촌들은 반가워하면서 내 손을 잡고 영화관으로 이끌었다. 집에서부터 따라가겠다고 조르면 분명 거절했을 게 뻔했다. 그런 계산까지 한 걸 보면 그때의 나는 꽤 잔망스러운 아이였나 보다.

그렇다고 영화를 다 본 건 아니다. 어른들 영화인 데다 늦은 시간이라 까무룩 잠이 들었다. 잠깐 깨어나 본 스크린의 색이 살구색으로 가득 찼던 것으로 기억된다. 그때 봤던 영화의 내용은 생각이 안 나지만 '돌아와요, 부산항에', '여감옥의 비밀' 등이있다. 영화가 다 끝나면 서둘러 뛰어야 했다. 야간 통행금지가 있던 시절이었다. 나는 그 뒤로도 몇 차례나 아버지를 몰래 따라붙었다. 아버지는 예의 사람 좋은 웃음으로 "떼끼!" 이러면서 속는 척해주셨다.

젊은 시절 아버지의 낭만은 영화와 노래와 소주였다. 직업을 몇 번 바꾸셨지만 한창 영화를 즐기던 시절, 아버지는 큰아버지 사업을 도와 벽돌공장을 맡아서 벽돌을 찍는 고된 노동을 하셨다. 섬에서 김 양식을 하다 70년대 당시 번창하던 큰아버지의 사업을 돕기 위해 여수로 나오셨다.

어느 여름밤이었다. 찍어 놓은 벽돌이 다 마르면 차곡차곡 쌓아야 했다. 우리 4남매는 엄마와 아버지 일을 돕겠다고 나섰다. 고사리손들이 오히려 방해됐을 텐데 아버지는 우리를 저지하는 대신 노래를 가르쳐 주셨다.

"넓고 넓은 바닷가에 오막살이 집 한 채. 고기 잡는 아버지와 철모르는 딸 있다~"

가사가 애처롭고 멜로디도 구슬픈 '클레멘타인'이라는 노래이다. 우리 4남매에게 그 노래가 아름다운 기억으로 남아 있는 건 아버지의 노래 솜씨가 좋아서만은 아니리라. 아버지와 우리 4남매가 부르던 노랫소리가 멀리 울려 퍼지던 여름밤, 별들이 밝게 빛나던 그 밤하늘을 잊을 수 없어서다.

아버지는 나에게 술 심부름을 자주 시키셨다. 종일 땀 흘리며 고된 일의 갈증과 허기를 달래려 하신 건데 심부름은 맏이인 내가 해야 했다. 나는 이 심부름이 죽기보다 싫었다. 술을 외상으로 사 오라고 하셨기 때문이다. 심부름을 시키기 전, 항상 가게 주인에게 할 말을 연습시키셨다.

"우리 아빠가 월말에 준다고 소주 한 병 주랍디다."

이렇게 또박또박 연습시켜서 보내셨다. 동네 단골 가게에 월말 후지급 정산하는 방식이니 그리 경우 없는 일도 아니건만 어린 나에게는 수치스러웠고 그런 일을 시키시는 아버지도 못마땅했다. 아버지는 내가 사 온 소주를 생수 들이키듯이 콸콸 입에 쏟아부으셨다. 입을 쓱 닦고, 내려놓았던 삽을 들어 다시 모래와 시멘트를 섞으셨다.

사춘기 시절이라 그런지 목소리 큰 아버지도 싫었다. 아침마다 온 동네가 떠나가라 하실 정도로 우리를 깨우셨던 기억을 떠올리면 지금도 식은땀이 날 것만 같다. 졸업식, 입학식 등 학교 행사에는 어렵게 장만한 독일제 로레이 카메라를 메고 오셨다. 가만 앉아 계시면 좋으련만 굳이 운동장에 있는 내 옆까지 오셔서 카메라를 눌러 댔으니 그 자리에서 연기처럼 사라져 버리고만 싶었다. 내 사춘기의 열망은, 아버지에게 없을 거라고 여긴 우아함을 갖는 것과 지적인 사람이 되고 싶은 것이었다. 아버지는 주변에 좋은 사람으로 평판이 자자했다. 나 역시 착하다는 말을 듣고 살아서인지 삐딱한 속마음을 숨기는 게 힘들었다. 그래서인지 아버지를 멀리하고 싶은, 이율배반적인 마음이 들었다.

"너희들은 아빠처럼 살면 안 된다. 남들보다 위에 있는 사람이 되어야지. 남들 밑에서 굽실거리는 사람이 돼서는 절대 안 된다."

술이 거나해진 아버지가 4남매 앞에서 하시는 말씀이었다. 물려줄 게 많지 않았던 아버지는 이런 말을 물려 주셨다. 아버지는 당신의 삶도 당신이 하신 말대로 경영하셨다. 삶의 한순간을 낭비하는 걸 보지 못했다. 결코 헛된 시간으로 인생을 낭비하지 않았다.

젊은 날 영화관에서 영화에 몰입했을 아버지를 생각해 본다. 고된 일을 마쳤으니 집안에서 쉴 만도 한데 왜 밤에 영화관으로 가셨을까? 스크린에서 쏟아지는 빛을 보며 가장이라는 무게와 두려움을 영화관에 내려놓으셨을까? 우리 앞에서 늘 밝고 쾌활한 모습만 보였던 것은 가족 사랑이었을 것이다. 아버지는 진심으로 가장이라는 그 인생을 좋아하셨다.

아버지는 이제 늙으셨다. 더 이상 영화관에 가시지 않는다. 친구도 없이 안방에서 TV의 '대조영', '이산'을 보신다. 나도 더 이상 아버지를 부끄러워하지 않는다. 아버지에게서 잘 늙은 사람의 우아함과 인간 품격을 발견하는 눈을 가질 정도로 철이 들었으니까. 내가 벗어나고 싶은 것은 아버지가 아닌 내 자신이었다.

도시에 나타난 여신들, 아주머니

50대 중반을 넘기면서 유독 애정과 동료애를 갖게 된 사람들이 있다. 밥집에서, 대형 할인점에서, 꽃집에서 삶의 어느 현장이든 바지런히 살아가고 있는 아줌마들이다. 아줌마들과 함께 있으면 긴장감, 경계심이 사라지고 편안해진다. 몇 년 전에 있었던 소소한 일 덕분이다.

군대에 간 아들이 석 달 만에 첫 휴가를 나온다고 해서 마트에서 장을 잔뜩 보고 계산대에 섰다. 생각보다 가격이 많이 나와서 나도 모르게 "꽤 많이 나왔네요?"라고 계산하는 분에게 물었다. 낯선 이에게 선뜻 말을 붙이는 법이 없는 내가 그날따라 들떠 있었다. 계산하는 분이 나랑 연배가 비슷해 보여서 더 스스럼없었다.

"네에~ 고기를 많이 사셔서 그래요." 하신다. 아닌 게 아니라 내 쇼핑카트에는 소고기, 돼지고기 등이 잔뜩 담겨 있었다. "아들이 첫 휴가를 나오거든요." 묻지도 않았는데 넉살 좋게 이런 말이 나오다니. 스스로도 놀라웠다. "그럼요, 그럼요. 아들이 첫 휴가 오는데 잘 해줘야죠." 그분도 방싯 웃으며 이렇게 대답하신다. 그때였다. 두 사람의 대화를 들었는지 뒷줄에서 계시던 60대 아주머니가 우리보다 더 큰 소리로 "하믄 하믄, 아들이 군대서 오는디 고기랑 잔뜩 멕여야지."라고 말씀하시는 게 아닌가. 그 말에 세 사람 모두 크게 웃었다. 아마 근처에 더 많은 아주머니가 있었다면 '아들', '첫 휴가', '고기'가 한데 만나는 대동 세상을 이뤘을 거다. 생전 처음

보는 아주머니들과 스스럼없이 대화하고 공감을 주고받은 일이 지금 생각해도 유쾌하기만 하다.

낯선 사람들에게 말을 잘 붙이고 무장해제 시키는 것은 아주머니만의 특기이다. 눈빛만 봐도 서로의 감정이 읽어지는 아주머니들. 아주머니 한 사람은 혼자만의 삶이 담겨 있지 않다. 그가 보살피고 있는 주변 사람들의 삶과 사연이 함께 들어 있기 때문이다. 도시 곳곳에서 도시 특유의 익명성과 타자성을 무너뜨리는 아줌마들이 출현하는 순간들이 있다.

침묵이 흐르는 아파트 엘리베이터 안. 어정쩡한 자세로 어색한 순간이 빨리 지나가길 바라며 층수만 빤히 바라보는 침묵의 공간에 이웃 아이에게 스스럼없이 말을 건네고 장바구니에서 과자까지 건네주는 아주머니들 덕분에 적막한 공간에 생기가 돈다. 북적이는 동사무소에서 칭얼대는 아이 때문에 서류 쓰기를 쩔쩔매는 젊은 엄마 앞에 구원투수처럼 나타나 아이를 번쩍 안아주는 아주머니가 있다. 버스 정류장의 열리는 버스 계단을 위태롭게 내려오는 노인이 있으면 얼른 달려가 손잡아주는 아주머니가 있다. 도시의 어느 현장이든 어린이와 약자가 있는 곳에는 그들을 보살피고 부축하는 아주머니들이 나타난다. 학교 급식실에서, 외로운 노인들 곁에서, 수많은 밥집에서 아주머니들이 오늘도 달리고 있다. 한 도시의 돌봄과 치유와 양육을 도맡아 하고 있다. 공동체의 시민으로서 살아가는 아주머니들이다.

대개 아주머니들은 누군가의 엄마이기도 하다. 한 생명을 세상에 내놓은 사람. 생명과 부대끼면서 축적한 생생한 경험과 느낌이 몸에 저장된 사람. 이 과정에서 획득한 건강한 모성 경험이 아주머니들에게 사사로운 세계에 갇혀 있지 않고 당당한 시민으로 살아가게 한다. 여러 영역에서 성취를 이뤄내는 여성 전문가들부터, 여성 특유의 섬세함으로 남성 지배 문화를 바꿔가는 여성 지도자들, 저절로 육화된 돌봄 능력으로 먹이고 입히는 최고의 대단한 일을 해내는 시대의 마고 할미, 아주머니들.

또 아주머니들은 누군가의 고모이거나 이모이거나 누나, 언니이기도 하다. 엄마가 없는 아이에게도 고모나 이모가 있으니 얼마나 다행인가. 아주머니들은 목소리 높고 큰소리칠 줄만 아는 아버지나 할아버지 옆에서는 주도면밀하고 유능한 책사가 된다. 고모나 이모의 도움 없이는 집안 대소사를 차질 없이 해내기 어려운 것은 우리 집안의 경우만은 아닐 것이다. 고모나 이모들은 가족들 면면을 샅샅이 살피고 보듬으면서도 적재적소에 일을 배분하고 완성해 낸다. 집안의 역사를 족보보다 더 정확히 알고 있고 대가족의 사연을 시시콜콜히 기억해 내어 부표 같은 우리들의 시원과 내력을 밝혀주는 우리의 고모, 이모들. 그러니 엄마가 없어도 우리는 안심할 수 있다. 이모가 있고 고모가 있고 언니, 누나가 있으니 말이다. 약자의 자리에서 세상 보는 법을 익힌 덕분에 일찍 철이 들어 버린 그들이다.

일전에 도서관 문화교실에 갔는데 강사님이 〈사자도 꼼짝 못 하는 우리 엄마〉라는 그림책을 읽어주셨다. 아들에게 손톱이 길다, 옷이 단정하지 못하다, 매일 잔소리를 늘어놓은 엄마가 주인공이다. 아침부터 온갖 잔소리를 쏟아내고 아들을 등원시킨 후 잠시 쉬고 있는 찰나 배고픈 사자가 집에 나타났다. 배고파 난폭해진 사자에게도 엄마의 잔소리는 쏟아진다. 갈기가 너무 지저분하다 손톱이 너무 길다 잔소리하더니 결국 참지 못하고 사자의 발톱을 깎아주고 갈기를 빡빡 감긴다. 책을 읽는 내내 교실에 깔깔대는 웃음소리가 끊이지 않았다. 모종의 공감과 회심의 웃음들이었다. 듣는 이들 모두 엄마이자 아줌마들이었으니 당연한 일이다. 아주머니들에겐 돌봄 유전자가 자동 내장된 것 같다.

종강 파티를 위해 각자 가져온 간식거리를 한 상에 차려보니 숫제 잔칫상 차림이었다. 돌돌 만 김밥에다 시원스럽게 썰어온 수박, 깨끗이 씻어 꼭지를 땐 방울토마토, 포슬포슬 먹기 좋게 삶아 온 감자, 맛깔스러운 소스에 발라먹는 떡꼬치, 거기다 식혜 한 모금으로 입가심을 할 수 있게 차려진 간식 상차림이라니. 바쁜 아침 시간 가족들 챙겨 보내기도 정신없었을 텐데 감탄이 나온다. 아주머니라는 사실이 사랑스럽고 자부심이 생긴다. 아주머니들은 절대로 빈손으로 오는 법이 없다. 수년 간 가족의 먹거리를 책임지는 자들이라 내 가족뿐만 아니라 타인의 먹거리도 자연스럽게 챙긴다. 맛있는 음식을 탐욕스럽게 내 입으로 먼저 가져가지 않는 사람들.

그들은 각자의 자리에서 경제 주체이자 삶의 경영자로 살아갈 것이다. 문구점, 식당, 꽃집, 학원 등에서 열심히 일하는 아주머니들. 고단한 그녀들이 따뜻하고 다정하고 갸륵하다. 나에게는 그들이 아이 셋을 업고 나타난 바리데기 같다. 아버지를 살릴 생명 약수를 구하러 저승세계까지 다녀온 우리 신화 속 바리데기 말이다. 일찍이 남신과의 결투에서 패배하고 사라진 줄 알았던 마고할미, 바리데기 등 여성 신들이 이 시대에 아주머니들로 현현(顯現)한 건 아닐까?

말의 슬하(膝下)에서 자라다

돌이켜 생각해 보면 나를 키운 건 말이었다. 가장 오래 남아 있는 것도 말이다. 사람과 세상 속에서 내게 온 말의 슬하(膝下)에서 자라났다. 나를 흔들어 놓은 말도 있고 찌르는 말도 많았지만 가장 오래 남은 말은 역시 뭉근한 사랑의 말이다. 차곡차곡 쌓여 세월 속에서 숙성하고 발효된 말들이 빛나는 이야기로 자라났다.

어렸을 때 엄마한테 지청구로 많이 들었던 말이 있다. "음식을 먹을 때 가족 중 누가 없으면 뒤에 오는 이를 위해 음식을 반드시 남겨 놓아라. 그리고 그들이 먹을 양보다 훨씬 많이 남겨 둬야 한다."라는 것이다. 과일이든, 제육볶음이든, 된장찌개든 예외가 없었다. 엄마가 만든 음식을 다 먹지 않고 남겨야 하는 것은 저수지 둑을 손가락으로 막는 것보다 어려웠다. 엄마의 음식 솜씨는 동네에 소문이 자자할 정도로 좋았다. 참지 못하고 남겨둔 음식을 몰래 야금야금 먹다가 엄마한테 등짝을 여러 번 맞아야 했지만 '뒤에 오는 이를 위해 음식을 반드시 남겨두라'는 말은 나에게 가장 기억되는 말이다. 엄격한 엄마의 제국에서 반드시 지켜야 할 말이었으니까. 나중에 세상 밖으로 나왔을 때 비로소 그 말의 준엄함과 지극함을 알게 되었다. 지금, 이 자리에 미처 오지 못한 이들을 기다려주는 것은 힘든 만큼 가치 있는 일이다.

배고픈 사람을 옆에 두고 혼자 먹지 않은 것, 곧 올 사람을 위해 음식을 남겨두는 일, 이 소박한 예의를 엄마 말의 슬하에서 자라지 않았다면 몰랐을 것이다. 누구도 소외되지 않고 차별받지 않도록 같은 출발선을 만드는 것, 그것이 엄마의 말이 마땅히 실현하고 싶은 세상이었으리라. 아파서 이 자리에 못 온다면, 병자가 있어서 돌봐야 해서 못 온다면, 그들을 위해 지금 여기에 먼저 온 이들이 그들을 돌봐줘야 한다는 것은 공동체가 함께 담당해야 할 몫이다.

대학 시절 여름방학 때 처음 듣고 평생 간직한 말도 있다. 동아리 친구들과 지리산 종주를 마치고 구례 연곡사 계곡을 버스 타고 내려오는 길이었다. 맨 뒷좌석에 떠들썩하게 앉아 있는 우리 앞자리에 동네 친구인 듯한 두 쌍의 노부부가 다음 정거장에서 올라와 양쪽으로 앉더니 한담을 나눴다. "자네, 어제 감나무를 심었다고? 뭐하러 감나무를 심었는가? 나무 키워서 감을 따 먹을 때쯤에 우리는 저세상에 있을 것인데…." 그러자 친구 할아버지가 하는 대답이 내 심장을 흔들었다. "아~ 내가 먹을라고 심었당가, 감나무가 자라서 나중에 우리 손자가 따 먹고 또 뒤에 손자가 따먹고 그러라고 심었지."

스무 살이었던 나는 장 지오노의 '나무를 심은 사람'이 실제로 내 곁에 있다는 것에 감동했다. 할아버지의 말이 성현의 격언처럼 심오하고 아름답게 들렸다. 떠들썩한 친구들의 말속에서 조곤조곤 건네는 할아버지의 그 말이 그 후의 나를 키웠다. 삼 십여 년 동안 이 말을 깃발로, 등대로 삼고 있다. 더구나 그곳은 상처받은 뭇 생명을 넉넉히 품어주는 지리산 자락이었다. 그 할아버지의 말도, 할아버지의 말이 실현되고 있던 지리산도 평생 나를 휘감아 도도히 흐르는 말이다.

소박한 웃음과 뒷모습으로 말을 하는 사람도 있었다. 예전 살던 옆 동네에 대학생들이 자주 가는 밥집 사장님이다. 콩나물국밥, 잡채밥 등을 정성스럽게 만들어 주던 밥집의 주 고객은 주머니 가벼운 대학생과 취준생이었다. 나도 취준생 시절 사장님이 고봉으로 떠주시던 밥을 먹으며 공부했다. 졸업하거나 취직한 학생들이 사장님께 인사를 하러 찾아오던 그 밥집이 지금은 미용실이 되었고 밥집 사장님도 안 계신다. 그런데 6월쯤엔 어김없이 밥집 앞 길가에 작은 꽃밭이 생긴다. 사장님이 자투리 시간을 쪼개 만든 작은 꽃밭이다. 바쁜 사람들이 분주히 오가는 한길 가에 있는 꽃밭이다. 밥집은 사라졌건만 꽃만은 철을 어기지 않고 예쁘게 피어난다. 특히 큰 키에 꽃대를 올려서 지고 또 피는 빨간색, 하얀색 접시꽃이 바람에 흔들리는 모습은 정말 아름답다. 나는 그맘때가 되면 일부러 꽃밭을 보러 그곳으로 간다. 고된 식당 일을 하면서도 늘 웃었던 사장님의 얼굴이 보인다. 반찬이 부족하다 싶으면 쓱 놓고 가시던 손길도 떠오른다. 부엌 안에서 더운 김이 올라와 땀이 뻘뻘 나는데도 사장님은 웃었고 주문한 음식이 늦게 나온다고 짜증 내는 손님에게도 웃었다. 사장님의 말보다 웃음이 떠오르는 것을 보니 어떤 말들은 미소로, 웃음으로 실현되기도 하는가 싶다.

무용하지만 아름다운 말, 흔한 말이지만 진실이 담긴 말, 생존에 하등 영향이 없지만 알게 되면 다른 사람이 되게 만드는 말들을 꿈꾼다. 말의 슬하에서 자라난 사람답게 눈부시고 아름다운 말을 수집해 가고 있다. 예를 들면 이런 말이다.

"지금은 뻘낙지가 맛있을 때네. 뻘낙지 잡아서 엄마 원기 회복하게 죽 끓여 줄게 이"

"자네가 얼마나 애를 쓰고 살았는지는 산도 알고 바다도 알고 나도 아네."

"아기를 낳았는데 얼마나 이쁜지 깎아 논 밤톨같이 하얗고 이뻤당께."

뭉근한 사랑의 말들이 목욕탕에서, 버스에서 자꾸만 들려온다. 귀를 바짝 열고 그 말을 듣는 나는 말의 슬하에서 아직도 자라고 있다.

내 고향, 개도 이야기

남태평양의 섬나라 투발루에 관한 다큐를 본 적이 있다. 망망대해 푸르디푸른 바다, 그 위에 떠 있는 작은 섬나라 투발루. 투발루는 인구 11,439명이 사는 작고 고요한 나라이다. 파도 소리, 아이들 노는 소리밖에 들리지 않는 한가로운 이곳이 갑자기 들썩들썩하는 순간이 있다. 외부와의 유일한 소통 수단인 비행기가 도착하는 날이다. 일주일에 두 번 오는 비행기는 사람과 짐을 부리고 떠난다. 비행기 도착 신호가 올리면 해발 4m의 활주로에서 축구를 하던 아이들이 일제히 펜스 밖으로 흩어져 비행기를 기다린다. 집에 있던 섬사람들도 여기저기서 모여든다. 딱히 기다리는 사람이 있는 것도, 새로운 소식이나 물건이 있는 것도 아니지만 순식간에 활주로 주변에 사람들이 꽉 찬다. 비행기에서 내리는 사람들, 물자들, 소식들이 섬사람들에겐 최고의 볼거리이다. 30분도 채 되지 않아 비행기는 인근 섬나라 피지로 떠나야 하니 더 간절하고 애틋한 시간이다. 비행기가 떠나자 호기심 가득하던 투발루 사람들의 눈빛이 아쉬움과 허망함으로 바뀌는 순간을 카메라가 포착해 냈다. 그 사람 중 먼 하늘의 비행기를 보며 눈물을 흘리던 투발루 아가씨의 눈빛을 잊을 수 없다. 구릿빛 피부에 검은 생머리를 얌전히 묶은 그녀의 까만 눈동자에 그렁그렁 눈물이 맺혔다. 사라진 비행기를 하염없이 바라보는 그녀의 눈빛은 오랫동안 내 마음에 잔상을 남겼다. 그녀는 무엇을 기다렸고 누구를 그리워했던 걸까?

우리 아버지의 고향은 화정면 개도다. 나도 개도에서 태어났고 여섯 살 경에 여수로 이사를 왔지만 방학 때마다 개도를 갔다. 여객선에서 내려 비릿한 갯바람을 맞으며 부둣가를 걸어가다 보면 갯벌을 메운 웅덩이가 보인다. 흔들리는 갈대를 구경하다 보니 어느새 개도 신흥 마을 초입이다. 벌써 한 무리의 마을 사람들이 동네로 들어가는 길가에 쭉 늘어서 있다. 투발루 사람들처럼 말이다. 어린아이부터 노인들까지 연령대는 다양하지만 호기심 가득한 눈빛만은 모두 한가지다. 흡사 로마 시민들이 개선장군을 맞이하는 모양으로 양쪽에 늘어서 있다. 그들은 객선에서 누가 내렸나, 어떤 옷을 입었나, 무슨 물건을 가져왔나 두근거리며 보고 있다가 오랜만에 고향을 찾아온 사람들이 보이면 앞다투어 달려 나와 떠들썩하게 인사를 나누기도 했다. 한번은 서울로 상경했던 미남 사촌오빠랑 같이 간 적이 있었는데 그들의 시선은 오빠가 메고 온 외제 카메라와 최신식 나팔바지에 쏠리기도 했다. 수줍음 많았던 내게 개도 갈 때마다 치러야 하는 골목 통과의식은 곤욕이었다. 모든 사람이 나만 주목하는 것만 같아서 빨리 그 자리를 벗어나고 싶었다. 그 강렬한 눈빛을 감당해 내기가 어려웠다. 세월이 흘러 고향을 떠올리면 이 장면이 가장 먼저 떠오른다.

투발루 아가씨의 눈빛을 한 아가씨를 개도에서 본 적은 없다. 사람들 표정 하나하나를 살필 배짱이 나한테 없었다. 투발루 사람들처럼 개도 사람들도 하루에 한 번 오는 여객선 시간에 맞춰 동네 입구를 가득 메웠고 육지에서 온 사람과 소식, 물자를 구경했다. 그들의 눈빛은 투발루 사람들과 다르지 않았다. 그날 저녁 어느 개도 아가씨는 누군가에게 수줍은 고백을 들었을지도 모른다. 섬 소년의 공부방에는 늦게까지 불이 꺼지지 않았을지도 모른다.

부끄럼 많은 내가 개도에 갈 때마다 치렀던 지독하고 매운 섬 통과의식이 지금 생각해 보니 섬이 내 인생에 주었던 은혜와 은총에 비하면 터무니없이 값싼 거래였던 것 같다. 섬의 바람, 섬의 자연, 섬의 공동체에 대한 기억이 내 의식과 삶을 전부 지배한다고 해도 과언이 아니기 때문이다. 시간이 직선으로만 흐르지 않고 거슬러 휘돌아 흐르기도 한다는 것을 알게 된 요즈막의 깨달음이다.

할머니 집은 마을에서 가장 높은 곳에 있어 골목의 구불구불한 돌길을 밟고 올라가야 한다. 길가의 집들은 죄다 돌담이었다. 담을 타고 올라가는 덩굴식물들, 돌에 끼어 있던 초록 이끼, 돌담 사이로 들어왔던 바람까지도 선명하게 떠오른다. 겨울이면 할머니의 방 한쪽에 그득하니 쌓여있던 고구마 두지도 눈에 선하다. 섬사람들의 겨우내 양식이 고구마였다. 아랫목에서 자면 엉덩이가 얼얼할 정도로 뜨거웠던 온돌방은 차라리 간절하기까지 하다. 할머니는 손자들에게 늘 따뜻한 자리를 내어주던 분이었다. 우리에게나 다른 사람들에게 큰 소리 내는 것을 한 번도 본 적이 없다.

겨울이면 사촌들과 바닷가에서 굴을 까고 있는 큰엄마한테 놀러 간다. 갯바위에 작은 굴들이 오종종히 붙어 있는데 조새라는 병아리 부리를 닮은 기구로 굴을 까서 우리에게 하나씩 먹여 주었다. 짜고 비릿한 굴 맛을 느끼며 우리는 입술을 쓱 닦고 다시 바다로 들로 달려갔다. 찬 바람이 부는 겨울이면 네모난 발 위에 김을 평평하게 널어서 빨래처럼 햇빛에 말리던 풍경도 선명하다. 장례식이나 마을 잔치 자리에서 어른들이 불렀던 처연한 진도아리랑은 내 정서의 가장 밑바닥에 있다. 이것이 내가 세상에서 받은 축복이었으며 세상을 깊이 사랑하게 만든 기억들이다. 이것을 문학이 아니고 다른 걸로 부를 수 있을까?

내 뿌리의 삶이 시작된 곳은 이런 풍경과 기억을 가진 섬이다. 척박한 환경에 부족한 자원을 마련하기 위해 고구마밭, 보리밭을 일구던 섬사람들의 노동과 땀방울은 내 혈관 속으로 스며들었다. 땀 흘려 일하다 잔치 자리에선 너도나도 흥겨운 노래 한 가락 뽐내던 그들의 여유와 낭만은 내 문학의 모티브가 되었다. 섬은 농경의 흔적과 대륙의 흙바람을 동경하지만 자체로도 독창적이고 온전한 땅이다. 섬, 사람들이 공동체를 꾸려 가며 이루어 놓은 독특한 해양문화와 생활양식은 대륙에도 새로운 영감을 주었을 것이다.

섬에 다리를 놓아 섬을 소비하고자 하는 욕망이 들끓는 요즘이다. 그들에게 섬은 궁벽한 오지일지 모르지만 나에게 섬은 내 문학의 영토다.

소설을 읽는 이유

소설을 좋아하고 즐겨 읽는다고 말했더니 뜨악해하는 이가 많아서 놀랐다. 허구의 이야기를 왜 좋아하는지 이해가 안 된다는 것이다. 책을 많이 읽는 사람들이 보인 반응이어서 내가 더 놀랐다.

내가 소설 읽기에 재미를 들인 것은 20여 년 전 여름휴가부터이다. 우리 집 아이들이 어려서 한참 손이 갈 때였고 나도 열정적으로 일을 할 때라 하루 24시간을 바쁘게 살았다. 그러다 오랜만에 여유 시간이 찾아왔다. 여름휴가를 얻어 지리산 연곡사 계곡에다 텐트를 쳐놓고 캠핑을 할 때였다. 아이들이 계곡에서 아빠랑 물놀이에 빠져 있을 때 나는 챙겨온 소설책에 빠져들었다. 김애란, 김연수, 김탁환 등의 소설이었다. 주로 그해 베스트셀러 소설들을 골랐는데 머리를 식히고 싶어 선택한 소설들이다. 계곡 물소리와 아이들 노는 소리를 들으면서 소설 속에 빠져 있다 보면 한적함 속에서 간만의 여유를 느낄 수 있었다. 이때까지만 해도 나에게 소설은 바쁜 일상에서 벗어난 소요의 즐거움을 주는 정도였다. 소설을 왜 읽는지 모르겠다는 사람들의 인식과 다르지 않았다. 현실과 소설의 경계가 확실히 구분되었던 시절이다. 그때부터 휴가 때마다 소설을 읽다 보니 세월이 많이 지나갔다. 소소한 재미를 넘어서는 견고하고 확실한 뭔가가 소설 속에 있다는 것이 그 세월 동안 느껴졌다. 소설 한 편을 잡으면 그 끝에 새로운 세계가 보였다.

소설은 나에게 철학책이나 전문 서적 못지않았다. 감동적인 문장에 밑줄을 긋고 가만히 책을 가슴에 쓸어 안고 감탄하다 보면 이 세계와 인간의 내면을 예민하게 포착해 낸 소설가들의 목소리와 시선이 느껴진다. 우리 곁에 성능 좋은 더듬이를 가진 관찰자들이 소설가라는 이름으로 살고 있었다. 그 여름부터 소설이 내 삶을 관통했다.

소설 중에서도 특히 역사소설이 나의 세계를 확장해 준다. 설흔 작가의 〈멋지기 때문에 놀러 왔지〉는 정조 시대로 데려가 문체반정 사건을 입체적으로 이해시켜 주었다. 정조 때 문인 이옥의 굴곡진 인생을 통해 문체반정에 대한 이해는 물론, 결기 있게 살았다는 인간 이옥의 내면을 짐작할 수 있었다. 안소영 작가의 〈갑신년의 세 친구〉는 '개혁 의지는 있었으나 현실을 똑바로 보지 못한 급진적인 젊은이들이 일으킨 사건'이라는 교과서식 표현만으로 갑신정변을 바라보지 않게 해줬다. 임오군란 발발 현장에서 홍영식의 각성 장면은 압권이었다. 양반집 자제로 귀하게 자란 홍영식이 구식군인 아버지와 그 아들이 나눈 대화에 충격을 받고 비를 쫄딱 맞고 한참을 거리에 서 있는 장면이다. 한 번도 배를 곯아보지 않은 그가 굶주림에 지친 아버지와 아들이 선혜청으로 향하는 길에 나누는 대화를 듣고 충격받는 장면은 내가 사랑하는 명장면 1위에 든다. 주인공의 각성이 나타나는 소설을 좋아하는 내 취향에 아주 맞춤한 장면이다. 정변 실패 후 김옥균과 박영효가 떠난 자리를 끝까지 지켰던 홍영식의 최후가 이 장면 덕분에 개연성을 갖게 했다. 갑신정변의 한계와 의의를 적확하게 보여주는 장면이라고 생각한다.

역사소설은 역사책에서 몇 줄의 문장만으로 기술되는 사건과 인물을 소설의 시각과 관점으로 되살려놓기 때문에 역사책 못지않은 깊이를 준다. 4.3을 이해하기 위해 〈순이삼촌〉을 읽거나 〈자산어보〉만으로는 정약전이

물고기에 천착한 이유를 이해하기 어려울 때는 〈흑산〉을 찾아 읽는다. 특정 작가의 시선과 한계가 있는 것을 알지만 인간의 숨결과 시대의 호흡을 느끼기에 선택한 방법이다.

그런 점에서 조선 후기 박지원이 개척한 소설 세계는 놀랍기만 하다. 당시 진보적인 지식인들이 현실 개혁적인 경장의 계책을 담은 사상서를 썼을 때 박지원은 소설을 썼다. 똥지게꾼, 거지, 괴짜 노인 등을 주인공으로 내세우고 그들이 마음껏 자기 세계를 펼치는 소설 세상을 만들어 냈다는 것은 여러모로 놀라울 수밖에 없다. 거친 비유지만 〈목민심서〉는 선뜻 안 읽어도 〈양반전〉은 누구나 읽지 않은가 말이다. 소설의 생명력은 길고 질기다. 박지원의 소설을 게걸스럽게 읽은 당시 젊은이들은 새로운 세상을 꿈꿨을 것이다. 문학가들이야말로 다음 세대의 전망을 가장 선두에서 계획하고 준비하는 사람이라는 것을 박지원의 소설이 잘 말해준다.

단편소설의 경우는 한 문장도 낭비되지 않고 문장 하나하나가 작가의 문제의식에 복무한다. 그래서 단편소설을 읽고 나면 제목, 주인공의 이름, 직업, 시대, 장소 등을 꼼꼼하게 분석하는 작업을 즐긴다. 그 습관이 쌓이다 보니 내 삶 역시 한편의 텍스트로 분석, 해부하는 습관까지 생길 정도이다. 병원에 입원해계신 부모님에게 갖다 드릴 음식을 밤늦게 준비할 때 내 행동을 해부해 본다. 큰딸 콤플렉스일까, 착한 아이 콤플렉스일까 이러면서 말이다. 그때 나는 권정생 선생님의 소설들을 떠올린다. 사랑과 도리의 경계 사이에서 살아갔던 몽실언니, 점득이 등을 생각하면 답이 나온다.

'그건 니 사정이고.' 이 말을 혐오하게 된 것도 소설 읽기의 습관 때문이다. 우리는 각자 사정을 가진 존재들이다. 나만큼이나 타인도 지극한 사정이 있다는 것을 소설 덕분에 갖게 되었다. 몇 달 전 공선옥의 〈명랑한 밤길〉을 읽었다. 여기에도 각자의 사정을 가진 사람들이 등장한다. 서로의 사정을 봐주면서 '밤길' 같은 인생을 '명랑하게' 걸어가겠다는 주인공의 말이 나를 또 일으켜 세운다.

소설가들의 편집술처럼 우리도 우리 삶을 편집해 갈 필요가 있다. 참혹한 고통과 견디기 힘든 슬픔에도 인간의 품격을 잃지 않는 사람들은 본다. 그들은 자신들의 삶을 잘 편집한 사람들이다. 그들이 소설을 많이 읽어서 그런 것인지 알 길은 없지만 나는 소설의 편집술을 현실에서 계속 써먹을 작정이다. 소설을 읽는다는 것은 삶과 인간을 사랑하는 나만의 증명 방법이다. 나는 소설을 읽으며 명랑하게 살아갈 것이다.

오순아

osa21@daum.net

다 그런 거란다

오동도 동백은 세 번 핀다

1971년 제주 출생/ 제주대학교 졸업(환경공학과)
동화구연가/ 제 10회MBC여성 백일장 '장려상', (주)현대자동차 기행문공모전 '금상',
도서출판 풀빛 독후감대회 '금상'

다 그런 거란다

나무도 젖몸살을 앓는구나! 바람이 스치기만 해도 부르르 가지를 떨며 통증을 참아보려 애를 쓴다. 지난밤 꽃샘추위에도 쉽게 열이 내리지 않아 어둠 속에서 나무는 힘겹게 몸을 뒤척였을 것이다. 터뜨려져야 한다. 봉오리가 터져야 나무에 열이 내리고 뿌리 끝에서부터 올라온 수액이 어린잎을 밀어 올릴 수 있다.

구례 체육관에서부터 천변까지 걷기 시작했다.

구례 읍내를 가로지른 서시천은 섬진강의 제1지류이다. 산동면에서 시작된 서시천 물줄기가 굽이굽이 흘러 섬진강으로 빠져나가는데 천변을 따라 해마다 봄이면 벚꽃이 화사하게 눈부시다. 올해는 예년보다 한참이나 늦었다. 꽃축제를 준비한다고 분주했을 지자체에서는 당황스러울 것이고 날을 맞춰 나들이 계획을 세운 사람들도 아쉽겠지만 그렇다고 몸살을 앓는 나무를 채근할 수도 없다.

첫 아이를 낳았을 때 젖몸살이 심했다. 배가 고픈지 자지러지게 울어대는 갓난아기를 안고 젖을 물려보지만, 열꽃처럼 붉은 젖멍울은 부드러운 아기 입술만 닿아도 아득한 통증이 몰려왔다. 젖을 빨지 못하고 우는 아기를 안고 그저 나도 따라 울어버렸다.

아이를 낳아 품어 본 엄마는 안다. 젖이 불어도 나오지 않을 때 온몸에 열이 나고 열꽃처럼 붉은 젖멍울은 살짝만 스쳐도 머리끝까지 아득한 통증에 몸서리쳐진다는 것. 그러나 능긍하면서도 결국 아기에게 젖을 물려야 한다는 것을 말이다. 갓난아이는 엄마 젖이 나오지 않아 자지러지게 울어댄다. 나는 숨 쉬어지지 않는 통증에 입술을 깨물고, 내 엄마는 딸과 갓난쟁이가 안타까워 울음을 삼키셨다.

"엄마는 다 그런 거란다 얘야."

지난여름 손수 갈무리해서 따뜻하게 우린 해풍 쑥을 거즈 수건에 적셔 젖멍울 주위를 찜질해 주시면서 엄마는 나를 달래셨다.

'나만 이렇게 아픈 것이 아니구나. 이렇게 해야 엄마가 되는 거구나' 생각하니 위안이 되었다.

어느 순간 젖이 돌고 내 품에서 한껏 해사한 얼굴로 잠든 아가를 내 엄마는 받아 안아 뉘어 주셨고, 그 곁에 함께 누운 내 머리를 말없이 쓸어 넘기셨다.

어느 하나가 신호하면 꽃망울들은 일제히 터질 것이다. 덩달아 가지들은 어린잎들을 밀어 올리고 계절은 삽시간에 봄이 된다. 모든 것은 그렇게 한꺼번에 온다. 봄날의 따스함과 햇살의 눈부심, 벚꽃의 화사함과 연초록의 사랑스러움과 사람들의 밝은 표정이 그렇다. 해사한 아가의 얼굴과 아가를 안고 행복했던 나른함과 내 엄마의 안도하는 순간이 그렇듯이.

서시천 변의 서시교와 구만교 15km 사이의 어디쯤, 물오른 나무 하나가 숨을 멈추고 온 힘을 모으고 있다. 나도 함께 힘을 보태며 중얼거렸다.

"다 그런 거란다."

그 순간 한 송이 벚꽃이 톡! 하늘은 쨍! 한다.

벚꽃은 피는 것이 아니라 터지는 것이다. 막 터진 부드러운 꽃잎에서 아기 살냄새가 난다. 다붓다붓 꽃잎들이 터지고 나면 그 뒤로 작은 아기 손가락같이 사랑스러운 이파리가 펴질 것이다.

오동도 동백은 세 번 핀다

오동도는 '섬'이라고 발음할 때 느껴지는 검푸른 쓸쓸함이 없어서 좋다. 입술을 동그랗게 하여 오동도라고 말하면 동그란 동백꽃이 떠오르며 그대로 오동도는 동백이 된다.

동백 숲으로 들어가니 자랄 대로 자라 엄부랑 한 나무들이 온통 하늘을 가려 어둑하고 서늘한 기운마저 느껴진다. 진초록의 윤기 나는 잎사귀들 사이에 원색의 붉은 점과 무수한 그 붉은 점들은 나무 아래도 쏟아져 내려 누군가 붉은 꽃방석을 만들어 놓았다. 오동잎을 닮은 섬, 한때는 오동나무가 많았다는 오동나무 섬이 지금은 동백 군락지가 되었고 해마다 선연한 그리움처럼 붉은 꽃이 피고 또 떨어진다. 오동도의 동백은 나무에서 한 번, 땅에 떨어져서 또 한 번, 이렇게 두 번 핀다고 했다.

떨어진 동백꽃을 하나 주워 통꽃 붉은 잎을 입에 대어 보니 쌉싸름한 나뭇잎 맛이 난다. 이번에는 반들거리는 잎사귀를 '톡' 소리 나게 뜯어 씹어보았다. 비릿한 맛이 난다. 꽃에서 잎의 맛이 나고 잎에서 꽃의 향이 난다. 뒤섞인 향은 미끈한 동백기름 맛인가 했더니 어릴 적 집 마당의 동백나무 그늘로 내 기억을 옮겨가게 했다. 엄마는 동백꽃이 지고 나면 동그랗고 옹골차게 매달렸던 동백 열매가 벌어져 저 스스로 씨를 떨굴 때까지 기다린 다음, 까만 동백 씨를 주워 말리셨다. 그렇게 말린 동백 씨를 기름으로 만들어 썼고, 잘 말라 더 단단해지면 우리는 공기놀이를 했다. 붉은 꽃잎과 노란 꽃술과 반짝이는 짙은 초록을 섞으면 동백 씨처럼 까만색이 된다는 것도 그즈음에 알았던 것 같다.

나의 엄마는 폐암 말기 진단을 받고 폐의 한쪽과 다른 나머지 한쪽의 절반마저도 제거해야 하는 수술을 받으셨다. 보통 사람 폐의 반의반 조각을 가지고 숨쉬기조차 힘들어하셨다. 의사는 그런 엄마에게 하루 만 보 걷기를 처방하였다. 산소 호흡기를 막 떼어내 스스로 숨 쉬는 것도 버거운 엄마. 칠순 환자에게 매일 일만 보의 걸음을 걸으라는 것은 가혹했다. 오동도의 처연한 동백꽃이 뚝. 뚝. 떨어지는 가슴 통증을 하루 일만 번 견디는 것. 그 매일의 아득한 아픔을 견뎌낸 엄마는 완벽하지는 않았지만 다시 보통의 하루를 한동안 맞이할 수 있었다.

엄마에게 '걷기'란 단순한 다리 운동과 호흡기관의 쓸모를 위한 재활 운동만은 아니었다. 하루 일만 번 숨 고르기를 하는 동안, 칠십 평생 당신을 지독히 힘들게 했던 가슴 통증보다 더 고통스러웠던 기억들과 화해하고 용서하는 일이었을 것이다. 그런데도 당신을 살게 하고 행복하게 했던 기억을 끌어안으며 위로받던 의식이 아니었을까.

어린 시절 엄마는 온 제주도가 불타올랐던 일들로 트라우마를 안고 자랐다. 사는 동안 이합집산 정신없는 시절에도 문중의 치세를 이어온 종가의 며느리로 권속들을 챙기며 많은 이들의 이목을 일일이 신경 써야 했다. 그런 엄마의 고매한 눈가에는 종종 쓸쓸함이 느껴졌었다. 엄마는 동백을 닮았다. 정돈되고 단아하지만 정념 따위는 꾹꾹 억눌러야만 했던, 그저 붉을 수밖에 별도리가 없어서 아찔하게 붉은 꽃. 그 붉은 색을 더는 끌어안고 견딜 수 없을 때 꽃은 한순간에 뚝 아래로 떨어진다.

엄마를 보내고 십수 년이 되었지만 아직도 엄마가 생각날 때마다 가슴에 찌릿찌릿한 통증을 느낀다. 엄마가 걸으면서 부여잡았던 곳이 여기인가 생각한다. 그리움의 질료는 그곳 어디를 통과하는 혈액의 성분일까? 동백꽃 붉은 잎을 세게 쥐면 묻어나는 그것이 폐부로 스며들면 통증이 멎을지도 모르겠다.

내게 있어 동백은 세 번 핀다. 초록 나무에서, 땅에 떨어져서, 그리고 또 내 가슴에서…. 떨어진 동백꽃에서 엄마 향기가 난다.

오래전부터 섬을 지키며 불을 밝혔다는 흰 등대에 올라 다도해의 풍광을 내려다보았다. 물살이 우는 기암절벽 사이의 바람골과 용의 전설을 들려주는 용굴을 보며 급할 것 하나 없는 걸음으로 쉬엄쉬엄 신우대 숲 터널을 걸었다. 동백나무보다 더 오래전부터 그곳을 지키면서 동백의 배경이 되어 준 후박나무며 팽나무도 신비스럽다. 숲길을 빠져나오면 한낮의 영화를 보고 햇빛 아래로 나온 것처럼 눈이 부시다. 눈앞의 향기를 품은 바다는 윤슬로 일렁거린다. 광장에서 봄을 누리는 사람들의 평온함이 내게까지 전해졌다.

이화

leehwa7301@hanmail.net

길을 걷다

들국화꽃차를 마시러 가야겠다

아침을 줍다

광주대학교 문예창작학과 졸업. 〈수필과 비평〉으로 등단
작품발표: 〈에세이21〉 〈에세이스트〉 〈휴먼메신저〉 〈좋은 수필〉 〈선수필〉 등
동인지 발간: 〈수필여백〉 〈여수수필〉 〈동부수필〉
현재: 동화, 동시, 소설을 함께 집필 중

길을 걷다

숲속 마을로 가고 있다. 하지만 버스를 늦게 타고 오는 바람에 산그늘이 지고 있다. 둘러맨 가방을 벗 삼아 산길을 홀로 걷는 것도 싫지 않다.

산취가 웃자라 꽃이 피었다 졌구나. 달맞이꽃은 여물어진 씨앗 주머니를 터뜨리지 않았고 씀바귀는 지금껏 모습을 감추지 않고 있구나.

산중에서 자라는 여러해살이풀 꽃 들을 마주 보는 일이 좋아 나는 콧노래를 부른다.

길가에 흐드러지게 피어있던 달개비는 몸을 숨기고 보이지 않는다. 연한 푸른 꽃잎을 내가 훔쳐 따기라도 할까 봐 걱정했을까.

두꺼비가 살고 있던 물웅덩이는 말라 있다. 겨울잠 잘 곳은 어디에다 마련한 걸까. 고사리가 많이 자라던 양지쪽을 바라본다. 작은 돌과 돌 사이에 땅으로 뻗어낸 구멍이 보인다. 옳지, 겨울이 지나도록 두꺼비를 걱정하지 않아도 되겠다.

가던 길을 멈춰 앞산을 올려다 본다.

산중에 어스름 그늘이 더 짙게 깔려 있다. 바지런을 떨어 환한 대낮에 왔으면 좋았을걸. 게으름을 피웠던 시간이 아쉬워 돌멩이를 걷어찬다.

그러다 앞산 밤나무가 심하게 흔들리는 것을 본다.

이 산중에 사람이 나뭇짐을 하러 오지 않는 세월은 오래되지 않았던가.

또 그 녀석이 나타난 걸까. 사색하는 마음은 사라지고 갑자기 온몸에 무서움이 들어찬다. 가방끈을 꽉 잡고 달릴 준비를 한다.

다행히 밤나무가 더 이상 흔들리지 않는다고 생각할 때다. 어쩌면 좋을까. 앞산 풀숲에서 그 녀석이 들판을 향해 뛰어 내려오고 있다. 신나는 일을 발견이라도 한 걸까.

그렇지. 나를 알아보고 반가워 달려올 참인가. 나는 문득 봄에 저 녀석과 만났던 일을 떠 올린다.

시냇물 소리가 듣고 싶었다. 산길을 걸어가다 말고 시냇물이 내려다보이는 언덕 아래로 고개를 숙였다. 저 녀석이 넓적한 바위 위에 드러누워 있었다. 꿩이라도 잡아먹었나. 동글동글한 배를 옆으로 내려두고 코를 벌름거렸다. 두 눈을 감고 입 주둥이에 흙을 묻힌 채 뭐가 그렇게도 좋았던 걸까.

가끔씩 땅바닥에 내려치는 짧은 꼬리가 어떻게 우습던지. 나는 그만 쿡쿡 웃다가 뒷걸음질 쳤다. 그런데 그만 발을 헛딛고 말았다. 땅바닥으로 철퍼덕 넘어졌던 나는 녀석이 눈치챘을까 봐 다시 바위 쪽을 내려다봤다.

우리는 두 눈이 마주쳤다.

금방이라도 녀석이 쫓아 올 줄 알았다. 하지만 나보다 더 놀랐다. 바위 위에서 혼자 팔짝팔짝 뛰기를 수십 번 하더니 꿀꿀거리며 숲속으로 줄행랑을 쳤다. 바위 위에 털과 똥 한 무더기만 덩그러니 남겨두고서.

이젠 가까이에 있는 묵정논까지 내려온 녀석을 본다.

체격과 털이며 행동하는 모습까지 봄에 봤던 녀석과 닮았다.

내가 어디론가 숨어야겠다. 가까이 있는 대숲에 몸을 숨긴다. 그러고는 대나무를 살짝 젖히고 녀석을 바라본다.

참, 성질머리도 급한 녀석이 맞다. 논두렁에서 곧장 뛰어내리지 않나,

논바닥을 발굽으로 차기도 한다. 산짐승이 어디든 못 가랴. 저 녀석이 혹시 대숲으로 몸을 숨기려 오지나 않을까. 그만 대숲에 숨은 일을 후회하는데 시커멓고 커다란 거미 한 마리가 나를 노려보고 있다. 아마도 나를 못마땅하게 여기는 모양이다. 그만 나는 자리를 비켜준다.

이젠 가시나무 쪽에 몸을 숨기고 녀석을 다시 훔쳐본다.

다행이다. 녀석은 가을걷이를 끝낸 밭에 남겨진 호박 하나를 발견하고 있다. 분명 가까이서 보지 않아도 설익은 호박이다. 이 늦가을에 찬바람을 맞아 속도 차지 않고 서걱거려 밭 주인조차 따가지도 않은 호박이다.

한 입 깨물고 고개를 들고 좋아한다. 두 번 세 번……, 한 조각이라도 남아 있지 않나 코를 끙끙거린다.

'제발 좀 빨리 숲으로 가버려라!' 마음속으로 빌어도 녀석은 자리를 뜰 줄 모른다.

보리수나무에 매달려 있는 말라빠진 열매 하나를 삼킨다. 그러고는 이마를 빡빡 문지른다. 저런, 내가 심어두지 않았지만 오며 가며 정이든 나무다. 몸살을 앓고 있는 보리수나무가 안쓰러워 두 주먹을 꽉 쥔다.

'저 썩을 놈이 왜 또 나타났을까!'

이제는 소리까지 치고 싶다.

녀석이 이번엔 가지 나무가 서 있는 밭 왼쪽으로 돌아간다. 지난 주말, 아직도 어린 가지가 바람을 이겨내고 있는 것을 보지 않았던가. 내가 아깝다고 생각하는 동안 가지 여러 개가 사라지고 있다.

늦가을 다 자라지 않은 가지 하나를 따서 베어 물면 단물과 함께 가을이 느껴지던 일이 떠오른다. 내가 좋아하는 가을을 몰래 훔쳐내고 있구나. 괜히 심술이 나서 어떻게든 쫓아내고 싶다.

또 먹이가 없나 두리번거린다. 마른 고추나무가 서 있는 곳으로 향한다.

그냥 지나칠 줄 알았다. 그런데 쓸데없이 몸을 휙 드러눕더니 서너 번 뒹굴다 일어난다. 이제는 토끼마냥 깡충깡충 뛰어다닌다. 마른 고춧대가 부러진 자리마다 올이 풀려 구멍 난 옷처럼 휑하다.

저 녀석은, 외진 들판이라 보는 사람이 아무도 없는 줄 아나보다. '푸-으흡, 폽!'

이젠 이빨까지 앙다물어 보지만 웃고 말아진다. 뒤도 마렵고 소피도 마렵다. 여인네가 얌전하지 못하게 풀숲에서 뒤를 보는 일은 없어야겠다.

꼬로록 꼬로록….

내 뱃속이 요동친다.

'그래, 너도 배가 많이 고팠나 보구나!'

나는 뒤늦게야 녀석을 감싸 줄 마음을 얻는다.

마침 녀석은 아무것도 훔쳐 먹지 않았다는 듯 산길을 찾아간다. 내가 지나왔던 다리를 태연한 척 건넌다. 그다음 싸리나무를 툭 건들었다는 것도 모른 채 몸을 숨긴다. 숲속의 나무들이 위쪽을 향해 가며 흔들린다. 그러다 어느 순간 더 이상 흔들리지 않는다. 오늘밤, 녀석이 잠자리를 정한 모양이다. 오늘 산 멧돼지가 하루 동안 걸었던 길의 끝자락이 밤새 평온하길 빌어준다.

'안녕, 편히 잘 자!'

나도 가시덤불을 헤치고 나와 아무것도 보지 않은 척 다시 길을 걷는다. 마지막 내 발걸음은 별이 빛나는 밤하늘이 환히 보이는 곳에 서 있고 싶다.

들국화꽃차를 마시러 가야겠다

시골집으로 내려왔다. 가을이 끝나기 전에 들국화꽃차를 마시기 위해서다. 나는 가방 속에서 잘 말려진 들국화 꽃잎을 꺼내 들고 웃는다. 그러고는 찬장 문을 열어 찻잔 일곱 개를 꺼낸다. 모양과 색깔이 각기 다른 찻잔 중에 어느 것을 사용할지 잠시 생각에 잠긴다. 흙으로 빚어낸 약탕기엔 물을 채워 가스 불에 올려준다. 주전자나 커피포트에서 끓여낸 물은 왠지 들국화 꽃차 맛을 떨어뜨렸지 않았던가.

들국화 꽃잎이 담겨졌던 종이봉투를 버리지 못하는 버릇은 또 어떠하랴. 가만가만 불어오는 가을바람에 종이봉투 속 꽃향기가 사라지길 기다린다.

몇 해 전이었을까.

시냇가 언덕에 피어난 들국화를 보았다. 꽃송이를 가득 매단 가지들은 시냇물을 향해 고개를 숙이고 있었다. 손으로 들국화 꽃송이를 살짝 만졌다. 손에 묻은 노란 꽃가루가 좋아 손을 털어내는 것도 잊었다.

들국화 뿌리와 꽃잎을 집으로 가져가기로 마음먹었다.

반나절 동안 언덕에 엎드려 손으로 들국화 뿌리를 파냈다. 또한 꽃송이들은 바구니 가득 따와 마당에서 말려내기 시작했다.

밤이 되었다. 방 안으로 들국화 꽃잎을 가지고 들어가 머리맡에 펼쳐두었다. 향기로 인해 뜬눈으로 밤을 보내도 좋을 듯했다. 가을, 외딴집에서

꽃잎을 벗 삼아 밤을 지새우는 여인네가 나밖엔 없지 싶었다

잠자다 말고 일어나 마르지 않은 들국화 꽃잎으로 꽃차를 내려 마셨다. 부엉이란 녀석은 왜 그렇게 불쑥불쑥 울어대는지. 무서운 생각이 들다가도 들국화꽃차를 소용히 들이키고 나면 외진 곳도 싫지 않았다.

언젠가 말려낸 들국화 꽃잎을 가지고 도시에 있는 커피숍에 갔다. 들국화 꽃잎을 넣은 컵에 뜨거운 물을 채웠다. 컵에 코를 가져다 대고 향기를 맡고 싶었지만 실패하고 말았다. 커피 냄새들이 들국화 향기를 빼앗아 가버렸다. 그 후, 나는 들국화 꽃차를 마시며 여유를 부리고 싶을 때마다 시골집으로 향했다.

이웃집 할머니를 생각했다.

어린 나에게 들국화를 꺾어와 손에 들려주던 할머니. 할머니가 보기엔 산중에서 피어나는 꽃 중에 가장 예쁘다고 생각했을 것이리라. 나는 한 해 두 해 들국화를 건네받길 기다렸지만, 할머니는 그만큼 허리가 굽어져 갔다는 사실을 뒤늦게 알았다.

어느 해 가을이었던가. 이웃집 할머니는 군불을 지피다 집에 불을 내고 말았다. 검게 탄 초가지붕을 고치느라 내 이름을 부를 시간이 없어 보였다. 하지만 할머니는 집과 가까운 남새밭을 손가락으로 가리켰다. 혼자 가서 들국화꽃을 꺾으며 놀고 있으라고 소리쳤다.

할머니의 남새밭 언덕에는 들국화가 군락을 지어 피어있었다. 그때부터 나의 요새가 된 할머니의 남새밭은 내 발자국으로 땅이 단단해졌다. 배추포기와 마늘 대가 부러져 죽어가도 할머니는 말이 없었다. 호미로 단단해진 땅만 골라 긁어댔다. 자주 밭이랑이 무너져도 아랑곳 하지 않았다. 겨울이 되어서야 남새밭으로 가는 내 발길은 멈췄다. 그쯤 할머니는 한 해 힘든

농사일로 어깨에 하얀 파스를 붙이기 시작했다. 그러고는 들국화 향기보다 독한 파스 냄새를 풍기며 저녁마다 우리집 대문을 드나들기 시작했다.

오늘도 들국화 꽃차를 마시기 위한 나만의 시간이다.

둥글고 오목한 하얀 컵에 들국화 꽃잎을 넣는다. 손잡이까지 뜨거워진 컵을 들고 산책에 나선다. 돌담으로 만들어진 대문을 나서자 내가 심었던 들국화가 눈에 띈다. 다가서서 가만히 내려다본다.

그러다 급히 자리를 털고 일어난다.

올해의 들국화 꽃잎은 풍성하게 달려 있지 않다. 윗집에서 기르는 암소 녀석이 고삐가 풀려 뜯어 먹었다고 기별을 받았던 일이 떠오른다. 꽃송이보다 파란 잎이 많은 들국화를 보며 암소 녀석을 탓해본다. 몇 송이 피어 있는 꽃잎을 따 낼까 망설이다 그만둔다.

다음 해 들국화 꽃차를 마시지 못하면 어떡할까.

맞다. 할머니네 남새밭 언덕으로 가볼까. 발걸음을 빨리 내디뎌 징검다리를 건넌다. 할머니가 살던 집 담벼락을 돌아선다. 오랜 세월이 흘러 들국화가 없을까 봐 눈을 질끈 감는다.

아래쪽 언덕부터 살펴낸다. 세상에나 미물이 오래도록 자리를 지켜냈구나. 들국화는 할머니가 아끼던 감나무 밑까지 자리를 차지하고 있다. 잡초만 우거져 있는 남새밭을 환하게까지 만들고 있는 노란색 꽃이 반가워 뛰어간다.

점퍼를 벗어 들국화 꽃잎을 따 담기 시작한다.

다음 해 가을까지 아끼지 않아도 될 만큼 따 담아야지. 집으로 달려가 바구니를 가져와 또 가득 따 담는다. 오른쪽 왼쪽 가지를 젖혀가며 꽃송이를 속아 따낸다. 할머니가 김을 매던 남새밭을 내려다본다. 풀이 자라나

내 발자국은 찍히지 않는다. 대신 잡초들이 모로 누어 내가 왔다는 사실만 확인시키고 있다.

할머니는 남새밭 언덕을 차지한 들국화가 귀찮지 않았을까. 낫으로 베어 내지 않고 매번 새끼줄로 울타리를 질러 두었던 이유를 생각한다. 문득, 할머니도 나처럼 들국화를 좋아했을까. 먼 기억을 더듬다가 눈시울이 붉어진다.

집으로 돌아와 마루 위에 들국화 꽃송이들을 소르륵 부어본다. 그리고 들국화 꽃차가 들어 있는 찻잔과 새로 따온 꽃송이 사이에서 할머니가 살던 집을 가만히 바라본다. 울컥울컥 눈물이 흐른다. 찻잔 속에 식어 있는 들국화 꽃차를 한 방울도 남기지 않고 마신다. 향기가 온몸으로 가만히 스며든다.

아침을 줍다

아침 일찍 고목이 되어 있는 밤나무 밑에 왔다.

이슬이 내려앉아 있는 밤나무에서 구수한 향기가 난다. 밑둥치에는 누군가 동그란 구멍을 내어 집까지 지어두었다. 뒷산 동산에 서 있는 이 밤나무를 나 말고도 좋아하는 산짐승이 있나 보다. 밤나무 가지들은 바람에 부러져 몇 남지 않았구나. 양지바른 쪽 가지에 매달린 밤송이들은 바람만 살짝 불어와도 열매들을 땅으로 툭툭 떨어뜨릴 것 같다.

나는 집게를 들고 밤나무 밑 풀숲을 헤치며 밤알을 찾기 시작한다.

하지만 밤알보다 비어있는 밤송이를 먼저 발견한다. 집게로 빈 밤송이를 이리저리 굴려본다. 안쪽 하얀 속살에는 봄부터 밤알을 품어 왔던 자국이 선명하다. 밤알의 크기와 모양에 따라 마음의 문을 열어 주었겠지. 문득 빈 밤송이를 통해 나의 지나온 추억을 꺼내든다.

오래 전 이 밤나무는 나와 함께 어렸지 않았던가. 그 앞에서 대나무로 만든 장대를 들고 서 있는 내가 보였다. 그러고는 아직 다 익지 않은 가지 끝에 매달려 있는 밤송이 하나를 탐냈다. 어린 팔뚝 어디에서 그런 힘이 솟아난 걸까. 장대로 가지를 후려 치자 잎은 찢어지고 잔가지들이 부러졌다. 푸른 밤송이는 가지에서 떨어졌지만 잘게 부서진 채 볼품없이 썩어갔다 다시 빈 밤송이를 내려다본다. 잘 여물어 가시는 억세고 껍질은 단단해서 오랫동안 썩지 않겠지. 나는 다음 해 가을까지 밤나무 밑을 오가며 소박한 웃음을 지을 생각에 마음을 설렌다. 그러고는 허리까지 숙이고 두 눈을 동그랗게 뜨고 밤알을 다시 찾는다

마침내 풀 속에 숨어 있는 밤알 두 개를 발견한다. 풀숲으로 재빨리 팔을 뻗어낸다. 동글동글하며 윤기가 흐르는 밤알이 손끝에서 밀려난다. 하지만 기어코 두 개의 밤알을 주어 광주리 안에 넣고 일어선다.

이제는 바위틈에 숨어 있을 밤알을 찾아내어 볼까.

바위틈 구석구석의 사연까지 알고 있는 내 눈길은 한눈을 팔 줄 모른다. 큰 바위 위에 떨어져 멀리 튕겨 나가 있는 밤알까지 주워 들고 광주리를 드려다 본다. 아직 대여섯 번쯤은 더 밤알을 주워 담고 싶다. 그러고 나면 이것들을 집으로 가져가 깊어가는 가을밤과 함께 하리라.

어제 돌아봤던 구석진 자리에 밤알이 또 떨어져 있지 않을까 살펴본다.

그런데 어린 나뭇가지 위 빈 산새 집 속에 밤알 한 개가 떨어져 있다. 나는 잠시나마 떠나버린 산새들을 걱정한다. 이 밤알 한 톨이면 철새 한 가족의 넉넉한 점심시간이 되지 않을까. 하지만 내 마음은 철없는 아이처럼 변덕을 부리고 만다. 산새 집에서 밤알을 꺼내 겉껍질을 벗겨내고 토실한 알밤을 입속으로 가져간다. 그러다 이내 고목이 되어 있는 밤나무를 올려다본다.

어쩌면 좋을까. 밤나무 밑둥치는 반쯤 썩어 있다. 그곳에는 영양분을 빨아올려 줄 속살도 비어있다. 한쪽을 내어주고도 어쩜 저렇게 아무렇지도 않게 열매를 맺을 수 있을까. 나는 그만 내가 몇 해나 더 밤알을 주울 수 있을지 몰라 울컥해진다.

그러다 키를 맞대고 있는 작은 나뭇잎 위에서 밤알 하나를 또 발견한다. 나는 온몸에 힘을 주며 나무들을 흔들어댄다. 마른 나뭇잎과 함께 밤알이 내 머리 위로 떨어진다. 밤알 한 개를 넣었을 뿐인데 바구니가 출렁거린다.

이제는 밤나무 가지 위에 매달려 있는 밤송이까지 따내고 싶어 고개를 치켜든다. 입을 벌리고 있는 밤송이들이 미풍에 흔들린다. 지금이라도 바람이 세게 불어와 주면 좋지 않을까. 바구니를 내려놓고 밤송이를 가득 매단 밤나무 가지 밑에 쭈그리고 앉아 시간을 보내볼까.

한 시간쯤 지났을까. 바람도 불어오지 않았는데 밤알 한 개가 땅으로 떨어진다. 두 눈을 크게 뜨고 달려가 밤알이 떨어진 풀숲을 헤쳐 본다. 그런데 언제 떨어져 있었을까. 밤알들이 한 개, 두 개, 세 개……,자꾸 나타나 바구니를 가득 채운다.

하지만 내 욕심이 지나쳤을까. 그만 풀밭에 넘어져 밤알이 가득 찬 바구니를 엎지르고 만다. 여유를 부리며 괜찮다고 나를 다독인다. 밤알들은 멀리 굴러가지 않았으니 주워 담는 데 한나절이 걸리면 뭐 어떠하랴. 엿보는 사람도 없어 흉이 되지도 않을 것이라며 자리에서 일어선다.

그런데 옆 소나무 위에서 다람쥐 한 마리가 고개를 치켜세운 채 나를 내려다보고 있다. 그 모습은 왜 나의 먹이를 다 훔쳐 가냐며 성난 모습과도 같다. 나는 괜히 머리카락을 여기저기 긁어대며 얼굴까지 붉으락푸르락해진다. 하지만 모른 척 밤알 두 개를 소나무 밑에 놓아주고 뒤돌아선다. 그러고는 멀찍이 떨어져서 다람쥐를 바라본다. 거꾸로 달려 내려온 다람쥐의 꼬리가 쫑긋 세워진다. 두 발로 서서 내가 놓아둔 밤알을 바라보는 모양이다. 그러다 이내 밤알을 물고 고목이 되어 있는 밤나무를 향해 뛰어가더니 밑동치에 있는 구멍 속으로 사라진다.

나는 내가 밤알을 주워 담을 때보다 더 흥에 겨워 엉덩이까지 실룩거린다. 그리고 고목이 된 밤나무 앞에 재빨리 다가선 후, 또 밤알 두 개를 구멍 앞에 올려두고 급히 도망을 친다.

하지만 오늘 아침은 어제처럼 그냥 집으로 놀아가지 않으리라. 고목이 되어 있는 밤나무 옆 양지바른 땅속에 여러 개의 밤알을 묻어둔다. 다람쥐가 찾아 먹지 않는다면 어린 밤나무가 자라나겠지. 그만 집을 향해 돌아서는데 뒤늦게야 가을바람이 세게 불어온다. 이때다 싶었을까. 밤나무 가지에서 밤알들이 소나기가 내리듯 후두둑 떨어진다. 여러 개의 밤알을 받아낸 풀잎들은 신이 났는지 몸을 흔들어댄다. 그만 밤알을 주워가지 말아야지 하루 종일 다람쥐와 산짐승들이 들락거릴 즐거움도 남겨둬야 하지 않을까. 나는 가만히 서서 아침햇살이 고목이 된 밤나무를 환히 비추고 있는 풍경을 줍는다

동부수필문학회 연혁 및 기본현황

한자 東部隨筆文學會

주소 여수시 소라면 죽림2길 29-3

전화번호 010-6547-0827

홈페이지주소

창립자 지도위원 임병식

창립회장 엄정숙, 창립회원 황동철, 송민석, 곽경자, 김권섭, 이희순, 양달막, 박주희, 이연화, 김수자(순천), 이임순(광양), 박지선(광양)

[정의]

전라남도 여수시에서 활동하고 있는 문학 동인회

[설립목적]

수필의 르네상스 시대를 맞아 지역 수필 문학의 저변확대와 질적 수준 향상을 통한 창작력 제고 및 동호인 간 교류와 우호 증진을 도모하기 위해 설립되었다.

[변천]

2010년 12월, 원로 수필가 임병식 외 12인의 여수, 순천, 광양 지역 수필인이 모여 임병식 지도위원, 엄정숙 회장, 양달막 총무 등을 선출하고 매월

한 번씩 모이고 있으며 현재 대다수 회원이 수필 작가로 등단하였고 〈한국수필〉 〈수필세계〉 〈그린에세이〉 〈에세이21〉 〈푸른솔문학〉 〈창작산맥〉 등 수필 전문지에 작품 기고, 각종 문학상 수상 등으로 중앙 수필 문단의 관심과 호평을 받고 있다. 2023. 4월, '법인으로 보는 단체' 등록(고유번호 229-82-70059)

[활동 사항]

2015년 11월 동인지 〈동부수필〉 창간호, 2019년 10월 제2집, 2023년에 제3집 『민들레 홀씨』를 출간하였고 매월 모임을 통해 회원 작품 합평 및 토론, 유명 수필가 초청 강연, 수필 교실, 문학기행 등 활발한 활동을 전개해 오고 있으며 그동안 시인 등단 3명, 수필 작가 등단 6명, 지역 문학상 수상 2명 중앙 수필 전문지 작품 게재 60여 회, 개인 수필집 및 시집 출간 10회 등 괄목할 만한 성과를 거두는 한편 특히 임병식 지도위원의 작품이 중학 교 2학년 국어 교과서에 실리는 쾌거를 이루기도 했다.

[현황] – 2024년 10월 기준(13명)

지도위원 임병식, 회장 이희순, 총무 양달막, 회원 엄정숙, 곽경자, 윤문칠, 이선덕, 차성애, 박주희, 임경화, 김종호, 오순아, 이화

매월 회비, 기부금 등으로 경비 충당 및 동인지 출판

[의의와 평가]

현대는 시, 소설 등 문학의 대표 장르를 넘어 수필 전성기임에 비추어 우리 지역 최초의 수필 전문 문학회로 출범한 〈동부수필문학회〉는 14년의 짧은 연륜임에도 중앙 수필계가 주목할 만큼 활발한 문학 활동을 전개, 지역 수필 문학의 저변확대와 수준 향상에 독보적으로 기여하고 있다.

까치 소리

…

동부수필 제4집

2024